COLLECTION FOLIO

François-Marie Banier

Balthazar,
fils de famille

Gallimard

© Éditions Gallimard, 1985.

François-Marie Banier est né à Paris. Il a publié trois autres romans : *Les résidences secondaires*, *Le passé composé* et *La tête la première*, et deux pièces de théâtre : *Hôtel du Lac* et *Nous ne connaissons pas la même personne*.

Pour Pascal Greggory.

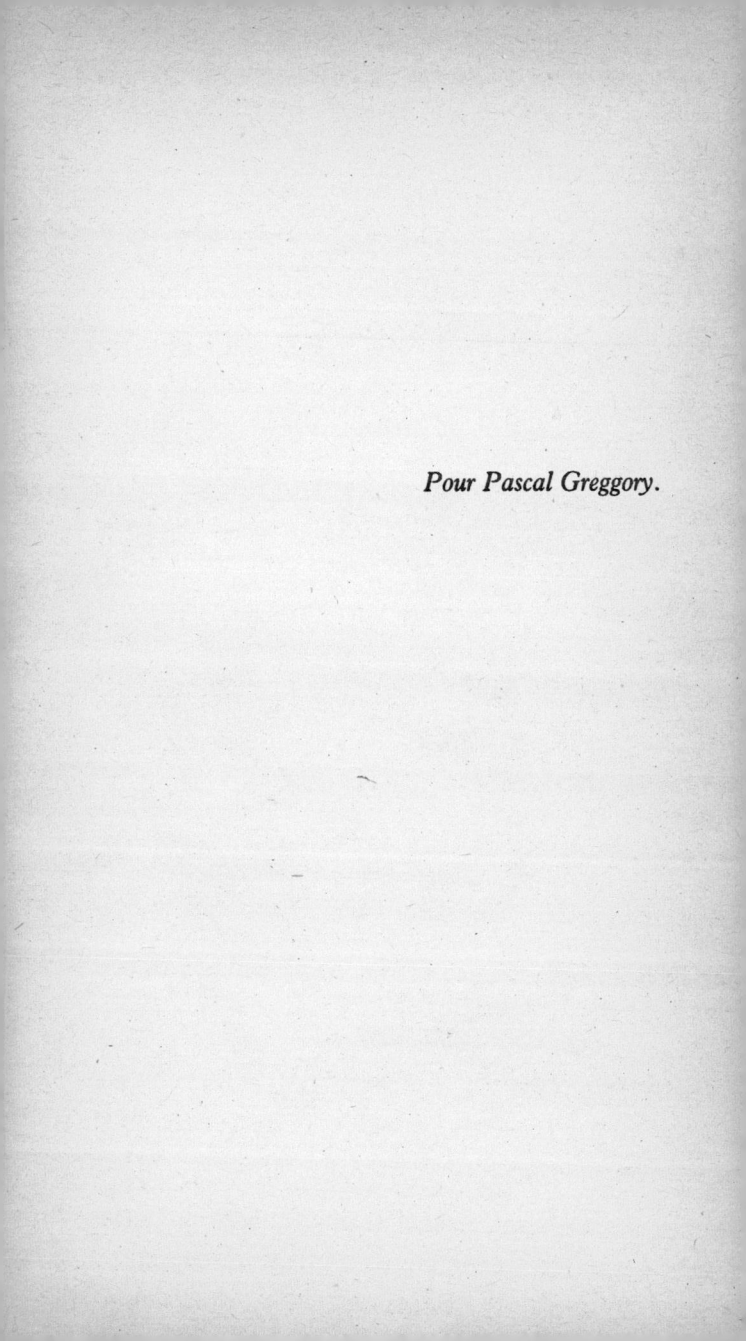

Que l'Arc de Triomphe soit au bout de l'avenue ne me fait ni chaud ni froid. Il est trop loin pour jouer un rôle dans ma vie. Parfois, en sortant du lycée, je jette un coup d'œil dans sa direction, plus pour voir s'il y a des voitures que pour vérifier s'il est encore là. Cela dit, on le supprimerait, j'agirais. Je rêve d'aller manifester. J'irais, je marcherais, je crierais et je pourrais enfin rentrer à la maison le cœur chaud : j'aurais accompli quelque chose.

Il faut que je rentre. « Tu sors de classe à quatre heures trente, tu seras là à quatre heures trente-cinq. » Il est sept heures vingt. Pourquoi, mais pourquoi habite-t-on si près du lycée ?

Plus personne à qui parler. Bouliou m'a accompagné jusqu'à la maison, je l'ai raccompagné jusque chez lui, puis nous sommes revenus. Je ne pouvais pas rentrer, je suis reparti avec lui. Dans le hall de son immeuble qui sentait bon la cerise, il a fini par me dire : « Mon vieux, à demain ! »

Ce qu'il y a de terrible avec moi, c'est que je ne me souviens déjà plus de ce que nous nous disions. Et pourtant j'en ai la nostalgie. Une sorte de regret.

Maintenant pour en retrouver la couleur... Ainsi on peut avoir envie de ce qui n'existe plus, dont on n'a plus qu'une vague idée et cette envie grandit à mesure qu'on y songe, elle devient si forte, si prenante, que bientôt il n'y a plus qu'elle.

Retrouver ce sentiment, cette musique, ce silence, les mots, les sensations de tout à l'heure. Sur le moment c'était inoubliable, juste, unique, c'était bien. C'était ça. Et ça me manque.

A un moment ou à un autre, je fais porter mon cartable à Boulieu. Je choisis n'importe quel prétexte. Là, c'était pour avoir les mains libres, pour imiter les filles : « T'as vu ma nouvelle robe ? » « T'as vu comme je danse bien ? » « T'as vu comme je suis belle ? » Boulieu se vante d'avoir plein d'aventures. S'il savait que je n'ai jamais eu de maîtresse, que je n'ai jamais été au bout avec personne — sauf avec moi-même, mais il paraît que ça n'est pas de jeu — il se moquerait de moi jusqu'à la fin de mes jours, ou plutôt jusqu'à la fin des siens, parce que c'est moi qui lui survivrai : il fait trop l'amour.

Je ne peux toujours pas rentrer. Tous les magasins sont fermés sauf celui du marchand de fruits exotiques chez qui nous n'allons jamais : nous affichons des goûts simples. Francette, comme toutes les bonnes du quartier, va faire les courses rue des Belles-Feuilles ; une rue qui monte mais qu'elle attaque d'un bon pas, malgré sa corpulence, ses cinquante ans et son gros manteau trop serré. Elle est du centre de la France, d'un pays qui s'appelle Bonnencontre, ou Bonne-Rencontre. Parce qu'elle roule les « r », on dit qu'elle a un accent bourguignon. Pour se faire pardonner, elle porte des blouses noires à fleurettes blanches et ramène ses cheveux gris fer derrière ses oreilles. Qu'elle ait été jolie n'a jamais été le problème : veuve, il fallait qu'elle gagne sa vie et qu'elle travaille pour élever sa fille. Le fief de Francette, c'est le marché de la rue des Belles-Feuilles, mais entre les fruits, les cris des marchands de légumes, du poissonnier, souvent ma mère arrive pour soi-disant l'aider. Francette a des listes : ensemble elles ont étudié les menus, elles en ont parlé des heures entières. On ne manque de rien à la maison. Devant Francette un peu dépassée, elle tourne, virevolte, hésite, revient, dit, entre deux bottes d'asperges, qu'elle se trouve entre deux vrais choix et que c'est héroïque de les abandonner pour des melons qui ne sont pas encore mûrs. Elle achète tout. Et elles reviennent toutes deux chargées de sacs et de cartons bourrés jusqu'à ras bord, l'une vexée, l'autre triomphante.

Nous habitons avenue Victor-Hugo, à côté de la place, en face de l'église. Les grands-messes, celles où mon père et moi allons baiser les mains de la princesse Saxe-Montalivet et de la baronne Nègre du Clat, celles où la meilleure amie de ma mère, Mme Lempereur, quête, ont lieu beaucoup plus loin, près du Trocadéro. Notre église est à moitié fermée, mais c'est tout de même bien vu de se marier là, ou d'y faire pendre des tentures noires. Sur mon écusson, il y aura un K. L'idée ne me déplaît pas. L'avenue Victor-Hugo devrait mourir là, à nos pieds, devant cette église qui tient tête à l'Arc de Triomphe, aux boutiques, à la ville, mais elle se prolonge derrière nous pour ne jamais finir dans l'ombre des feuillages du Bois.

C'est ce côté que je préfère : le bas. Les boutiques ont plus de caractère et il y en a moins. Malicorneau, le marchand de couleurs, à qui j'achète de l'encre pour mes dessins ; M. Gendre, le fleuriste, qui ne me demande jamais d'acheter quoi que ce soit ; Jabeuil, l'opticien, qui n'a en devanture qu'un vieux face-à-main. Comprenne qui pourra, et entre qui voudra. Je n'ai pas réussi à me faire ami avec la marchande de chocolats qui trouve que pour quelqu'un qui n'a jamais d'argent, je suis un peu trop collant. Mais c'est à ses beaux yeux mauves, exorbités, que je viens rendre visite.

Je déteste le haut de l'avenue, ses magasins prétentieux où l'on vend hors de prix n'importe quoi : des chaussures ridicules, des cachemires mousseux, des vases en cristal aux formes absurdes et lourdes, des bijoux d'une fantaisie douteuse, des bagages monogrammés aux initiales du fabricant. Mes parents ne vont jamais acheter dans le haut : c'est nouveau riche, plaqué, chiqué, trop cher. Les gens du haut ne fréquentent pas ceux du bas. Nous, comme nous sommes juste au milieu, les mieux placés pour juger les uns et les autres. Les gens du haut sont des hommes d'affaires. Costume sombre, absents toute la journée, mariés à des femmes bruyantes qui ont leur voiture et « leur indépendance financière », leur sac Hermès, ils ont leur opinion sur tout. Les gens du bas ont aussi leur opinion sur tout, mais c'est plus littéraire, donc plus compliqué, on peut penser à autre chose pendant qu'ils parlent. Et ils sont près de la maison où Victor Hugo est mort, à deux pas du square Lamartine. Presque à Auteuil. C'était la campagne il n'y a pas si longtemps. Comme ils n'habitent tout de même pas un village, leur côté campagne à Paris les rend un peu ridicules. Tous, qu'ils soient du haut ou du bas, habitent le même splendide appartement sans autre perspective que le même appartement en face, dans le même immeuble, ronflant, ventru, qu'occupent les mêmes gens satisfaits. Tous ont dans les yeux la même porte vitrée à petits carreaux au rideau plissé qui sépare le salon de la salle à manger.

On parlait, voilà, ça revient, on parlait avec Boulieu de comment en sortir de ce quartier infâme, de comment en finir avec ces gens qui vous posent toujours cent questions et qui, sans jamais vous écouter, ont réponse à tout. Sourire d'acier, masque splendide, avenir idéal, vêtements impeccables, tout est doublé : le manteau, la jupe, leurs semelles, leurs gants, même leur démarche. Tout est cher. En croco si possible. En croco et en or. Démarches mesurées en formules de fin de lettre — croyez cher monsieur en l'assurance de mes sentiments... distingués. La prétention de tout ce monde à qui on ne coupe pas la parole parce qu'on est de l'avenue Victor-Hugo ! Les arbres, eux, pour se venger des grilles qu'on leur a posées aux pieds comme des menottes, s'arrangent pour ne jamais faire d'ombre. Mais nous, que fait-on ? Allons-nous devenir comme eux ? Avenue Victor-Hugo, avenue de soleils et d'idiots. Le bonheur, les certitudes que leur confèrent l'argent, leurs belles situations et la suspension hydraulique, idyllique, de leur DS. Mon père n'a qu'une ID, mais quand il s'assied dedans, quand il la voit monter, prendre sa respiration, quand elle se gonfle avant de partir, qu'elle se met à la hauteur, quand son plancher dépasse celui de toutes les autres voitures, quand les Impala, les Studebaker restent clouées au sol comme de gros hannetons, quand le trottoir disparaît, il a un de ces sourires qui, moi, m'écœure. J'en ai si honte que je n'en ai rien dit à Boulieu. Avec lui je parle des filles. Nous y revenons sans cesse.

Je marchais vite avec lui. Même après qu'il m'eut rendu mon cartable. Maintenant, sans personne, je suis lent. Les mondes qu'avec lui je franchis... Aujourd'hui c'étaient les femmes, le quartier, l'ennui, le travail. « Vois-tu, Boulieu, ce qui nous tue, ce ne sont pas tellement les femmes, mais l'ennui. Au lycée, comme chez nous, on exige trop de nous. Un mois après la rentrée, on nous demande déjà des résultats. Ce qui nous empêche de rêver, d'avoir une autre vie. Il faut être là. Pour rien. Encore, toi, tu n'es pas surveillé, tu n'es pas obligé d'être chez toi à heure fixe. Et si on voyageait ? Il y a à Palerme un spécialiste qui vous écrit dans la main votre destin avec un crayon bleu. L'encre s'efface à la longue mais pas la rencontre. Ce sont des gens comme ça qu'il faut trouver. »

Je glissais sur l'avenue. Tout seul je m'enfonce. Mes chaussures me font mal. J'ai froid. Encore une fois j'ai failli me faire écraser. Huit heures moins le quart. J'approche de la maison, je repars dans l'autre sens. Elle me fait peur cette grille noire. D'habitude je suis plus courageux et rentre sans hésiter. Voilà cinq minutes que je suis la main sur la poignée.

Il y a de la lumière dans le hall : si mes parents sortent ce soir je suis sauvé, malheureusement je dînerai avec Capucine dans la cuisine, mais demain ils auront oublié. Demain il y aura le loyer à payer, le

« Carnet du jour » et les événements internationaux : quand mon père ne me surveille pas il surveille le monde. Il note les faux pas des uns, les mensonges des autres : il suit l'Histoire. Finalement il lui reste très peu de temps pour ses clients et pour ses meubles. Vivement demain ! Ce qui est bien avec les jours qui viennent c'est qu'ils effacent les précédents.

Mon père, en smoking, est debout dans l'entrée, son manteau sur le bras. Il est très beau. Il est quatre marches au-dessus de moi. On n'entre pas simplement chez nous : une fois qu'on vous a ouvert la porte, il y a une toute petite pièce noire, enfoncée, qui mène à ces quelques marches — pas beaucoup, seulement cinq. Ça ne fait pas un escalier. Mais ça nous permet de surplomber. Ce n'est pas un vrai rez-de-chaussée, ce n'est pas non plus un entresol, mais c'est plus qu'un appartement : deux bras, autour d'une cour, qui ne se rejoignent pas. Le propriétaire ne veut pas nous louer les deux pièces qui nous manquent pour que l'anneau se referme. Nous habitons une pince. Je regarde mon père droit dans les yeux. J'ai encore dans le nez l'odeur de l'horrible soupe aux choux que la concierge fait bouillir à longueur d'année. Mon père laisse tomber son manteau. Sa main est crispée. Derrière lui j'entends que ma mère est bientôt prête, qu'elle va chercher ses bijoux. Elle dit qu'elle en a pour une seconde, qu'ils devraient déjà être partis. Pour le faire patienter, elle crie d'autres phrases : « C'est terrible d'être toujours en retard, encore une fois nous serons les derniers mais ce n'est pas si grave. » Il ne l'écoute pas. Je ne peux pas repartir, je ne peux pas bouger, pas faire un geste. Si j'arrivais à m'échapper, il me rattraperait dans le hall. Je n'aurais pas le temps d'ouvrir la porte de l'immeuble et là ce serait terrible. Je le regarde sans ciller, je le regarde bien en face, sans rire, sans sourire, peut-être va-t-il comprendre que le combat n'est pas égal : je suis beaucoup plus petit que lui. Il descend une marche, s'arrête et me dit de monter. Je lui réponds que monter quatre marches ce n'est pas monter très haut, que je me sens bien là. Il me demande à nouveau de monter de sa voix presque inaudible. Je suis habitué à sa voix faible, blanche. Je ne peux pas reculer : je suis dos au mur. J'avance alors. Je monte une marche sans le quitter des yeux puis une autre, l'avant-dernière. Je ne peux pas dire que nous sommes à la même hauteur mais sur le même plan. Je monte encore une marche. Je suis au-dessus. Il a reculé. Pour aller dans ma chambre je suis obligé de passer devant lui, de me faufiler le long d'un canapé sur lequel est posé un autre canapé recouvert d'une housse blanche. Il me suit. Il marche derrière moi qui marche à reculons. Nous traversons la salle à manger.

« D'où viens-tu ? »

Il croit que la violence va le débarrasser de sa haine. Nous traversons leur chambre. Sur le lit Louis XVI, des robes de toutes les couleurs. Je retiens un mauve. Ce doit être du taffetas ce moiré profond. En dessous, des jupons blancs. Ma mère enfile des bracelets. Je vois son long bras et son dos dénudé. Elle dit sans nous regarder que nous devrions arrêter. Elle nous dit d'arrêter sur un ton si badin que j'ai envie de la réveiller. Nous sommes passés trop vite. J'aurais dû aller l'embrasser pour me réfugier derrière elle, m'en servir comme d'un bouclier mais ce n'est pas mon genre.

En passant dans la salle de bains, il ferme la fenêtre, dit que je suis un lâche. Je m'arrête dans la pièce voisine, devant une table sur laquelle est posée une collection de verres. Je reprends mon souffle. Il tourne autour de la table; derrière moi. Il s'arrête; moi aussi.

« Si tu casses un verre, prévient-il, tu le paieras avec tes économies.

— Je n'ai pas d'argent. Tu ne me donnes jamais un franc !

— Fais bien attention, Balthazar, ces verres ne sont pas à nous.

— Rien de ce qui est ici n'est à nous ! »

Capucine vient d'entrer. Je ne la regarde pas. Une seconde de distraction, mon père en profiterait.

« Excuse-toi ! »

Nous recommençons à tourner. Je quitte la pièce, nous passons devant la chambre de Capucine, fermée, comme d'habitude. Dans le couloir il réussit presque à m'attraper. Je gagne du terrain en renversant une pile de linge qui lui barre la route. Sottement je dis pardon.

« Pardon de quoi ? » demande Capucine qui nous suit.

Je cours, je le perds, il me rattrape dans ma chambre. Il est en face de moi, la mâchoire bloquée. Il me demande de m'excuser. Ma mère entre et demande à mon père de l'aider à fermer son bracelet. Capucine court vers elle, qui, pour une fois, ne veut pas lui donner son bras.

Mon père frappe mon menton à petits coups de poing. Les coups redoublent, ils sont de plus en plus durs. Ma tête cogne contre le mur. Entre ses lèvres, une cigarette fume. La cendre longue, trop longue, tombe sur le revers noir de son smoking. A travers des larmes — aucune n'a coulé encore — les boutons de son plastron en piqué blanc scintillent. On se croirait place de la Concorde un jour de brume. Mon père ferme à moitié les yeux. Je vois ses longs cils bruns recourbés. Sait-il qu'avec de tels cils on est l'homme le plus charmant du monde ? Il s'est trompé de rôle. Il avance, pose son pied sur le mien, l'écrase. Il me coince contre le mur. Nous sommes sur la bouche de chaleur, j'étouffe. Il prend sa cigarette entre ses doigts, approche la braise de mon visage, s'arrête entre mes yeux. J'entends la porte de ma chambre se refermer. Il ne reste qu'un millimètre pour me brûler. Si je bouge la tête, il m'éborgne. Et si je bougeais ? Après il ne pourra pas aller plus loin : j'aurai payé. J'aurai la paix. Ma mère revient, « on va être en retard ». Elle trouve que ce n'est pas le moment de faire du dressage : il ne faut pas oublier qu'elle est secrétaire de son œuvre, je suis impossible, ce n'est vraiment pas le jour de mettre mon père dans cet état. Si j'avais été gentil, ils m'auraient emmené.

Mon père baisse le bras. Sa colère est tombée. Je répète : « Excuse-moi, excuse-moi. » Je puise dans cette chape d'ennui qui pèse sur tout l'appartement pour prendre l'air attristé, penaud, coupable, repentant. Il me gifle. J'ai dû me tromper d'air : pour lui plaire, il ne faut se montrer ni malheureux ni heureux. Je n'y comprends rien à ces gens. Pourquoi me retiennent-ils ? Sans moi mon père s'effondrerait.

Contre qui mettrait-il son armure ? Qui le provoquerait ? Qui ferait attention à lui ? Qui le ferait vivre ? Je ris. Cette fois, je ris comme ma grand-mère : pour ne pas pleurer. Cela dit, moi, quand je pleure, je tiens bon.

Ma mère est sortie sans rien. Ni au revoir, ni bonne nuit, ni je penserai à toi ce soir, rien.

« Edmond, dépêchons-nous, je dois encore passer prendre des enveloppes chez le prince Moussa. » C'est tout ce qu'elle trouvait à dire pendant qu'il me torturait. Le Prince Moussa ! Elle va revenir : « Balthazar, pardon de l'avoir laissé faire, pardon d'avoir laissé Capucine vous suivre, rire. Enfin je t'aime, moi ! » Elle peut le dire : elle dit n'importe quoi. « J'aurais peut-être dû... quoi faire ? Que voulais-tu que je fasse, Balthazar ? Non, c'est de ta faute ! »

Elle est sortie sans rien, plus blonde que jamais, dans une robe de Balmain or et noir, nouée dans le dos, parfaite, parfumée. Pas « au revoir », ni « pardon », rien ! Le cou étranglé par une rivière de faux diamants si bien imités qu'elle disait cette semaine : « Ils ne vont pas en revenir. » Elle se souriait devant la glace, la main à son cou, tendue vers l'image que lui renvoyait son miroir : « Ils ne pourront pas croire qu'elle est fausse. » Son sourire est si vrai, comme sa voix, son allure. Irène Klimpt était en extase.

Elle doit revenir : elle sait que je n'ai pas bougé, elle connaît mon désir de mort, de vraie mort, elle sait que je l'attends. Qu'elle me dise que cette cruauté la révolte, qu'elle va le quitter. Mais qu'elle vienne !

Toute la nuit je vais rester sur cette bouche de chaleur à l'attendre. Facile, pour elle, de prétexter, pendant qu'il va chercher sa voiture, qu'elle a oublié son rouge, et me dire que cette fois-ci c'était trop, qu'elle m'aime. « Je t'aime, moi. » Elle me le dit quelquefois. Pour se débarrasser de moi. La dernière fois, c'était il y a six mois, dans le couloir, juchée sur un tabouret. Elle rangeait ses provisions pour la troisième guerre mondiale : des kilos de sucre, de riz, de pâtes, des tonnes de lentilles, de paquets de figues, dans la grande armoire qu'elle venait de vider de ma collection d'affiches. « Inutile cette collection ! Maintenant que j'ai tout jeté au feu tu vas enfin pouvoir travailler. Enfin je l'espère. Je t'aime » — c'est à ce moment-là qu'elle me l'a dit, elle passait un torchon sur une planche haute pour enlever la poussière. « J'en ai assez, Balthazar, de tous tes paquets, on ne peut plus ouvrir un placard sans que vous tombe sur la figure une avalanche insensée de papiers, de boîtes de caramels, de boîtes de cacao ! Tu t'empares de n'importe quoi et tu gardes. Tu gardes. — Ce sont des souvenirs ! — Si au moins tu prenais du cacao le matin, mais c'est ta sœur, et uniquement elle, qui aime ça. C'est un souvenir de ta sœur ? Mais non, c'est pour toi, encore toi, toujours toi, je n'en peux plus de toi ! Il n'y a pas que toi dans la vie. On t'a déjà cent fois demandé d'arrêter ces collections. »

Et moi je ne vois pas pourquoi je n'en ferais pas qu'à ma tête. C'est fou de vous interdire tout ce qu'on vous interdit. Je voulais en faire une liste. On m'a interdit de faire cette liste mais je suis passé outre. Un jour ou l'autre, je passe toujours outre.

Chaque fois que j'ai quelque chose à dire, que ce soit en classe ou ici, on me dit de me taire. C'est de là, sans doute, de ce silence obligé, que j'ai pris l'habitude de me parler ou d'écrire des lettres que je n'envoie jamais. Je ne me relis pas : la deuxième fois les mots du cœur paraissent faux, plats, raisonneurs. Comment peut-on si mal s'exprimer ? être si compliqué ? si simpliste ? Quand je commence une lettre, c'est pour les autres. Et puis, à quoi bon ? De toute manière, ils n'ont pas vu ce qu'ils devaient voir. Peut-être que c'est ça la vie, une suite de malentendus, de phrases inachevées, de questions sans réponse : ces vides dont on doit tirer son bonheur. Les choses se sont passées d'une seule façon et ils veulent voir autrement. Je hais l'invention, je hais la comédie. J'écris pour préciser, jamais pour commenter.

Parfois j'oublie que je ne peux parler en toute liberté qu'à moi-même et je dis ce que je pense, je me parle tout haut devant les autres. Je me surprends... Ce sont les autres qui sont surpris. Ils sont plutôt bouche bée, un peu ahuris, comme si ce n'était pas normal que je parle. Encore que je dois blesser assez souvent sans m'en rendre compte. Quand je m'en aperçois, j'ai honte. Je demande pardon — même quand je sais que c'est irréparable. Mon père, si je ne lui ai jamais demandé pardon, sauf aujourd'hui, devant le feu, sa cigarette entre mes yeux, c'est que nous sommes en guerre ouverte, déclarée. J'aimerais me vanter de n'avoir jamais désiré faire la paix, jamais faibli. Autrefois, je lui ai proposé qu'on arrête. Il n'a pas voulu : la guerre, chez lui, est un état naturel.

Demander à mon père de ne plus être sur le qui-vive, aux aguets, à vif, dans la rue comme ici, lui dire de sourire, d'être souple, ce serait l'empêcher d'être lui-même, qui ne vit bien que sur ses gardes. Ma mère dit qu'il souffre, comme elle dit que je suis trop maigre en ce moment — ça ne va pas plus loin. Elle ne se penche sur les autres que pour se reconnaître, et prolonger son discours. La rigueur de mon père, sa raideur, sa distance sont l'effet de troubles si profonds qu'elle ne va pas chercher dans ce puits.

Quand je ne serai plus là, il aura perdu son seul ennemi, la seule personne qu'il peut haïr en toute quiétude. Les autres : ma mère, ma sœur, ses amis, les clients, Tony, sont comme les passants de l'avenue Victor-Hugo : des ombres. Ma mère se réfugie dans ses mots ou dans ses bonnes œuvres, ma sœur dans ses calculs, les amis dans leurs lubies, les clients dans leurs affaires, Tony dans le silence. Mais moi ? Il n'y a que moi qui sois là, à répondre.

Pour ne pas faire la paix, il dit d'abord que je dois lui présenter des excuses. En famille comme en amour — bien que la famille et l'amour n'aient rien à voir — je présente des excuses. Mais avec lui si je reconnais la faute du jour, il faudra que je reconnaisse celle de la veille. « Excuse-moi. — Et avant-hier, tu ne t'excuses pas pour avant-hier ? — Je ne me souviens pas de ce qui s'est passé avant-hier... — Comment, tu ne te souviens pas ? C'est trop facile de ne pas se souvenir... demande pardon ! » Pardon de quoi ? J'en ai assez de m'excuser, de toujours m'excuser.

Je me tais, mais me taire tout à fait je ne peux pas. On dit qu'il y a des silences lyriques. Peut-être. Quand je n'entends rien, j'entends ma mère. Et quand elle se tait, quand par hasard elle se tait, j'entends mon cœur. Je crois que c'est lui, sinon, qui fait tout ce bruit ? Quelqu'un ? Il y a quelqu'un ? Pourvu qu'il n'y ait personne d'autre que moi à l'intérieur de moi. Un autre, comme moi ? On fait de ces cauchemars parfois. Le silence, pour quoi faire ?

Dans la liste de ce qui m'est interdit, il y a : parler aux gens, parce que j'aime ça. J'aime parler avec quelqu'un. Et puis il y a toujours une bonne dizaine de camarades du lycée qui, au lieu de rentrer chez eux, voudraient venir à la maison — mais interdit de recevoir. J'ai essayé une ou deux fois, en douce. Je me suis fait prendre. Zabou, Mollien, Cervange — le nain Cervange —, Oïstrach, Dumesnil, Jouhandeau, Richard-Lenard — qu'on appelle Richard Lenoir —, Kunz, Brillaux trouvent ça fantastique ces piles de commodes, ces rangées de miroirs, de paravents, ces tentures, ces statues. Jusqu'à ce qu'ils voient l'armure, ils aiment venir chez moi. Quand mon père arrive, en face, il n'y a plus personne. Sauf moi.

Interdit de le regarder comme ça. J'ai toujours fait semblant de ne pas comprendre ce que « comme ça » veut dire alors que je sais très bien ce qui ne va pas dans mon regard : je l'ai suffisamment travaillé, suffisamment chargé d'insinuations pour le rendre éloquent. Ce n'est pas un regard de mépris, pas un regard méchant, pas un regard dur, ce serait même, si je souriais, un regard confiant, intéressé, presque familier ; ce que je veux à tout prix éviter. Il faut qu'il se heurte — comme certains de mes professeurs sur qui je l'ai essayé — non pas à ma désapprobation qu'on brise d'un mot, d'un haussement d'épaules, qu'on peut ignorer, mais à mon ennui. Je veux qu'il sache à mon simple regard qu'il m'est étranger, douloureusement étranger. Dès que je le vois paraître, je m'immobilise à la place où je suis, j'attends qu'il passe. Je ne le quitte pas des yeux, je le regarde. Alors il s'arrête. Il s'arrête toujours. Il ne peut pas passer devant moi sans répondre. Soit il me donne un ordre qui tombe à plat, soit il me pose une question à laquelle je lui prouve qu'il est difficile de répondre, ou il abandonne la guerre froide et me donne une gifle. Ensuite, il s'en va. Si je lui demande : « Pourquoi ? Je n'ai rien fait, rien dit », dans le couloir, il répond : « C'est pire ! » J'ai cependant une ressource pour éviter la gifle : je m'adosse aux glaces. Je croise les mains derrière mon dos, je lève la tête le plus haut possible, prends un air rêveur, dégagé, insouciant. Je me sens protégé le long de ces miroirs fragiles qui lui renvoient son image sévère, ridicule. Pourquoi venir me parler puisqu'il n'a rien à me dire d'autre que « je t'interdis de me regarder comme ça » ?

Mon père vit avec cette aversion qui l'encombre. A travers lui je la vois, je la sens. Dès qu'il me regarde, que la conversation tombe sur moi, il n'est plus le même, il se fige. Le blanc de l'œil devient vitreux comme les plaques de schiste posées sur le rebord de la fenêtre de classe de sciences nat. Ses larges oreilles rougissent. Parfois il se lève de table et va s'étendre. Ma mère dit à ce moment-là en me jetant un regard sombre : « J'ai peur pour lui. » Capucine me regarde aussi. Leurs accusations s'arrêtent là : à des regards, des soupirs. Elles n'osent pas me dire : « Tu tues ton père », non à cause de l'allitération *tu-tu* mais parce qu'elles sentent que je ne supporterais pas cette injustice. Et à la pénible comédie qu'il nous inflige, s'ajouterait un éclat. C'est la formule à la maison : pour cacher un malaise on crie.

L'intelligence de mon père ne lui sert qu'à se persuader qu'il a raison dans ses goûts, ses préférences, ses dégoûts, sa manière d'être. Il passe sa vie à prendre des décisions pour justifier sa nature, à prouver que, sans le dire, de façon innée, il va comme il faut, là où il faut, qu'il a raison d'être fort, égoïste, injuste, autoritaire, cruel. Son idéal : être donné en exemple et envié. Avoir la plus belle femme, la plus belle voiture, les enfants les plus intelligents, le plus de relations, être le plus écouté, le plus respecté, c'est ça pour lui réussir dans la vie — mais ne pas le montrer. Il y a une noblesse en lui, sauf qu'il s'est trompé de quartier. Il n'était fait ni pour être un bourgeois, ni pour être marié, ni pour être père.

Alors que son métier lui permet d'avoir une vie intéressante, imprévisible, qu'il devrait ne pas venir déjeuner puisque les ventes à Drouot commencent très tôt, il est là à une heure moins le quart tous les jours. On passe à table à une heure. Et le soir à huit heures. Ces horaires sont incontournables. De l'autre bout de Paris, il faut qu'il rentre, qu'il soit là. Il se fait un devoir d'interrompre sa vie pour nous rejoindre. Si ma mère est en retard, il va droit à sa chambre et s'étend, à moitié mort. Où est-elle ? que fait-elle ? Quand elle arrive, elle est toujours essoufflée, mais pas défaite. Mille raisons la justifient. Il préfère ne pas savoir pourquoi elle l'a fait attendre : ses explications dureraient tout le repas alors que, pour lui, le plus

important, c'est justement ce déjeuner, ce dîner, cette séance de dressage qui commence toujours de la même manière.
Capucine et moi ne devons jamais nous asseoir avant lui, qui ne s'assoit jamais avant ma mère qui, au moment de prendre place, la chaise dans la main, doit encore aller à la cuisine dire, vite, quelque chose d'important à Francette, prendre des cachets, un nouveau médicament qu'on lui a indiqué. Jamais un coup de fil ; là, mon père ferait une scène extraordinaire. Ces fameuses scènes où elle finit par pleurer, et lui par quitter la maison. Si elle hésite à s'asseoir c'est parce qu'elle sait que, malgré les recommandations de paix qu'elle a données à chacun avant de passer à table, l'affrontement sera immanquable. Elle tire sa chaise, mon père en face d'elle, raide, attend, et moi, à partir du moment où elle a esquissé ce geste, je m'assois. Mais elle est repartie ; je n'aurais pas dû m'asseoir. La guerre est déclarée : il m'attrape par le col, me force à me relever. Capucine pouffe de rire et quand elle ne rit pas, il la regarde étonné. C'est un peu pour elle, pour lui faire plaisir, pour la récompenser de si bien travailler en classe et à la maison, cette première leçon qu'il me donne. Elle hoche la tête, ferme les yeux, acquiesce. Ma mère revient, je peux enfin m'asseoir mais je dois me tenir droit, ne pas parler, répondre, ne pas répondre, ne pas mettre mon assiette si loin de moi, pas si près, pas mes pieds sur les barreaux de chaise, pas croiser les jambes. Si je n'aime pas ce qu'on mange, il ne faut pas que je fasse cette tête. Francette a essayé d'éviter certains plats : les épinards, la viande rouge, les œufs en neige, il les réclame. Parce qu'il faut tout aimer, tout avaler. Et

moi, je ne peux pas. Il parle de mes études. Ma mère essaie de détourner la conversation. Elle invente que ce matin même, quelqu'un, dans la rue, l'a trouvée merveilleuse, unique, n'importe quoi. Chaque fois elle rate son coup : on ne détourne pas mon père de sa colère, on ne le distrait pas de son mépris qui lui donne en secret de grandes satisfactions. Elle voulait faire diversion au moment où il me disait quelque chose d'important pour ma vie ? Elle lui a coupé la parole ? Elle a osé ? Lui qui a tant de mal à se faire entendre ! Comment a-t-elle osé ? Comment veut-elle, après, que je le respecte et que je devienne un peu quelqu'un ? « Brillante », « élégante », « intelligente », « pleine de vie », elle continue. Elle ne le prend pas de front : elle parle d'elle. Les mots « voyou », « merveilleuse », « sale bête », « tellement élégante », s'entrecroisent, se chevauchent pour enfin s'annuler. Très vite chez nous rien ne veut plus rien dire, mon père s'en aperçoit, Capucine plante ses coudes sur la table, écarte ses cheveux raides de son front gras où pointe un bouton percé trop tôt, croise devant sa figure épanouie ses petites mains replètes, elle aime ces disputes. Moi, elles me font peur. Parce qu'elles vont loin : on me renvoie à l'influence détestable de ma marraine, à l'exemple terrible du fils de la voisine qui a tenté deux fois d'égorger sa mère, enfin on s'attaque à mon emploi du temps. Ma mère, encore une fois, se lance : la veille elle a eu une idée qu'elle n'a pas eu le temps de nous expliquer. Elle veut absolument avoir l'avis de mon père avant d'en déposer le brevet. Il ne l'écoute pas : qu'est-ce que j'ai fait cet après-midi ? qui j'ai vu ? comment ? qui ? pourquoi ?

Capucine sourit, béate. Elle l'attendait son heure. Capucine aide beaucoup mon père, elle ne pose jamais de questions pour rien. Comme au cirque, il y a une femme en maillot qui passe les cerceaux, les ballons, allume le feu mais ne s'approche jamais de la bête, Capucine sert mon père par un mot qui ne me concerne jamais directement : « Papa, pourrait-on entrer chez nous avec une pince-monseigneur ? La porte tiendrait-elle ? » La veille, mon père m'a ordonné de rendre à Tony sa pince-monseigneur. « Balthazar, la pince, où est-elle ? » Je ne réponds pas. Je souris à ce « où est-elle ? » que glapissait une femme qui cherchait, ici, la semaine dernière, sa carafe en vermeil que mon père ne pouvait pas retrouver. Elle courait dans tous les salons, dans le couloir, s'était avancée jusqu'à nos chambres. « Où est-elle ? Où est-elle ? » Et Tony qui piaffait derrière elle. Je riais tellement à chaque « où est-elle ? » que mon père m'avait giflé. Ce nouveau « où est-elle ? » lui donne envie de recommencer. Je reçois une formidable gifle, puis une deuxième, puis une troisième, puis une quatrième qui me fait tomber par terre. Il appelle Tony qui a disparu. Je pleure, j'ai mal, mais j'ai quand même la force de dire : « Ça ne sert à rien de courir après Tony. » Mon père m'attrape et m'entraîne dans ma chambre. Capucine nous suit et, le dos appuyé au mur, fait l'innocente. Elle joue avec un boulier chinois, s'amuse. Elle a travaillé sa scène avec l'application et le sérieux qu'on lui connaît. Mon père réclame sa pince. « Je l'ai rendue à Tony. » Il la voit sur mon lit. « Et ça, qu'est-ce que c'est ? — Une pince ! » répond Capucine. Je suis stupéfait : elle n'y était pas tout à l'heure. Capucine est ravie. Il me soulève de terre et me jette contre le mur. Dans ma chute j'entraîne le boulier de Capucine qui, en tombant, fait un bruit affreux, comme les cordes d'une guitare qu'on arracherait. Une myriade de petites boules rouge groseille courent sur le parquet. Mon père brandit la pince-monseigneur devant moi comme un tisonnier. Il la tient à deux mains au-dessus de lui. On dirait qu'avec une hache il va fendre une bûche. Le rire de Capucine m'emplit la tête. Je baisse les yeux. Cet abandon me sauve. Dans mes cauchemars, je m'imagine tronc d'arbre rose, frais, saignant, et lui, travaillant dans la forêt, un rideau de poussières prises en oblique par les rayons du soleil nous sépare des autres bûcherons. Un coup sur l'arbre, un coup sur moi. Un coup sur l'arbre, un coup sur moi.

Ces terribles séances n'ont lieu qu'à la maison, sans témoin. Celle-ci a fini d'un coup, nous laissant muets l'un et l'autre. Vidé de sa violence, il est blême, hagard, comme ces boxeurs qui, ivres de coups, n'ont plus la force de frapper. Ni ma mère ni Francette n'osent nous suivre. Personne ne vient me consoler. Leur présence, un geste, un mot remonteraient le ressort, activeraient sa blessure et risqueraient de détraquer la mécanique. Il trouverait dans ma manière de pleurer, de me plaindre ou de me taire, une autre raison de revenir à la charge. Seul, il peut arrêter de me battre.

Tout a vraiment commencé quand, vers cinq ou sept ans, ma voix a changé. J'ai une voix grave, puissante. Celle de mon père, attaquée par la maladie, est discrète, étouffée. On n'entend pas sa voix quand je parle. Pour qu'on l'écoute, il est obligé de crier. Crier c'est se mettre en colère. En colère contre moi qu'il n'arrive pas à faire taire. « Tais-toi ! Va dans ta chambre ! » Mais il n'aime pas non plus m'envoyer dans ma chambre. Il faut que je profite de ses leçons. C'est dans le registre du reproche qu'il place le mieux sa voix : c'est pour ça qu'il s'y tient si souvent. Il faut dire qu'entre le regret et la menace, cet accent presque inaudible a un sens, il devient comme une musique moderne dissonante, atonale, dont les accords vous déconcertent. Parfois, ils vous font fuir, mais si on vous a dit : « Voilà la musique de demain, Bach, en son temps, était considéré comme un barbare », pour ne pas être pris à votre tour pour un idiot, on écoute, on accepte et on se dit, parce qu'on s'habitue à tout : « Ce n'est pas si mal. » Mais moi, je ne peux pas m'habituer à cette voix qui n'exprime jamais rien. Si au moins il me faisait profiter de ses expériences, de ses voyages quotidiens dans les milieux les plus différents où il rencontre les fortunes les plus drôles, les infortunes les plus rapides, puisqu'il a la chance de toucher à tous les destins; s'il me faisait partager les comédies auxquelles il assiste chaque jour : les calculs du cupide, de l'avare, les faux accès de générosité de l'un et de l'autre, les revirements immédiats; en un mot, s'il m'apprenait la vie, je l'écouterais avec passion. Il ne veut pas parler d'amour : ma mère est là, pas devant elle ! Il pourrait nous parler de la guerre qu'il a faite, du courage, des trahisons, dire comment on prend une décision, pourquoi, après un désastre, certains sont capables d'affronter l'avenir avec force, et d'autres se laissent abattre. Il dit seulement : il faut travailler. Ce mot, prononcé dans le vague, rend tout effort vain. Travailler ! A quoi ? Pour aller où ? Il ne donne jamais d'exemple, jamais de détail. Il y a les gens bien et les gens mal, et c'est lui qui décide — comme tout le monde.

« J'en ai assez de toi. Dehors, tu fais le forban, le malin. Ici, tu passes ton temps à nous dire que tout ce qu'on fait est raté. Pour qui te prends-tu ? Ne reste donc pas avachi dans ce fauteuil ! Que vas-tu chercher chez les autres ? Que trouves-tu de plus chez eux ? — Ils sont différents. — Différents ? »

Personne n'est plus surveillé que moi. Je ne peux faire un pas dans la rue sans que ma mère en soit immédiatement avertie. Des dames, que je ne connais pas, la préviennent à mesure que j'avance. Elles l'appellent de cabines téléphoniques, de loges de concierge, de magasins : « Irène, il remonte le square Lamartine, il est avec deux garçons. Un blond, plus âgé, l'autre, je ne peux pas vous dire, je n'ai pas bien vu. Le vôtre rit, se conduit très mal, interpelle les passants. Il a vraiment l'air de se moquer du monde. Il n'a pas son cartable. Il n'est donc peut-être pas allé en classe aujourd'hui. Ils vont vers la petite gare. » Ma mère a constitué un réseau tout autour de moi. De plus en plus souvent elle parle de m'enfermer, ou de me mettre dans une maison de correction. Heureusement, Mme Lempereur l'a mise en garde : je risquerais de rencontrer là-bas des gens pires que Mme Gilmour-Wood.

Mes parents trouvent que je n'ai rien à faire chez Mme Gilmour-Wood, que j'y perds mon temps. C'est un peu vrai si respirer c'est perdre son temps. Ni Mme Gilmour-Wood ni moi n'arrivons à nous souvenir quand je suis entré pour la première fois dans sa boutique si proche de la maison. Je n'ai eu qu'à traverser la cour pour trouver mon premier refuge qui pourtant me paraissait très loin. J'étais comme un somnambule. J'ai poussé sa porte, comme on pousse un soupir. Mme Gilmour-Wood dit qu'au début, pendant très longtemps, j'ai refusé de m'asseoir. Je me tenais bien droit dans mon petit manteau vert, je ne bougeais pas d'un coin du magasin. Les clients entraient, sortaient, un peu étonnés. Je les regardais sans dire un mot, sans jamais sourire. S'ils me posaient une question, je ne répondais pas : normal, j'étais là pour elle. Peu à peu, je suis venu plus régulièrement. Elle m'a longtemps observé avant de me montrer qu'elle s'était attachée à moi. Elle m'accueille, m'ouvre sa porte. Ses fauteuils sont bas, profonds. A travers le cannage qui fait un écran entre elle et moi, je reprends souffle. Mme Gilmour-Wood, à la fois inquiète et ravie des tours que je joue à mes parents qui ne daignent pas franchir la porte de sa boutique entourée de vastes plaques d'opaline noire, à l'enseigne d'un poète anglais qu'ils ne connaissent pas, me sourit de plus en plus.

Maigre, frêle, Mme Gilmour-Wood ne veut être qu'une silhouette. Son profil est usé, ébréché par les années et le malheur. On devine les os derrière sa peau ridée, blanche. Une figure aiguë, des yeux marron, pâles, presque jaunes, une mèche de cheveux blond vénitien lui tombe sur le front. Elle porte un béret bleu et des manteaux de vieille écolière. Elle est en bleu, toujours. Quand elle parle, elle lève le menton très haut, même quand les gens sont plus petits qu'elle. Elle a une voix douce, détachée, claire mais ferme, légèrement dentale. Elle place ses mots. Son français est juste et elle le sait, bien qu'elle ne lise jamais un livre, sauf peut-être chez elle, mais je ne crois pas. Elle passe des heures le menton dans la main, n'aime pas que les gens viennent dans son magasin. Elle ne s'anime que devant les meubles gothiques aux portes-fenêtres à treize carreaux. Elle déteste parler de tables, de bureaux, de chaises, de bibliothèques. En revanche, quand il s'agit de vernis, de bois, de cuir, elle est plus enjouée. Alors elle caresse la surface de ses meubles, du plat de la main, mais à peine. Pas de miroir, peu de bibelots, pas de papier pour emballer.

C'est faux que j'y passe mes journées parce que hélas, le matin, elle n'ouvre qu'à dix heures et je suis déjà en classe. Je vais la voir dans les moments creux, après les cours. Dès que j'arrive, s'il y a quelqu'un dans la boutique, elle s'arrange pour le faire sortir d'une phrase : « Maintenant, madame, à vous de réfléchir. » La cliente sort. Nous passons enfin à autre chose, c'est-à-dire à moi.

Elle me raconte ce que c'est qu'aimer : sentir son cœur battre, mourir à chaque minute de retard, les mains qui se touchent, les frôlements, les regards, cette autre voix qui parle en vous, ce nouveau visage qu'on voit partout, ces coups qu'on donne et qu'on reçoit... Elle avait vingt ans, elle l'avait rencontré au théâtre, ils n'avaient pas le droit de se voir, on l'a marié à une autre et son cœur s'est brisé. Je ne suis pas sûr qu'elle me donne de bons conseils : « Ne jamais avouer qu'on aime si on aime, ne jamais rassurer, se faire désirer. » Ces stratégies me plaisent parce que je crois que dans la vie rien n'est naturel. « Ce ne sont pas les destins qui se croisent mais les imaginations qui se superposent ou divergent. Pendant qu'on calcule une attitude, un silence, une réplique, de l'autre côté se forment d'autres gestes, d'autres silences, d'autres interprétations du dernier rendez-vous et en plus la vie, bêtement la vie, se mêle à vos plans. » J'apprends chez Mme Gilmour-Wood à être encore plus vigilant, plus sensible. Si sensible que bientôt tout signe, toute marque, tout soupir devient trop important. J'oublie l'essentiel. A force d'examiner ma vie à mesure qu'elle se déroule, je ne sais plus où je vais. Je cultive auprès d'elle l'art du détachement mais je n'y arrive pas. Je veux m'en sortir. S'en sortir ce n'est pas être au-dessus, ni au-delà, mais en marge. Etre nonchalant. Rire. Je veux rire. Pas facile de rire. Rire, ce n'est pas rire aux éclats, rire est un acte silencieux, ambitieux, incommunicable. On rit comme on hausse les épaules, mouvement ô combien difficile et dangereux. Les grands haussements d'épaules sont imperceptibles. Il y a des haussements d'épaules majeurs par-ci, par-là comme il y a des textes majeurs qui sans rien dire répondent à tout. Je ne sais pas hausser les épaules.

Mme Gilmour-Wood prétend que je ressemble au portrait de son fils enfant, peint par Boldini. Je n'ai pas osé la contrarier. Elle ne m'a dit comment il était mort qu'il y a très peu de temps. Tout son malheur tient en une phrase : il est allé au Bois le jour de la libération de Paris avec quelques amis, les Allemands qui décampaient ont tiré. Son histoire s'arrête là : au pied d'un arbre où les femmes du quartier vont faire pisser leurs chiens.

Mme Gilmour-Wood avait l'air toute petite devant le tableau de son fils, dans son appartement sombre, aux volets fermés. Elle avait enlevé son béret, délivrant un flot de cheveux. Ils sont vraiment blond vénitien. Elle me regardait regarder son fils. Je voyais les soldats allemands, le garçon qui courait, penché en avant, il tombait, se relevait pour tomber à nouveau, pour une dernière fois au bord d'une de ces fausses clairières où l'on me force à jouer au foot de temps en temps.

Ma mère respecte le drame de Mme Gilmour-Wood. A toutes les deux il leur manque un fils, aucune des deux n'en parle. Chez nous, pas une photo de mon frère. Les Klimt cachent le livret de famille. Inutile, ma grand-mère m'a tout raconté : il y a eu un autre enfant avant moi qui est mort à trois ans (en voilà un secret !). C'est à cause de lui que mon père ne s'est jamais habitué à moi. Il s'apprêtait à en aimer un autre, il l'aimait déjà et n'a pu faire son deuil de celui que je ne suis pas. C'était un garçon formidable qui venait, costaud, épatant. Quel dommage ! C'eût été le grand homme de la famille. Ils seraient allés ensemble au football, à la pêche. Un marrant. Pas un qui traîne ses pieds quand on l'emmène marcher en forêt, pas un qui vous demande tous les dix mètres jusqu'où on va, pas un qui fait tout ce qu'il peut à chaque instant pour vous gâcher la vie. Pas celui-là ! Un jour, mon père m'avait emmené en barque pour appâter à la veille d'un concours de pêche... c'était interdit. On pouvait le voir ramer sur le Loing, quoi de mal ? Il promenait son fils. J'avais sous mon banc un million de vers dans un sac en plastique que je devais tenir fermé. Ce grouillement sous ma main me dégoûtait, je les sentais monter le long de mon bras, je les voyais attaquer mon épaule, l'avant du bateau, ils envahissaient la figure de mon père. Trop écœuré, je ne pouvais pas les garder plus longtemps. Il paraît que je ne les ai pas jetés au bon moment. Mon frère, lui, aurait été plus patient. Il était fait pour ce genre de joies simples. Mon père aurait été comblé. Ils auraient fait de la montagne ensemble. Parfois, quand il me regarde, il le voit bien ce fils perdu. Un visage franc, fort, rieur, direct, des bonnes joues, pas d'arrière-pensées, de regards torturés, de cette insolence qui empoisonne. Il aurait été bon en classe, et simple surtout. J'ai mal pris la place de l'autre. J'ai longtemps espéré qu'il m'avait adopté pour consoler ma mère : je suis forcément d'une autre famille, je ne leur ressemble pas. Sauf par un certain plaisir que je trouve à parler de moi. C'est ce qui me sauve : moi, moi, moi. Ça me perd aussi.

Je ne suis pas beau. Tous les enfants sont blonds, je suis brun, comme un Indien. J'ai les yeux écarquillés comme si j'étais un peu stupide mais je n'ai pas la voix d'un enfant. On m'appelle « grosse voix », ce qui énerve mon père. Ma bouche est trop grande, je sais. Des lèvres trop grosses. On dit que c'est sensuel, je veux bien; en tout cas, c'est pratique pour les grimaces. Mon nez est ridicule. On a beau dire que j'ai le nez de ma grand-mère, qu'elle était ravissante... Elle était ravissante quand? Il y a soixante ans. J'ai un nez d'il y a soixante ans qu'on dit mignon. Il n'a rien de mignon, mon nez. Enfin, je m'en sers pour sentir le vent. C'est mon gouvernail. J'ai une tête trop présente. Dans les photos de classe, on ne voit que moi. Peut-être parce que je m'assois toujours à côté du professeur et que je bombe le torse qui est d'ailleurs plutôt maigrelet mais nerveux. Je ne suis pas sans muscles : je suis le plus fort. Aux récréations, dès qu'on sort de la classe, qu'on file comme des flèches à travers la cour encore déserte, j'arrive le premier aux cabinets. Au lycée, j'ai mon groupe. Autrefois c'était toute une bande. Maintenant ça s'éclaircit les amis. On a de moins en moins de temps pour parler entre les cours. C'est de plus en plus difficile d'être le chef. Pour me repérer, c'est facile : j'ai toujours les mêmes vêtements. Un large tricot gris avec une encolure en pointe, une chemise blanche, un pantalon en velours marron et de grosses chaussures de marche. L'hiver, en plus, j'ai un gros manteau. Je ne suis pas grand mais je rattrape en me tenant bien droit, les bras raides, le menton levé. Les docteurs ont dit que je grandirai plus tard. Ils l'ont dit à mes parents. Moi, je n'ai pas demandé à grandir. Contrairement à ce qu'on pourrait croire, je ne suis pas quelqu'un qui va de l'avant. Je serais plutôt du genre à m'asseoir sur un banc et à tout mener de là.

Je n'aime que mon prénom : Balthazar. Il commence sur un pied, s'élance sur un air de fête, finit dans rien, au petit bonheur... Klimpt est un nom fabriqué par mon père. Il a payé pour qu'on s'appelle comme ça. Notre vrai nom, c'était autre chose. Mais beaucoup plus difficile à prononcer. Moi, j'aurais préféré qu'on reste comme avant : imprononçables.

Pas de vrais parents, pas une vraie maison. Ici, rien n'est à nous. Mon père n'a pas un vrai métier : rabatteur. Il va chez les gens et leur demande s'ils ont quelque chose à vendre. S'ils sont d'accord, il envoie Tony avec le camion. Le Muet n'aime pas mon père. Mon père lui a dit une fois : « Si tu n'étais pas muet, tu aurais un accent. » Tony ne lui a pas pardonné. Mon père, lui, n'a pas d'accent. Aucun. Extraordinaire pour quelqu'un qui a appris le français si tard. Il dit que s'il supporte si mal ma marraine, c'est à cause de sa syntaxe approximative. Moi, je sais pourquoi il l'exècre : elle fait avec lui comme avec ses maris, elle l'appelle par le nom de son pays. Elle a compris que ça l'agace, mais qu'il n'osera jamais lui faire une réflexion : il a besoin de ses relations pour trouver des clients. Alors elle le lui dit en plein visage, elle le lui claironne, ce mot qu'il veut garder pour lui tout seul : Hongrie !

On ne parle jamais de la famille de mon père. Mon père ne parle jamais de son pays. Un jour, devant la vitrine d'un antiquaire spécialisé dans les choses russes, je l'ai vu rêver sur un service en porcelaine ayant appartenu à l'impératrice Elisabeth : un aigle noir, un aigle blanc triomphaient sous une seule couronne. Mon père avait l'air ému, il a failli dire quelque chose mais s'est retenu : j'étais là. Alors j'ai appris tout seul qui il était.

Il est venu à Paris, il avait vingt ans. Il venait prendre le luxe à la racine, parler notre langue, étreindre nos femmes. En fait, il venait finir ses études. Et la guerre l'a surpris. Parfois, il fait allusion à ces femmes connues avant ma mère. Des petites boulottes charmantes parmi lesquelles il a rencontré une Hongroise très belle, intelligente, juive. Il ne l'épousera pas. On dit qu'il ne voulait pas faire vivre à ses enfants les drames qu'on devine. Ces femmes nues qui marchent dans la neige à Budapest, les pierres qu'on leur a jetées, les a-t-il vues ? On ne parle jamais de ça ici. Il n'a jamais dit non plus qu'il avait travaillé chez Citroën. Quoiqu'il y ait tout de même fait allusion en passant, très vite, comme si ça n'avait pas d'importance. A genoux, dans un troisième sous-sol sans fenêtre, il nettoyait des câbles en acier. Il en serait fier, je l'aimerais. Je ne sais pas pourquoi, je préfère ce passé à celui du père de Boulieu qui est pilote d'Air France : il a été pilote, il est pilote, il sera pilote, il mourra pilote — pilote à la retraite. Mon père, c'est une tout autre histoire et il la cache soigneusement ! Il ne veut être à ses yeux que cet homme en prince-de-galles qu'on respecte parce qu'il maintient à un certain niveau une certaine vie. Quelle vie ? Si seulement il montrait une fois la nostalgie qu'il porte en lui, mais ça aussi c'est caché. Que se passe-t-il après Citroën ?

On le retrouve photographe dans un grand journal, il dîne place du Palais-Bourbon, danse à l'Eléphant Blanc, ne se couche jamais. Ça, en revanche, il le dit souvent, ce qui fait sourciller ma mère car ce n'est pas un exemple. Il va à la guerre, il est définitivement français. Enfin, il se marie. A partir de là j'abandonne. Ma mère aussi. A-t-elle cherché à savoir qui il était ? Le lui a-t-il dit ?

Une des supériorités que j'ai, peut-être, sur les enfants de mon âge, et même sur les grandes personnes : je sais où le bât blesse. Le bât de mon père — les mots sont coquins parfois — c'est qu'il ne tient pas de registre sur la marchandise qui entre et qui sort. Il répugne à l'écriture et laisse ça à Tony qui est brouillon. La seule chose qui amuse Tony, c'est de changer les meubles de place. Il entre chez nous le matin comme dans un puzzle dont il est le maître. Il déménage à longueur de journée, souvent sans raison — si plaisir n'est pas raison. Tony a ma taille, il a la taille de ma marraine : il est en dessous de soixante, d'un mètre soixante. A ce compte-là, on est un enfant. On a donc tous les droits. Enfin, Tony devrait noter scrupuleusement toutes les pièces qu'il porte sur son dos : c'est tout de même à cause de lui si nous ne retrouvons rien, si nous sommes sans cesse poursuivis.

Je les trouve finalement assez patients les clients de mon père. La première fois qu'ils appellent, on leur répond à peu près toujours la même chose : l'affaire avance. Parfois leur bonheur-du-jour est vendu depuis longtemps mais on ne le sait pas ; ou bien il a été écrasé sous une commode qui a basculé, et on ne le sait pas non plus : Tony ne dit jamais ce qu'il casse. La deuxième fois, on leur demande de rappeler. On le dit souvent au premier coup de fil. Quand c'est ma grand-mère qui décroche, comme elle perd la mémoire du temps présent, tout en gardant intacte sa mémoire d'autrefois, surtout celle des choses maintenant inutiles, c'est toute une histoire. C'est peut-être cet encombrement là-haut, sous ses cheveux si fins, dans ce crâne si peu épais, qui a tout bloqué : elle n'a pas trié. Les clients n'en reviennent pas : elle entend parler de Lyon, elle dévide aussitôt les horaires des trains qui partent pour Paris, Marseille, Nice, Bordeaux. Si on ne l'arrête pas, à partir de Lyon, ou de n'importe où, elle tisse un réseau qui bientôt couvre la France entière, y compris la principauté de Monaco. Il n'y a que la Corse qu'elle ignore. Mais elle l'a remplacée par la Belgique et le Luxembourg. Le 13 h 08 de Liège, le 20 h 34 de Knokke, le 16 h 20 de Moussy. Mon père lui interdit de toucher au téléphone. Il sait que sa mémoire est remplacée par une immense rêverie et qu'elle, à peu près insensible au froid comme au chaud — ce qui fait souvent dire à mon père : « C'est une paysanne » —, se souvient aussi de la température et du temps qu'il faisait le 22 février 1914 ou le 15 avril l'année dernière, et ne manquera pas d'en faire état à ceux qui appelleront pour récupérer leurs meubles. Souvent, elle se contente de fabriquer, avec beaucoup de gentillesse et de minutie, un itinéraire inutilisable parce que périmé. M. de Béague, devant qui j'évoquais les prodigieuses facultés de cette mémoire perdue, m'a répondu très sérieusement, ce qui m'a fait immédiatement éclater de rire : « Elle a le snobisme des trains, j'ai bien celui des généalogies. Chacun ses tares, chacun ses gares », ajouta-t-il pour ma grand-mère qui, de nature hélas casanière, en a fréquenté si peu. Si au moins elle avait voyagé... mais non ! Dommage pour elle : on résout tant de rêves dans les gares, surtout quand ce sont les autres qui partent.

Mon père craint que ma grand-mère ne raconte comment il travaille avec le hasard, grâce à ces rencontres qu'il n'imagine qu'à partir du « Carnet du jour » : il lit la mort de quelqu'un, le nom lui dit quelque chose... Mon père répète le nom qu'il vient de lire. Il cherche : a-t-il connu ce Barnabé Docqueville ? Il prend un air pénétré, mystérieux, lointain et surtout hautain : nous le dérangeons, ma mère et moi, à être ainsi suspendus à ses lèvres, nous ne pouvons pas l'aider, n'appartenant ni de près ni de loin à cette époque extraordinaire où il vivait, où il connaissait tout le monde. C'était bien avant nous, bien avant qu'il rencontre ma mère. Il a beau répéter Docqueville, moi je sais que ce Docqueville ne peut rien lui dire, pas plus que le Mallet de la veille, ou le Bellerive de l'avant-veille. Il choisit dans la rubrique « deuils » les noms qui le rassurent, des noms bien français, des noms à couverts, des noms à commodes — c'est ce qu'on vend le mieux en ce moment. Si mon père joue la comédie du souvenir, c'est pour répéter sur plusieurs tons le nom sur lequel il vient de s'arrêter. Il l'essaie. Ce nom vaut-il les efforts qu'il faudra fournir, les pudeurs qu'il faudra vaincre, toutes les réticences qu'il va rencontrer ? Ce nom est-il encore capable de porter tous les trésors qu'il laisse imaginer ? Il fait résonner chaque syllabe. Il l'essaie. Comme ma mère

43

qui, autrefois, lorsqu'elle jouait du piano, ne se lançait pas à la légère avant d'étudier un morceau : elle déchiffrait un à un tous les thèmes de ses préludes et fugues pour choisir celui avec lequel elle serait la plus brillante. Quand mon père est sûr de son nom, il passe à l'attaque et prend le téléphone. Un jour, par hasard, il a appelé chez un homonyme et il est tombé sur une collection prestigieuse. Notre fortune était faite. Béague me dit que ce ne sont pas ces hasards-là qui l'intéressent. « Il n'est pas question de chance gratuite mais de ces courants qu'on sent, qu'on aide, qui vous guident : cet autre sens que certains possèdent, cette résurgence en soi d'un autre monde, d'une autre mémoire. Il n'y a que ça dans la vie ! Il faut que tu découvres toi-même de quoi sont faits les êtres : où est leur mystère. Où sont leurs grandeurs. Et là où le bât blesse. Voilà les deux pôles. »

Béague passe son temps à dresser les états de fortune et d'infortune des familles du Gotha, ce petit annuaire rouge posé en permanence sur sa table de nuit, près d'un missel griffé d'annotations indéchiffrables. « Vous qui ne croyez pas en Dieu, pourquoi garder ce livre sur cette tablette de marbre gris ? — Je note les contradictions. » J'aurais voulu qu'il me dise les « hypocrisies ». Si Béague finit sa vie — c'est son expression — en passant beaucoup de temps à expliquer pourquoi, quand et où telle famille s'est mésalliée, comment certain aventurier a refait surface ou s'est totalement perdu, c'est pour arriver à son plaisir suprême : montrer que les hasards de la vie sont plus forts que la vie. Après avoir exposé pendant des heures qu'il avait été plus que nécessaire que deux familles s'unissent, que la Chine et la Russie entreront fatalement en guerre, il passe autant de temps à expliquer pourquoi une femme se tient parfaitement droite : après avoir prouvé que cette raideur lui vient de je ne sais quelle branche de sa famille, il précise : « Vous ne la verrez jamais le dos appuyé à une chaise. Vous pensez bien que ce n'est pas chez elle qu'elle a appris ces manières. Ce sont peut-être les gens les mieux qui soient. Elle a attrapé cette allure exquise, ses silences, grâce à une femme, qu'elle a connue autrefois à Florence, et qui, célèbre pou son maintien, sa grâce, son port de tête, l'aimait jusqu'à tout lui apprendre. Chacune de ses apparitions était légendaire. Sans ce voyage, sans cette liaison inavouable, elle n'aurait jamais eu le goût, la force de ce style qu'elle a maintenant donné à la famille, puisque sa fille, sa nièce la copient à leur tour. » Il dit aussi : « Il n'y a pas de hasard », alors qu'il déclare sans arrêt, c'est un leitmotiv chez lui : « Rien ne se fait sans hasard. » Dans chaque histoire il cherche le lieu du hasard, c'est ça qu'il cerne, qu'il analyse, qui le passionne et que peut-être même il invente.

Les Klimpt veulent savoir où j'ai connu Béague, quel âge il a, ce qu'il fait, comment il vit. J'ai triché sur tout. J'ai dit qu'il avait quarante ans, comme eux, pour les rassurer — il en a au moins soixante. Qu'il était médecin — ce n'est qu'un demi-mensonge, il a commencé « sa médecine » mais l'a vite abandonnée pour des carrières plus passionnantes. Qu'il était marié — il l'a été il y a très longtemps très peu de jours : deux jours. Que c'est un client du libraire à côté de la maison. Que je l'ai rencontré là. Qu'il m'a parlé, un samedi. Ça, c'est vrai. La seule chose.

Ce samedi-là, je regardais les livres, comme d'habitude (j'ai lu *Adolphe* chez ce libraire, et *Armance*, et *Les Trois Mousquetaires*, et bien d'autres). Parmi cinquante livres d'occasion : *De la chevalerie*, par Olivier de Béague. A cause de Jean Marais et de Bourvil que je venais de voir dans *Le Capitan*, et du petit Aymerillot de *La Légende des siècles* — qui prit la ville à lui tout seul — je rêvais de chevaliers. « Si vous êtes un peu triste en ce moment, ne lisez pas le dernier chapitre. » C'était la première phrase, elle m'a suffi. Et je crois que j'ai bien fait de ne pas aller plus loin, parce qu'il n'y est question que de familles, de blasons, de mésalliances, d'inventaires de noblesse. Je n'ai jamais dit à Béague que je n'ai pas lu son livre, ni que j'ai tout fait pour le rencontrer à cause de cette seule phrase.

Le libraire savait que Béague allait tous les matins prendre son café au Lamartine. « Il ne parle à personne, mais il vient au magasin. Vous le présenter, je ne peux pas, mais allez le voir, vous ne pouvez pas le manquer : il est très grand, très mince, habillé très drôlement : un nœud papillon, une canne, une couverture sur le dos plus qu'un manteau, un homme d'un autre âge. Quand il marche, il s'arrête souvent sur le trottoir, comme pour voir le chemin parcouru. Une mèche de cheveux poivre et sel lui retombe sur l'œil. Il parle d'une voix aigrelette et il a un drôle de tic à la joue, comme s'il mâchait sa langue — qu'il a, ma foi, fort bien pendue : il sait tout sur tout le monde. »

Je l'ai tout de suite reconnu au Lamartine. Il avait, comme mon père, le journal ouvert à la page du

« Carnet du jour », sauf que lui, c'était pour savoir s'il y avait enfin un nouveau duc et quel marquis était mort. A côté de sa tasse, une pile de cartes-lettres pour les félicitations et les condoléances. Je me suis assis en face de lui en disant : « Ne lisez pas le dernier chapitre. » Il a paru choqué. J'ai dit « pardon » et j'ai fait mine de m'en aller mais j'avais déjà habilement ajouté : « Bravo pour votre livre ! » Alors il m'a demandé de rester, m'a offert une menthe à l'eau et a parlé de ses recherches, du monument aux morts du Trocadéro et du cimetière de Picpus, de la Callas, d'André Malraux, de certaines très jeunes filles « belles comme un vers de Mallarmé ». Il pestait contre les uniformes et les corps constitués. J'ai été sauvé par son goût de la parole, de la parade : il ne m'a posé aucune question. En le quittant, j'ai couru pour me plonger dans son livre mais il n'était plus à la place où je l'avais laissé. Le libraire ne savait pas ce qu'il était devenu, il était sûr de ne pas l'avoir vendu. On a cherché, il avait disparu. Béague croit que j'ai lu son livre, et que la généalogie m'intéresse.

Malgré les divagations de ma grand-mère, les clients rappellent. Parfois ils attendent des mois, mais ils rappellent. On leur dit alors que tellement de temps s'est écoulé, qu'on ne sait plus. On va vérifier à l'entrepôt. On n'a pas d'entrepôt. On n'a que cet immense appartement où nous passons le plus clair de notre temps à faire de la place. Ce n'est pas que mon père cherche à voler ses clients, il en est incapable : il est très raisonnable, trop. C'est d'ailleurs parce qu'il a l'air prudent, qu'il a l'œil tranquille, une eau dormante — sauf quand il me voit — que ses gestes sont mesurés — sauf quand il me gifle — qu'on lui confie des meubles : on pense qu'il les vendra à bon escient. Il laisse entendre qu'il a le sens des ventes, des salles, des enchères. On espère...

A Drouot, Tony est unique : il lève le doigt quand l'objet traîne mais, quand par malheur le marteau tombe sur lui, plus de Tony. Il disparaît. Que Tony tienne ce rôle de complice un peu louche et que mon père, si moral, se prête à ce jeu, me plaît beaucoup. On avait tout pour faire fortune. Mais si on n'écrit pas, pas d'avenir. Parce que derrière cet entassement, il y a beaucoup de choses à nous : les chines, primo — on a toujours parlé de la collection de chines de feu le père de ma mère, ils existaient ! où sont-ils ? — et les sèvres ! — ce service fabuleux qu'il avait acheté pour rien à Bordeaux avant de connaître ma mère, où est-il passé ? J'ai commencé par la porcelaine, mais il y a les bois — le salon du duc d'Orléans, on n'en possédait qu'une partie, où est-elle ? — et tout ce qui est en étain, en vermeil, en émail, en peinture... Les bronzes ? Les tapis ? Qu'est-ce qui est à nous ? Autrefois quand les clients étaient mécontents, menaçants, on remplaçait. On faisait des échanges. Et nous, dans les échanges, on y a toujours perdu : on donnait nos chines, nos sèvres, nos biscuits, de confiance. Ce qu'on a pu se faire avoir ! Il y avait un monsieur tout maigre, toujours habillé en gris perle, qui venait de Fontainebleau. Il avait l'air si dur, si pincé, que d'entrée de jeu ça se voyait qu'il nous voulait du mal, qu'il venait vider la maison. Tout ce qu'il a dit avoir déposé chez nous ! Tout ce qu'il a pu réclamer ! Qui l'avait renseigné ? Pendant longtemps, j'ai cru que c'était ma grand-mère qui en avait gros sur le cœur du ton que mon père prenait avec elle. Maintenant, je me demande si ce n'était pas Tony. La vivacité, la joie, presque, avec laquelle il a emporté le tapis blanc qu'on venait chercher, pendant une réunion des dames d'œuvres de ma mère... Tony était entré en scène en grimaçant, faisant des gestes avec ses mains calleuses pour faire lever toutes ces dames. Et, tandis qu'une partie d'entre elles soulevaient la table en s'efforçant de ne pas renverser tasses, théière, assiettes, gâteaux, d'autres, à quatre pattes, roulaient le tapis sous ses ordres muets. Ça faisait bon effet !

On ne montre pas Tony aux dames du comité « Les amis des enfants d'Auteuil », présidé par la princesse Saxe-Montalivet, une « géante de la conversation » d'après ma mère, mais une méchante dans la réalité. Elles étaient toutes les huit assises en cercle. Malgré notre désordre, elles arrivent toujours à se regrouper en rond. A se ressouder. Un petit coup d'épaule à gauche elles écartent un paravent, du pied elles repoussent une portière roulée qui gêne, quoi qu'il y ait devant elles, elles avancent ceintes de leur fauteuil comme agrippées à des bouées de sauvetage. Bien installées, elles peuvent alors, au son de leurs morceaux de glace qui s'entrechoquent dans leur whisky, entre la fumée de leurs cigarettes américaines et les cliquetis de leurs bracelets, détruire l'humanité entière par la bassesse de leur regard et la conviction qu'elles ont d'être parfaites. « Untel est trop malheureux, on ne peut pas le laisser comme ça, dans ce taudis... » Très vite elles dérapent — c'est assommant la misère — et racontant leur vie, leurs voyages, avec des accents outrés : « j'étais dans ce qu'on appelait autrefois le Siam, guidée par un guide, un bouddhiste-on-ne-peut-plus-orthodoxe, un homme tout à fait de notre monde : intime de l'empereur d'Ethiopie, il a baladé tout ce qu'on veut : Farouk, la reine d'Egypte, Elizabeth Taylor », s'extasient sur elles-mêmes.

Au début, je ne comprenais pas ce que ces femmes venaient faire à la maison, ce qu'elles pouvaient nous trouver. Si elles avaient besoin de ma mère pour coller des enveloppes, elles pouvaient la faire venir dans leur hôtel, ou bien les faire déposer par leur femme de chambre chez nous. Après je me suis dit qu'elles venaient à la maison pour montrer que leurs titres, leur richesse n'étaient pas des écueils à leur bonté. Ensuite j'ai pensé que c'était pour aider mon père que ma mère les faisait venir : qu'elles voient les meubles, qu'elles en parlent, qu'elles achètent. Finalement, je me suis aperçu que c'était ma mère qu'elles venaient voir. Qu'avec ses idées, sa jeunesse, sa beauté, son élégance, son enthousiasme, c'était elle qui faisait vivre l'œuvre.

Le petit homme de Fontainebleau décrivait le lit à la polonaise aux montants de bois rouge avec une telle précision que devant les femmes du comité, on avait dû le lui donner aussi. En fait, il appartenait aux Moët. Les Moët du Nord, pas les Moët de ma mère, ni les Moët du champagne. Des Moët du « Carnet du jour ». Le petit monsieur méchant de Fontainebleau, avec son chapeau gris, avait très bien compris que mon père n'était ni commissaire-priseur, ni courtier, ni marchand : qu'il était sans patente. En échange de rien, on lui a abandonné la collection de pièces gallo-romaines que mon père devait vendre pour, enfin, acheter un entrepôt. S'il ne l'avait pas encore fait, c'est parce que, dans sa famille, on ne vend pas ce qui vous appartient — entre parenthèses, les seules fois où il évoque sa famille, c'est pour lui attribuer ce genre de principe qui vous gâche la vie. On a abusé de nous jusqu'au jour où mon père a rencontré par hasard un camarade de régiment qui connaissait quelqu'un à la mairie lequel connaissait quelqu'un à la préfecture qui lui a arrangé le coup tout à fait arrangeable depuis toujours : il a eu enfin le droit de vendre. Mais nous, on ne va pas d'emblée à ce qui coule de source. Là aussi le bât blesse.

Les autres enfants ne savent pas pourquoi les affaires ne marchent pas. On leur dit : « C'est la crise », ils croient que c'est la crise. On leur dit : « Tant que le problème de l'Algérie ne sera pas réglé... », ils croient que c'est la guerre. Les parents ont toujours des tas d'excuses. Mais ça ne marche pas avec moi. Chaque fois que je remarque leurs mensonges, je le leur dis mais ils ont horreur d'être surpris, alors ils se cachent davantage, c'est comme ça qu'on devient adulte. C'est aussi comme ça qu'on devient fou. Et Tony n'est rien d'autre qu'une sorte de fou. C'est le fou de la famille, comme autrefois il y avait le fou du roi.

Fort, les épaules très carrées, sur lesquelles est posée une grosse tête sans cou, ses yeux, noirs, rêveurs, sont très ouverts, énormes, comme des sulfures. Les bras courts, il tape souvent dans ses mains devant et derrière lui, comme un enfant désœuvré. Muet, il note sur un papier niché dans le creux de sa main, soit ce qu'il veut bien nous dire, soit autre chose, qu'il garde alors pour lui. On préfère qu'il nous montre ses papiers. Il les laisse parfois sur une table, un lit, comme par mégarde. Souvent, ce sont des chiffres auxquels nous ne comprenons rien. Très petit, je croyais qu'ils correspondaient à un code et que Tony était un martien. Ou bien ce sont des réflexions sur notre comportement, pas tellement nos répliques, mais nos habitudes, nos faiblesses, nos travers : « Ils se regardent de moins en moins quand ils se parlent. » « Capucine commence à avoir de la poitrine ». « Anniversaire de Balthazar : ils ont oublié. » « Noël : des chaussons. » « Klimpt a encore perdu les clefs du coffre. » « Il se plaint du cœur, elle a la migraine : l'huissier a téléphoné. » « Ils recomptent l'argent des courses de Francette. » J'ai surpris plusieurs fois Tony en train de glisser un papier à des clients. Il est le seul à connaître la provenance des objets, leur destination, leur état, leur vrai prix. Mon père ne se méfie pas assez des papiers de Tony. Comme il est muet, il n'a pas pensé à lui interdire de parler. Tony-la-vérité. Quand un client, un peu trop furieux, menace de tout casser, Tony entre en action et au lieu de disparaître comme lorsque mon père et moi nous nous disputons, fait de grands gestes, semblable à ces hommes qu'on rencontre sur les voies ferrées avec des drapeaux de couleur. Sémaphore vivant, bras écartés, il penche son buste court de gauche à droite, pour donner le tournis à l'adversaire, rendre ridicule sa colère et ses réclamations dérisoires. Souvent, tout le monde finit par rire. Il a tout un registre d'entrées de clown, faisant semblant, avec rien, de jouer de la trompette, du tambour, de jeter son chapeau en l'air. Ça fait son effet devant mon père si raide, qui paraît toujours sortir du musée Grévin, mais il ne lui est pas reconnaissant de ses interventions qui, pourtant, nous sauvent. Une fois que le client est parti, que Tony est seul avec mon père, le Muet baisse la tête, mord sa langue, roule ses yeux dans le vide. Quand je les vois marcher tous les deux dans la rue, ils me font envie : bien qu'ils aillent si mal ensemble, ils vont ensemble. C'est le vrai couple de la maison. Mon père, élancé, élégant, posant ses pieds toujours de façon régulière ; Tony à côté, petit, large, avec son manteau à carreaux sous lequel il cache ses gros sacs. Il occupe toute la place sur le trottoir. Dire que moi, quand je marche trop vite ou trop lentement, Klimpt s'arrête et me fait la leçon ! Tony, je n'irai pas jusqu'à dire qu'il en est fier, mais il l'accepte.

On ne parle jamais de Tony à la maison, alors qu'on parle de tout le monde. Sans doute parce qu'il est muet, et qu'on ne parle pas des gens qui ne disent rien. Ça me choque. On l'appelle le Muet, c'est déjà beaucoup. Il ne s'assoit pas à table avec nous, mais se tient toujours plus ou moins dans un coin de la pièce. Il nous regarde, se balance sur une chaise, et quand ma mère ne sort pas de ses contradictions, qu'elle se rend compte que mon père, Capucine et moi nous en apercevons — Klimpt ne prête vraiment l'oreille qu'au moment où elle se perd : il sourit finement, la suit dans son impasse — et que Capucine et moi commençons à pouffer, elle se tourne vers le Muet : « Tony avez-vous déjeuné ? Vous savez, il faut manger quelque chose, les journées sont longues. » Quand Tony lui en veut, il est de notre côté et fait le sourd.

Quand il veut lui faire plaisir — je me demande si elle ne lui donne pas de l'argent de poche —, il engage avec elle, dans le silence, un véritable dialogue : il penche la tête, fronce les sourcils, ouvre la bouche, ou vient vers elle, qui l'accompagne à la cuisine. On entend alors ma mère dire pour « la millième fois » à Francette qu' « il faut s'occuper de Tony ». Quand elle revient à table, suffisamment de temps s'est écoulé pour qu'on ait oublié ce qu'elle disait.

Au lycée, je suis assez fier de Tony. Je dis toujours que lorsque j'aurai le prix d'excellence — comment puis-je faire ce rêve, moi qui suis toujours bon dernier — je n'accepterai d'aller en classe qu'accompagné de Tony qui portera mon cartable. J'aurais aimé pouvoir jouer avec lui comme il joue avec mon père. L'emmener à des goûters, m'en servir pour faire peur à mes ennemis. Je l'ai vu avec la concierge, les transporteurs, les commerçants : il sait tenir à distance, narguer — mais ça, je sais aussi. Pour faire l'intéressante, pour faire la fine mouche, comme dirait Francette, pour ressembler à sa mère qui a un point de vue sur chacun, Capucine dit que, de nous tous, « c'est Tony qui en dirait le plus ». Le plus de quoi ? Sur qui ? Elle répond avec sa mauvaise voix : « A qui sait entendre, peu de mots suffisent, la fortune favorise les muets. » Ma mère qui n'aime pas qu'on ait plus d'intuition qu'elle — son fameux sixième sens — lui a cloué le bec par un : « Ça ne m'étonnerait pas », qui veut dire aussi : « On s'en fout. »

Merveilleuse Capucine ! Si bonne en maths ! Si bonne nageuse ! J'entends ça depuis trop longtemps. Capucine, ma grosse sœur : championne de natation — dos crawlé — premier prix d'algèbre ! Elle m'ennuie. En plus, elle louche. Elle louche même avec bonheur. Elle ne le retiendra jamais son gros œil vert. Il va toujours vers le bout de son nez, on dirait que ça ne la gêne pas. Son père lui dit, pour qu'elle n'ait pas de complexes, que ses yeux sont très jolis et que c'est à cause de ça que l'un cherche toujours à regarder l'autre. Je les trouve lourds, enflés, ils prennent une place énorme dans son visage. Elle ne veut pas que je voie ses amies. D'ailleurs je connais toutes ses camarades de piscine qu'elle récolte à l'entraînement. J'en ris, bien qu'elles fassent peur : elles ont toutes l'air de camionneurs. Au lycée, Capucine n'a pas d'amis. A Janson, on est assez snob : on aime les jolies filles. S'il n'y en a pas, les garçons préfèrent se débrouiller seuls, ou entre eux. Que quelqu'un pense à coucher avec ma sœur... d'un vicieux... pas croyable ! Et ça arrivera ! Certainement. Il y a preneur pour tout. Rien que cette idée me donne du courage. Je ne sais pas pourquoi. Peut-être parce que je sens que je ne resterai pas en rade.

En fait, la petite merveille passe ses nuits, depuis trois ans, à calculer le temps qu'il faudrait pour que l'appartement soit rempli d'eau — ça prendrait une semaine, une petite semaine : elle ouvre les robinets le dimanche des Rameaux, le jeudi saint c'est fait, notre rez-de-chaussée n'est plus qu'un fond sous-marin et l'immeuble flotte au-dessus de nos têtes. En plus, elle parle pendant son sommeil. Elle a beau rafler tous les prix de la terre, elle imagine notre immeuble voguant avenue Victor-Hugo, elle nous voit à l'Etoile — elle est idiote : ça monte vers l'Etoile, on irait plutôt vers la Seine. Elle rêve d'elle en amiral, sur le toit. Elle glisse au-dessus de tout. Ensuite, je ne sais plus, je ne passe pas mes nuits à écouter ma sœur. Moi, je ne dis pas ce qu'elle fait la nuit, Capucine. Je n'ai pas dit qu'un jour elle ne vérifiera pas si elle ne s'est pas trompée dans ses calculs et qu'elle ouvrira les robinets pour avoir raison ! Un travers de famille, un vice de forme. Mon père l'a, ma mère, mon oncle... Moi, ça m'est égal de ne pas avoir raison, à la fin j'ai toujours raison. C'est connu. Quoi d'autre ? Eh bien, on flottera. A moins qu'on ne saute, ou qu'on ne brûle. Une petite fille organisée, Capucine. Ce sera son premier grand coup si elle met un de ses projets à exécution. Car elle en a plusieurs : inoculer à quelques rats — les autres l'attraperont au passage — un virus qui ne tuera pas totalement les hommes mais qui les privera de leur système nerveux et de leur intelligence. Elle en est là. Ça la réjouit beaucoup. Toujours le sourire, Capucine, oui, toujours souriante ma petite sœur, quand elle n'a pas la tête dans ses livres d'école.

Mes parents sont partis depuis longtemps. Capucine apparaît en pyjama. Elle pose sa main molle sur le marbre de la cheminée. Son œil gauche jette autour d'elle un regard plus ou moins circulaire, de l'autre elle m'examine, sceptique. Plusieurs fois elle va jusqu'à la porte d'entrée pour vérifier si elle est bien fermée et retourne chez elle. Je vais à la cuisine pour manger un peu, je traîne, je rôde dans l'appartement. Machinalement, je soulève quelques housses, je regarde ce qui est nouveau, j'ouvre des tiroirs, je prends les crayons que je trouve. J'ai toute une collection de stylos. J'aime les stylos à bille et les crayons sur lesquels on lit une marque, un nom d'hôtel, une publicité. A toutes les inscriptions, à tous les dessins, je préfère un nom propre, surtout s'il est suivi d'une date. J'ai un stylo noir, Eversharp, qui a appartenu à un R. D. Beckmann — 1927. C'est tout ce que je sais de cet homme mais je lui ai inventé une maison en Amérique, de grosses lunettes, une famille, un bureau dont les murs sont couverts de livres, une femme, des rires, des tristesses, un mariage, une dispute. Je m'allonge sur les canapés, j'allume une cigarette volée à mon père. Je mets de la musique. En ce moment, chaque fois qu'on récupère un salon, on hérite d'une radio. Parfois, j'en branche cinq ou six à la fois et, devant elles, je fais le chef d'orchestre. Capucine pointe son nez de temps en temps au bout du couloir. Je n'aime pas la voir apparaître, même de loin, mais elle ne s'approche pas, elle se contente d'un bref coup d'œil et repart, alors je continue.

Les moments de silence sont rares chez les Klimpt. Un, juste avant le dîner, quand ma mère est dans la cuisine avec Francette ; Capucine la tête dans ses devoirs ; Klimpt dans son journal. C'est l'heure où on allume la lumière, où l'on ferme les volets pour qu'on ne nous voie pas de la rue. C'est le moment où l'on s'enferme, où l'on m'enferme, où je ne peux plus sortir, plus voir dehors. Un autre silence s'installe, après dîner, quand j'ai reçu mon comptant de gifles ;

les Klimpt sont dans leur chambre, Capucine dans la sienne, Francette est montée. Dans mon lit, je devrais me sentir à l'abri, hors d'atteinte, mais, dans ce silence brutal, alors que je devrais goûter ce moment de paix, je ne peux pas éteindre. Je suis fatigué, mes yeux me piquent parfois parce que j'ai pleuré. J'ai du mal à trouver le sommeil. J'ai froid dans mon lit, peur que dans ce rez-de-chaussée quelqu'un puisse entrer ou que Tony revienne pour accomplir un meurtre. Un double, un triple, un quadruple meurtre. Je me rassure en pensant à autre chose, mais je n'y pense jamais longtemps. Ma chambre est grande. Dans la haute cheminée de marbre gris où on ne fait jamais de feu, j'entends le vent. Les piles de meubles accumulés par Klimpt font des ombres étranges sur les murs, des ombres que j'entends presque. Je rallume. J'éteins. Je vois sous la porte qui me sépare de Capucine un rai de lumière jaune. Verte. J'ai du mal à respirer. L'air ne passe pas. Je ne sens plus mon corps, sauf une brûlure entre les omoplates. Mes bras, mes jambes m'abandonnent. Et tout à coup je ne suis plus qu'un bras, qu'une tête trop lourde, trop ronde, posée sur l'oreiller comme une enclume. Ce précipice dans mon ventre ! Mes jambes s'agitent toutes seules, mes talons raclent les draps. Je fais des sauts de carpe. J'allume de nouveau. Le lit au-dessus de moi m'empêche de voir le plafond. Le lit de mon frère disparu. Aurait-il supporté cette vie ? Mon horizon la nuit se limite aux lattes de fer qui s'entrecroisent comme les barreaux d'une prison, rubans de métal coupant, lisse, plat, large. J'ai un lit double mais je n'ai pas le droit de dormir en haut. Ce n'est pas mon lit. La seule chose qui me fasse rire dans ce capharnaüm, c'est la place vide qu'ils ont laissée devant une de mes trois fenêtres : une petite place modeste, nette, pour un petit bureau en bois blanc qu'ils sont allés chercher au Bazar de l'Hôtel de Ville. Ils ont posé dessus une lampe en fer rouge à l'abat-jour perforé, dont le pied ressemble à un ver solitaire doré. Je suis supposé faire mes devoirs là. Je ne m'y installe que lorsque mon père vient me voir. Mais je n'ai jamais écrit un mot sur cette table. Je la trouve bête.

Il n'y a qu'une chose qui m'appartienne dans cette chambre : une paire d'armoires chinoises en laque noir et or. Je suis le seul à en posséder les clefs. Je m'enferme à l'intérieur et mon plus grand plaisir, quand je suis dedans, c'est d'entendre qu'on me cherche. Une ou deux fois, ils ont forcé la porte de ma chambre. Les fenêtres étaient fermées, les clefs étaient dans les serrures, je n'étais ni derrière les paravents ni sous les tapis, j'entendais taper sur les matelas des lits superposés. Personne n'a pensé que je pouvais être là, derrière les portes de Chine. Capucine ne connaissait pas encore mon secret.

Naguère, mon père m'emmenait de temps en temps avec lui dans ses visites. Un maharajah aveugle qui avait écrit les plus beaux contes de tout l'Orient habitait une maison de briques roses, haute, droite, pointue et austère, en bordure de la forêt de Fontainebleau. Des colombes marchaient sur le toit, des gros chiens aboyaient dans la cour. On nous fit attendre deux heures dans une pièce exiguë pendant que des serviteurs entraient et sortaient. Le maharajah finit par arriver : « Je ne vous vois pas, mais vous êtes ici chez vous. Où est le petit garçon ? » Je lâchai la main de mon père, tendis la mienne à cet homme grand, habillé tout en bleu pâle, qui portait un turban argent, la barbe roulée sur son cou. De lui émanait une odeur de roses et de santal. J'étais intimidé. Deux jeunes hindous qui l'accompagnaient observaient ses moindres gestes. Ils nous ont précédés dans un escalier étroit, jusqu'à une pièce aux meubles couverts de nacre. On aurait dit que de la neige s'était arrêtée de tomber et s'était fixée là, un peu partout, sur le haut des fauteuils, les bras des lampadaires, le col des poignées de porte. On nous fit asseoir sur d'énormes poufs mordorés et l'aveugle se mit à raconter une histoire extraordinaire où des cerfs blancs, suivis de centaines de biches blanches elles aussi, sautaient par-dessus des haies, autour d'un château de pierres noires où vivait un très jeune homme aussi triste que moi. On nous servit du thé, des gâteaux, il raconta deux autres histoires et parla de la nuit permanente dans laquelle il vivait. Il retournait en Inde, mais ne voulait rien emporter. Mon père dit qu'il ne pouvait pas tout acheter, il ne voulait que quelques objets. Le maharajah ordonna qu'on nous montrât des sabres, des couteaux, des ivoires. Mon père était embarrassé. J'aurais voulu qu'on prenne la nacre, le maharajah disait : « Je vous la laisse pour rien. » Mon père refusa. En partant, le maharajah me demanda quel était l'objet que je préférais. Je répondis tout de suite : « Les deux armoires noir et or, grandes comme le château de l'histoire. — Alors, si tu les aimes, je te les donne. » Il fit promettre à mon père de ne jamais les vendre et me donna les clefs d'un geste solennel, cherchant ma main. Ce jour-là, mon père me dit : « Je ne t'emmènerai plus jamais nulle part. »

Grâce à Tony elles sont entrées dans ma chambre sans dommage. Je n'ai pas pu assister à leur installation, mais en arrivant de classe, je les ai trouvées où elles sont encore, dominant les lits superposés, sur lesquels je montai pour regarder du plus haut possible à quoi elles ressemblaient. Mais même en me mettant debout sur le lit supérieur, elles étaient plus grandes que moi. Quatre à cinq jours, j'ai rôdé autour d'elles sans les toucher. Dans ma joie, j'ai même demandé à Capucine de venir les voir. « Tu n'as rien le droit d'avoir à toi avant d'être majeur à moins d'avoir signé des papiers chez le notaire. On les vendra. » Elle a croisé les bras, levé le menton : « Y a eu notaire ? », puis elle a tourné les talons en faisant claquer la porte plus fort que d'habitude.

J'ai mis trois semaines avant d'ouvrir mes armoires. Un soir mes parents étaient sortis, je me suis enfermé dans ma chambre à double tour, j'ai mis des papiers sur les serrures des portes pour que Capucine ne puisse pas regarder. Je m'étais promis, si je me trompais, si je n'allais pas du premier coup à la bonne serrure avec la bonne clé, de ne pas les ouvrir avant un an et un jour. La clé devant moi, le cœur battant, je soulevai un médaillon de bronze et j'ouvris la porte. J'avais devant moi un palais de bois noir, une forteresse avec des couloirs, des cours, des terrasses. Avant de m'engager entre les deux portes, j'ai hésité comme pris de vertige devant le vide. J'ai ouvert les deux tiroirs du bas. J'aurais pu m'y glisser tout entier. J'étais fier comme un seigneur dans son donjon. Mes bras étaient trop courts pour refermer sur moi les deux portes à la fois. Quand ce fut gagné, quand je fus à l'intérieur, je devins le génie du lieu. Je frottais mes joues contre les parois lisses, douces. Avec mon ongle, je faisais sonner mes murs de laque. Je la caressais, la reniflais. J'y suis resté des heures. Je n'ai pas voulu ouvrir ma seconde armoire le même jour. J'ai dormi avec sa clé contre mon cœur. Le lendemain, la chance a voulu que les Klimpt sortent de nouveau. Je n'ai pas attendu longtemps après qu'ils eurent tourné le dos. Tout de suite j'ai ouvert les deux portes monumentales de mon second château. Tout l'espace était entrecoupé de casiers fermés par de petites portes sur lesquelles chantaient des oiseaux derrière des joncs dorés entrelacés, incrustés de pierres rouges, vertes et bleues. Sur deux étagères, se chevauchaient cent soixante-deux chaussons de soie brodée, bousculés pendant le transport. Je les sortis un à un, les comptai, me trompai, recommençai. J'avais peur de ne pas réussir à former les paires : j'avais l'un, l'autre manquait. J'ai passé toute la nuit à les apparier. J'ai fait jouer les couleurs entre elles, mariant le rose et le noir, l'orange et le pourpre, le blanc et le jaune, l'argent et l'or. Ils étaient tous trop grands pour moi. Je les rangeai sur la soie grise qui recouvrait chaque étagère. Je m'endormis au petit jour. Dans mon rêve, je suis allé au bout du monde.

Dans mes armoires chinoises j'ai installé il y a longtemps une lampe de chevet, une écritoire, un coussin. J'y ai caché mes stylos, des biscuits, les journaux que je n'ai pas le droit de lire et mes lettres. Je les écris dans l'armoire vide, je les range dans l'autre. Je suis si tranquille, si heureux dans ces armoires que souvent, avant de m'y plonger, j'ai oublié que j'étais épié. Le répit endort la vigilance. J'ai eu tort. C'est sans relâche que les Klimpt me surveillent, veulent me faire changer, me prendre.

Je pense trop dans le silence. Et l'angoisse resurgit, au lycée, au milieu d'une partie de football. Je m'arrête : je ne sais plus pourquoi je cours, où je vais. Là aussi je suis étranglé. Sans que personne me touche. En moi, au creux de ma poitrine, comme un coup de poing. Parfois, sur le chemin du retour, alors que je suis content de parler avec Bouliou, mes yeux fixent une borne, une fenêtre, et je me bloque de nouveau. La voix de Bouliou me parvient, indistincte. Je ne sais pas de quoi il rit, ce que j'ai dit. J'entends ma voix à retardement, elle vient de très loin, j'ai l'impression que ce n'est pas tout à fait la mienne. Je voudrais que Bouliou s'en aille et pourtant je n'ai que lui. Et, quand il me quitte, j'ai envie de courir pour le rattraper. Mais je ne bouge pas. Comme lorsque mon père me demande d'avaler mon potage. Je ne peux pas tremper la cuiller, mon bras ne va pas jusqu'à l'assiette. Ce n'est pas que je n'aime pas ce potage, mais la force me manque. Cette sensation de tomber dans le vide, d'être englouti, d'être seul, d'être petit. Tout petit.

Après dîner, la vie s'arrête pour tout le monde. C'est la trêve. Je n'ai plus rien à faire, sauf mes devoirs mais je m'arrange le matin : en vitesse, je copie sur quelqu'un, souvent sur Boulieu. Je garde le soir pour moi, pour écrire mes lettres, réfléchir, dessiner, rêver. Mes parents discutent et font des comptes dans leur chambre, Capucine, dans la sienne, prépare ses mauvais coups. Ma grand-mère dort de bonne heure. Tout le reste de la maison est pour moi, mais de les savoir là ne me donne pas envie d'en profiter. Moi aussi je reste dans ma chambre. Je fouille un peu dans mes placards, j'entre dans mes armoires.

Il y a longtemps — maintenant c'est fini — quand ma mère sortait le soir, je ne comprenais pas qu'elle m'abandonne. Même vis-à-vis de Capucine, je ne trouvais pas ça très bien. Je disais : « Si on aime ses enfants, on reste avec eux. » J'ai des amis qui rient avec leurs parents, chacun raconte ses histoires, ils jouent aux cartes. Nous, on ne participe à rien. Dès que ma mère était partie, je lui écrivais une lettre que je laissais sur son lit. Je résumais ma journée, lui disais les décisions que j'avais prises, ce que je ferais plus tard, que je la trouvais belle, bien habillée, mais qu'elle sortait. Je lui demandais de bien retenir ce qu'elle aurait vu pour me le raconter. Mais le lendemain, elle ne me parlait que du menu et dans la corbeille à papiers, je retrouvais ma lettre. Souvent elle n'était même pas ouverte. Soi-disant Francette l'avait jetée par mégarde, alors que la nuit, quand ma mère rentrait, Francette dormait depuis longtemps. Il n'y avait eu mégarde que vis-à-vis de moi. Quand il fallait absolument qu'elle me réponde, j'écrivais en rouge, je la suppliais, en laissant un stylo sur ma feuille, de me dire si elle voulait bien aller voir mon professeur de français, si elle pouvait me donner un peu d'argent ou si elle me permettait, le lendemain, de ne pas rentrer déjeuner. De sa grande écriture ronde, des *o* et des *a* comme des bulles de savon, elle marquait oui ou non, jamais sur la bonne ligne. Alors, je ne savais pas avec quoi elle était d'accord. J'ai souvent pleuré le matin en reprenant mes lettres fermées.

Un soir je lui ai tout écrit : mes rêves impossibles, mes déceptions, ma souffrance et ce désir violent, obscur, incompréhensible, qui me prenait à la gorge, m'entraînait : je voulais mourir. Elle m'avait mis au monde, je croyais avec ma logique tout enfantine que c'était à elle de m'aider à en sortir. Je l'ai attendue jusqu'après minuit sans pouvoir dormir. Quand elle est rentrée, je pensais qu'elle viendrait me voir, elle n'est pas venue. Le lendemain, je suis allé dans sa salle de bains, elle se maquillait. Elle n'avait pas lu ma lettre : je l'ai récupérée dans la corbeille sous le lavabo, au milieu des bâtonnets et des cotons couverts de crème. Je n'ai pas pu retenir mes sanglots. Elle se mettait du rouge à lèvres. « Explique-toi... » Je ne faisais que ça. Une lèvre peinte glissait sur l'autre démaquillée : il y avait trop de rouge ou pas assez. Elle recommençait, essuyant le contour de ses lèvres avec une serviette en papier. Je la suppliai de m'écouter, de s'arrêter une seconde. « Je peux faire deux choses à la fois. » Elle pouvait donc se peindre les lèvres et m'écouter parler de ma mort.

Belle, haute, la façade du lycée, rue de la Pompe, ressemble à celle d'une caserne. De ce côté, les professeurs passent par une grande porte en bois verni. Quand je suis très en retard, je me faufile par là, bien que ce soit formellement interdit. Les élèves entrent de l'autre côté. C'est comme un jardin public qu'on aurait étiré tout le long de l'avenue Georges-Mandel. Une allée de sable, bordée de marronniers, coupe l'avenue en son milieu, canal de verdure sur lequel on peut voir quelques cavaliers grincheux, la nuque rasée, le buste cambré, la cuisse saillante, défier le temps et les automobiles qui passent de chaque côté d'eux. Ce ne sont pas seulement les chevaux — parfois un escadron de la garde républicaine avec plumets et cuivres — qui donnent à l'avenue cet air province, mais ses quatre rangées de marronniers : celles qui bordent les trottoirs, et celles qui encadrent l'allée cavalière. Le lycée est un peu en retrait, comme une sous-préfecture avec sa statue recouverte de lierre. En face, un banc, auprès duquel je suis sûr de trouver le même petit groupe. Tous ceux de ma bande m'attendent jusqu'à la dernière minute, comme s'ils ne pouvaient entrer en classe sans mon signal.

Je sais ce que chacun peut donner. Il y a celui avec qui je peux rire ; celui dont l'univers m'étonne ; il y a ceux sur qui je peux copier mes devoirs ; ceux que je peux avoir sous la main quoi qu'il arrive ; il y a ceux qui ne m'écoutent pas — ceux-là, je les ignore. Tous ont un point commun, ils sont très bien habillés, à la mode. Ils ne semblent pas surpris, chaque rentrée, de me voir arriver avec le même tricot gris informe, le même pantalon de velours poché aux genoux et mes grosses chaussures. Il est vrai que je ne grandis pas et que je n'ai abandonné mes culottes courtes que depuis deux ans.

Boulieu est plus grand que moi, il a de la barbe, des poils, mais c'est quand même moi qui commande. On ne s'est battus que deux fois, mais comme je suis plus nerveux, plus rapide, j'ai eu le dessus. Je resterai toujours ami avec lui, bien qu'il manque de malice. Il n'est pas fin. Ce qu'il a pour lui ce sont ses cheveux blond cendré, si épais qu'on dirait qu'il porte un casque tout bouclé. Il est sincère, franc, et m'a plusieurs fois juré qu'il se ferait tuer pour moi.

Cervange est plus malin. Le nain Cervange. Il se faufile partout, sort de classe pendant les cours, personne ne s'en aperçoit : on ne l'entend pas. Avec ce qu'il vole chez les commerçants il nous ravitaille. Il nous rapporte des monceaux de choses extravagantes : une fois une paire de draps, une autre dix kilos de clous. On les a jetés dans la rue, par la fenêtre de la classe de dessin, tout le quartier a été embouteillé pendant plus d'une heure. Quand il vient avec de la marchandise courante : des jambons, du chocolat, des biscuits, c'est moi qui fais le partage.

Seydoux, lui, m'informe. Il a un fichier sur tout le monde : les parents, les élèves, les professeurs, qui d'autre ? le proviseur, Brigitte Bardot, Paul Anka. Il sait tout : combien ils gagnent, où ils habitent, leurs ambitions, leurs malaises. La fiche signalétique est bien faite. Sur les Klimpt, il y a : « Fauchés mais grand train de vie, une fille détestable, une bonne, plus un employé bizarre, voient peu de monde, mais de haut. »

Brillaux, lui, m'aide pour les chahuts : c'est moi qui ai les idées mais c'est lui qui les organise, sous mes ordres. Il est si sage, si paisible que personne n'imagine qu'il est mon maître d'œuvre.

Nous avons mille manières de faire souffrir nos professeurs : le bourdonnement en classe de mathématiques qui recule comme une vague et reprend ailleurs, au fur et à mesure que le professeur cherche d'où vient le bruit. La porte qui s'ouvre toute seule en histoire ; le bureau qui tombe de l'estrade quand le professeur d'espagnol jette sa serviette dessus ; la pluie de craie qui s'écrase sur le tableau quand le professeur d'anglais a le dos tourné. Notre spécialité, bloquer la circulation à la sortie du grand lycée : une 2 CV passe rue de Longchamp, trois garçons s'arrêtent devant, trois autres à l'arrière soulèvent le pare-chocs, puis, à dix ou douze, on met la voiture en travers. Et le tour est joué.

J'ai vraiment été le chef après la composition d'histoire-géo. Un élève de la classe de troisième nous avait donné les sujets que le professeur avait griffonnés pendant son cours. Toute la classe avait préparé des antisèches, sauf Ariane Mousse qui avait jugé plus pratique de déchirer les pages de son livre qu'elle cachait dans sa copie. Elle n'a pas vu passer l'heure ni le professeur qui a relevé les compositions en commençant par elle. A la récréation, affolée, elle est venue me dire qu'elle allait se faire renvoyer quand le professeur découvrirait les pages en corrigeant. Je suis aussitôt monté avec Cervange et Brillaux qui ont fait le guet à chaque bout du couloir. J'ai un passe pour ouvrir les portes. Les copies étaient rangées sur le bureau, j'ai récupéré les documents dans celle de Mousse. Une ovation m'a salué quand je suis redescendu, les papiers à la main. On est populaire, on vous demande votre avis sur tout.

Les professeurs sentent que j'ai un pouvoir. Pas celui d'apprendre mais pas non plus celui de dépendre. Ils me reprochent d'être souvent absent mais quand je suis là, ils me mettent dehors. « Klimpt, à la porte ! » C'est dans les couloirs du lycée que j'ai connu tous les surveillants. Au début, ils me regardaient de travers. J'ai affronté. Après, ils ont ri de me voir encore là — ça existe, le comique de répétition. Très vite, on a parlé. Je recevais devant la porte de ma classe. Maintenant, je vais dans leur bureau. C'est là que j'ai appris à jouer au bridge et aux échecs. Grâce au fichier de Seydoux et à mon imagination, je leur raconte qui ils ont pour élèves.

Un lycée comme Janson-de-Sailly est un échantillon du monde entier rassemblé dans le creux de la main autour de quatre cours — je ne compte pas la cour d'honneur. On est cinq mille. Tous les milieux, tous les âges, toutes les races. Je prospecte l'Amérique, l'Afrique, une bonne partie de l'Europe, mais les plus fortes impressions viennent de l'Asie. Il s'appelle Guy Khun — qu'on prononce « coune ». Il habite avenue Henri-Martin, en face de la mairie où se sont mariés Edith Piaf et Théo Sarapo, dans un immeuble avec une entrée de marbre grande comme l'aérogare d'Orly, remplie de plantes vertes et de jets d'eau : ce genre d'appartement avec baies vitrées où des personnages de Jacques Tati s'adonnent sur leur terrasse aux joies du barbecue en répétant des aphorismes de Pierre Daninos. On entre chez lui directement dans la cuisine où un cordon-bleu prépare à longueur de journée des plats que souvent personne ne mange. Les pièces sur l'avenue ont été transformées en débarras. Toute la famille dort dans une chambre sur la cour. Mme Khun, sorte de petite crevette grise, se promène en kimono orange, le visage blanc, un peigne en écaille planté dans une boule de cheveux noirs. Les paupières baissées, elle semble glisser sur le parquet. Quand elle sort faire ses courses, elle part avec un panier en osier plat comme une barque. Dedans, trois fleurs coupées et pas beaucoup de place pour mettre autre chose. Ses fameuses courses cachent peut-être des rendez-vous galants.

C'est très curieux une classe : tous travaillent — ou ne travaillent pas — mais aucun n'a le sentiment du temps présent, du moment qui passe. Ils sont au service du devoir à rendre, de la composition à réussir, de l'image qu'ils donnent d'eux en famille ou ailleurs. Ils veulent devenir, être considérés. Moi je navigue à l'estime, ce qui ne veut pas dire que j'en aie beaucoup pour moi. Je vais au gré des rencontres. Parfois je tombe dans l'ennui, la désolation, la stupidité. Je me montre désinvolte mais je vais au bout de mes actes, je ne flanche pas, je tiens. J'encaisse.

Mes professeurs écrivent dans mon carnet de correspondance « bon à rien », « instable », « nerveux », « ailleurs », « zéro », « détestable », « absent », « absent », « absent ». Je ne montre pas ce carnet à mes parents. J'ai un carnet vierge dans lequel j'inscris moi-même ce qui peut leur convenir. « Peut mieux faire. » Oh, sur ce carnet, je ne mets pas des notes extraordinaires, mais la moyenne. J'imite aussi bien la signature de mes parents que l'écriture de mes professeurs. Ils dialoguent, mais pas sur le même carnet.

Tous les mercredis, Cervange distribue une pile de journaux qu'il vole derrière le kiosque du Trocadéro. Tous les mercredis, bagarre devant le lycée : on s'arrache *Salut les copains*, *Match*, *Cinémonde* — où je traque, depuis deux ans, les photos de Silvana Mangano. Dans *Salut les copains*, Brillaux a trouvé une publicité qui offre sept kilos et demi de chewing-gums à chacun des vingt garçons qui se reconnaîtront sur une photographie prise par surprise dans la rue. Il suffit de se présenter avec le journal à la firme, rue La Boétie et de montrer sa figure. Bouliou a beau faire des grimaces, Brillaux avaler ses joues, Cervange gonfler les siennes, moi me faire des yeux de Chinois, Seydoux tirer sur ses narines, nous ne ressemblons ni de près ni de loin à aucun des garçons. Je leur dis qu'il faut se présenter quand même. La photo a été prise, j'en suis sûr, derrière le Panthéon. Brillaux suggère d'aller à la sortie de Louis-le-Grand et de repérer un des gagnants pour passer un marché avec lui. Moitié-moitié, ça fait quand même trois kilos et demi de chewing-gums. Mais repérer un garçon parmi trois mille, l'aborder, lui expliquer, le convaincre et partager, c'est trop compliqué. Huit heures et demie. Il faut entrer en classe. Ils abandonnent, soudain plus passionnés par le concert des Beatles, après-demain à l'Olympia, avec Trini Lopez et Sylvie Vartan.

Je regarde attentivement la photo des vingt garçons de Louis-le-Grand. Décidément, je n'ai pas une tête de veinard. Ce qui ne m'empêche pas de promettre à la bande : « J'aurai les sept kilos. » L'après-midi, ils ont « stade ». Je m'en suis dispensé à vie. J'ai horreur des courants d'air.

Le hall d'accueil de la compagnie américaine qui a eu l'idée du concours ressemble à un décor de dessin animé : une moquette violette, des lampadaires en forme de gigantesques champignons phosphorescents, des animaux en peluche. Dans les grandes circonstances, dit Béague, peu de mots suffisent. Tandis qu'une hôtesse en pull-over angora rose, très décolleté, vient vers moi, je pose d'un geste péremptoire le journal ouvert sur un bureau : « Regardez ! » Elle s'approche si près de moi que ses cheveux blonds, vaporeux, balaient mon visage perdu dans sa poitrine. Je sens la chaleur de sa peau fine, transparente, espérant que, dans un faux mouvement, un sein tout entier apparaîtra. De son ongle verni rose, presque blanc, elle effleure toutes les têtes. « Je ne vous vois pas sur la photo. — Regardez au deuxième rang, il y a mon bras, mon épaule, le reste a été coupé au cadrage, mais c'est moi, là ! — Je vais demander. — Puisque je vous dis que c'est moi. Je me connais ! » Elle revient quelques minutes plus tard : ils sont désolés mais je ne suis pas sur la photo.

A ma place, ma marraine ferait un scandale. Elle demanderait à voir le directeur, et, plantée là, dans son manteau de fourrure, avec son nez retroussé et son air offusqué, elle appellerait New York. Elle n'obtiendrait peut-être pas les sept kilos et demi le jour même mais elle repartirait avec des promesses, des excuses et des échantillons. Les excuses, je sais ce que ça vaut, j'en présente à longueur d'année. Les échantillons, ce n'est pas assez. Quant aux promesses, elles ne me satisfont pas davantage : personne ne les tient.

Béague inverserait l'ordre des rapports par des raisonnements dont il poserait lui-même les règles en mettant l'autre en infériorité, en le rendant coupable, en le ridiculisant. Il attaquerait : « Si vous ne me voyez pas sur cette photo, c'est qu'elle n'est pas bonne. Vous êtes de mauvaise foi ! Je suis un homme de qualité, vous représentez une maison de qualité. Votre concours est truqué ! Faites attention ! vous allez gâcher votre réputation pour sept kilos et demi d'une marchandise dont j'ai peu l'usage mais à laquelle j'ai droit. »

Ma mère donnerait sept kilos et demi de conseils, de sentences, de suggestions, de points de vue, de conclusions, de recettes, de recommandations, et repartirait avec sept kilos et demi de morale, d'idées, de déceptions, d'envies, de satisfactions, d'observations, de certitudes : marché nul.

Klimpt n'aurait jamais eu l'audace de demander quelque chose qui ne lui revient pas.

Moi, je n'ai pas épuisé toutes les ressources que donne la tristesse : « C'est trop injuste, madame. C'est déjà assez désagréable de ne pas m'être vu sur la publicité. Comme les autres j'ai posé, j'ai souri, j'ai fait tout ce qu'on m'a dit et je n'ai rien ? J'étais si heureux à l'idée de paraître dans ce journal. On m'avait mis au centre, je ne sais pourquoi, j'ai cédé ma place à un autre puis à un autre encore. Mais regardez, c'est mon bras, c'est ma main, c'est moi ! Je vous le jure... Appelez tous les gens du bureau, on va leur montrer la main de la photo et la mienne. Pourquoi décevoir un enfant ? Qu'est-ce que sept kilos et demi de chewing-gums pour vous qui en fabriquez des tonnes ? Je suis venu ici en pensant que je rencontrerais la compréhension, la justice et puis tant pis... C'est toujours comme ça la vie. » Elle me caresse la joue et finit par céder : « Je le prends sur moi. »

Il faut que je fasse comme les autres, que je signe un reçu. Elle trace sur la photo une croix à l'endroit de mon bras. Bien sûr je signerai tout ce qu'elle voudra. Pour dissimuler mon triomphe, je regarde ses seins. On m'apporte mon colis.

De retour du stade, mes camarades me trouvent au milieu de la cour, assis sur mon tas de chewing-gums. Il y en a à la cannelle, à l'anis, à la fraise, à la framboise, à la bergamote, à la banane, à la menthe, à la chlorophylle, aux mille fruits. J'en distribue à tout le monde et rentre à la maison avec ce qui reste : encore au moins quatre kilos. Au passage, j'en donne aux filles de l'avenue Montespan, à Malicorneau le marchand de couleurs, à Joseph le colleur d'affiches. Rien pour Capucine. Je les cache à la hâte sous mon lit. J'en fourre cinq ou six plaquettes dans mes poches avant de passer à table. Après dîner, j'en ouvre une. « Tu vas être malade avec tous ces chewing-gums. Tu pourrais m'en donner, tu en as plein », dit Capucine. Je lui réponds qu'elle ne peut pas, avec son appareil. Elle ferme aussitôt la bouche pour cacher l'armature métallique qui barre ses dents et rougit comme une pivoine. Mon père me demande quelle est cette nouvelle habitude.

Klimpt a les lèvres les plus fines du monde. Quand sa colère est mûre et qu'il se tourne vers moi, il n'a plus de lèvres du tout. Un trait. Ma mère semble ne pas voir ce changement de physionomie qui le rend tout à coup si dur que je ne peux pas croire que les autres ne sont pas saisis de stupeur à la vue de ce masque. Son visage se tend pour ne laisser place qu'à des yeux métalliques, un regard coupant. Je rassemble toutes mes forces pour faire face. Je ne peux plus penser à autre chose qu'à cette haine contre laquelle je dois lutter. Cette fois, l'idée que j'aie en ma possession cinq ou six paquets de chewing-gums, que j'aie pu avoir l'argent pour me les procurer, que j'aie dépensé cet argent à ça, déclenche des vagues de soupçons et de certitudes insoutenables. Mais je suis tellement satisfait du coup que je viens de réussir que malgré moi je souris. Il demande à ma mère si elle m'a donné de l'argent. Elle répond « non » le regard ailleurs. Elle n'est pas encore dans le drame, depuis dix minutes elle essaie de nous parler de la fille d'une amie qui a fait fortune en Amérique en vendant des cadres en plastique. Ça lui a donné une idée : les tableaux réversibles. D'un côté une peinture de Manet, Kisling, Redon, Vlaminck « dont on se fatigue », de l'autre un miroir, qui refléterait l'atmosphère de la pièce. Mon père lui jette un regard bref : ce n'est pas le moment ! Comment ne comprend-elle pas que la partie qu'il joue maintenant est capitale ? Il faut me dresser, sinon, après, ce sera trop tard. Ils auront pour fils un voyou, un raté, une épave. C'est sans doute de sa famille à elle que je tiens cette propension au mal, mais se tourner contre elle c'est perdre de l'énergie contre moi qu'il doit écraser.

Capucine s'est éclipsée sans que je m'en aperçoive. Elle est maintenant dans l'encadrement de la porte, les bras chargés de mes bonbons, comme une ouvreuse de cinéma : « Tu m'as dit que tu n'avais pas de chewing-gums pour moi, regarde tout ce que tu avais sous ton lit ! » Elle écarte les mains, les paquets tombent, se défont, le rouge se mélange au vert, le blanc au rouge. Elle a beau dire « pardon », elle les a fait tomber exprès. Mon père crie : « D'où ça vient ? » Sa voix soudain retrouvée retentit, claire, forte, puissante, énorme. Ma mère qui attendait ce miracle depuis longtemps oublie ses tableaux-miroirs, la fille de son amie en Amérique et la photographie qu'elle essayait de coller dans un album : s'il a retrouvé sa voix, qu'importent toutes les bêtises que je fais. Avec sa voix leur vie change : il pourra enfin se faire respecter, dire ce qu'il a à dire et devenir commissaire-priseur. Elle se voit déjà en train de jeter les inhalateurs, les remèdes, les eaux à l'eucalyptus qu'on fait bouillir pour qu'il puisse soulager ses cordes vocales et qui empestent tout l'appartement. Plus de corvées ! Malheureusement, la seconde phrase retombe dans le vide, il articule mais aucun son ne sort. Il demande d'où ça vient, se lève, répète : « D'où ça vient ? » j'entends à peine. Je suis blotti dans un fauteuil, les genoux serrés contre ma poitrine. Mais il ne veut pas me battre, pas encore. Capucine, accroupie, rassemble les tablettes. Elle pose les paquets les uns sur les autres. On voit s'échafauder une ville miniature en chewing-gum. Il me demande de me lever, de sortir immédiatement de ce fauteuil que j'abîme et d'aller dans ma chambre. En passant je donne un coup de pied dans l'édifice de Capucine qui se met à pleurer. Mon père me tape sur la nuque. Je cours vers ma chambre.

Plus rapide que moi, il me rejoint au moment où je referme la porte. Il me tire par le bras : « Où as-tu volé ces chewing-gums ? — C'est un cadeau. — Ne me prends pas pour un imbécile ! » On ne lui fait jamais de cadeau, dans la vie, et il n'en attend de personne. Une gifle. « On ne t'en fait pas parce que tu n'es pas un homme aimable. » Une gifle. « Où as-tu trouvé cet argent ? » Une gifle. « C'est ma marraine qui me l'a donné. — Elle n'est pas à Paris. » Une gifle. « Qui t'a donné cet argent ? » Une gifle. « Tu les as volés : on n'achète pas autant de chewing-gums ! » Une gifle. « Je fais des provisions pour l'hiver. — Des provisions de chewing-gums ? » Une gifle. « Quand tu seras mort, je vendrai tous les meubles ici et je brûlerai l'argent ! — Brûler de l'argent ? » Une gifle. « Depuis quand as-tu ces chewing-gums ? — Je suis né avec. » Une gifle. Ma lèvre saigne, ma tête est comme une boîte en carton déchiré. « Apporter ici de la marchandise volée ! Je n'ai pas envie d'avoir la police chez moi. » Une gifle. « Tu me le paieras. » Une gifle. « Vermine » — une gifle — « ordure » — une gifle — « tricheur » — une gifle. Je lui donne un coup de pied, je le repousse. Ses deux mains s'agrippent à ma chemise, me soulèvent de terre, un hurlement m'échappe. Je ne voulais pas pleurer. Je sens mes muscles tout le long de mon corps, arrachés par cette force qui m'amène vers lui. Plusieurs fois il me lâche, me reprend et me fait monter jusqu'à son visage. Je vois tour à tour l'intérieur de sa bouche, un filet rouge sous sa paupière, un montant de mon lit, un coin de tapis. J'ai peur qu'il m'envoie contre mes armoires pour les détruire. Je hurle de douleur. Je crie que je vais lui dire la vérité, que je voulais m'amuser, que je ne recommencerai plus. Il n'arrive pas à me lâcher. Ma tête cogne sur un coffre que Tony a posé là. D'une main mon père caresse le bois qu'il craint d'avoir abîmé. Déséquilibré, je tombe. Et très vite, je lui dis tout : la photo, le pari, la rue La Boétie, le cadeau, les reçus, le partage...

Il s'assoit sur une chaise basse, noire, recouverte de paille, prend sa tête entre ses mains, fouille dans ses cheveux : il faut me mettre dans une maison de correction ; ma mère est idiote, elle ne se rend pas compte, elle ne sait pas me surveiller, ils courent à la catastrophe, demain il ira rendre les chewing-gums, il remboursera ceux qui manquent. Puis il verra le directeur de Janson. Un médecin pourrait peut-être s'occuper de moi, limiter les dégâts, dans la mesure du possible. Je suis trop gâté ici. Il ne faut plus que je voie qui que ce soit. S'il avait les moyens, il prendrait quelqu'un à demeure, mais qui pourrait résister en face de moi ?

Il est allé rendre les chewing-gums. Il voulait que je l'accompagne, mais j'ai composition de mathématiques. On lui a montré le reçu, la photographie sur laquelle « mon » bras pendait, on n'a pas voulu reprendre le colis qu'il a, malgré tout, laissé dans l'entrée de cet endroit qu'il a qualifié de « vulgaire ». Jamais de sa vie il n'a éprouvé une telle honte. Il ne pourra pas me le pardonner. On sait à présent que je suis un voleur, un tricheur, quelqu'un de faux, un escroc. Dorénavant il m'appellera « l'escroc ». Et puisque je continue à m'asseoir si mal — j'ai beau dire que j'ai mal au dos, mettre ma scoliose en avant, je suis tordu — il m'appellera « tordu ». Balthazar, c'est trop joli. Balthazar, c'était le prénom d'un autre. Je prends tout ce qui n'est pas à moi. Et puisque ma mère me cède tout, qu'elle ne peut pas faire un pas dans la rue, elle non plus, sans parler aux uns et aux autres, il va s'occuper de moi lui-même. Il a demandé mon vrai emploi du temps, il va venir me chercher tous les jours à l'intérieur du lycée, on lui a donné le droit de venir dans la cour, tous les professeurs sont avertis. C'est à lui que je réciterai mes leçons, que je montrerai mes devoirs. Je serai enfermé dans ma chambre dont lui seul aura la clef. Et si je change, si j'apprends, si je n'ouvre pas la bouche à table, le dimanche après-midi peut-être on ira se promener. Mais finie la belle vie !

Klimpt a tenu trois jours : il ne sait pas attendre et les professeurs sont de moins en moins ponctuels. Ils finissent leur démonstration même si la cloche a sonné depuis cinq minutes, même si la classe dort depuis une heure. Comme je sais que mon père est en bas, pour faire durer le cours, je pose quelques questions subtiles, des questions qui font plaisir, qui flattent l'orgueil des professeurs. Je fais mine de m'intéresser à leurs passions : Gérard de Nerval pour Lanquest ; la différence entre trotskisme et nihilisme en espagnol ; Néron en physique-chimie ; Dieu en mathématiques. Je déclare que j'y crois, que j'ai eu cette révélation, que ça me gêne d'en parler. M. Boucicaut arrête net les ricanements en tapant sur la table du plat de la main. Il écrase sa cigarette dans le cendrier et dit que ça ne l'étonne pas que je sois touché malgré ma mauvaise tête. Il souhaite que personne ne me détourne : cette instabilité, cette inaptitude et cette paresse que je montre ne sont que l'envers, le réceptacle de cette vie admirable, unique et difficile qui me tend les bras. Et tandis qu'il tire sur son gilet, marche de long en large sur son estrade, me jette des regards émus, quoiqu'un peu incrédules, je pense avec délices que Klimpt, raide comme un piquet, commence à tousser dans la cour, regrette d'avoir pris cette décision qui l'empêche de voir ce que Tony a rapporté. Quand je ne peux plus faire durer le cours davantage, je file pour retrouver mon père. Je m'échappe le premier, pour que les autres ne le voient pas : c'est déjà insupportable un père qui vient vous chercher mais, en plus, le mien porte un chapeau ! Brillaux a vu Klimpt. J'ai même été obligé de les présenter : mon père ne voulait pas croire qu'on soit restés si tard en classe. Brillaux a explosé : « Vous croyez qu'on fait quoi ici ? Qu'on passe notre temps à regarder nos montres ? » Mon père lui a souri avant de tourner le dos : devant les forts il se tait.

Enfin, il a été obligé d'accepter des rendez-vous plus urgents que mon éducation à parfaire. Ma mère a pris le relais, sauf que j'ai interdit qu'elle vienne dans la cour du lycée, ce qui a flatté mon père. Elle attend à la maison, une montre posée devant elle, avec pour mission de ne pas me lâcher et de surveiller mes devoirs. Mais le téléphone sonne, elle a des idées, des envies, des regrets, des plaisirs, sa mère lui parle, Capucine avale un trombone... Très vite, j'ai de nouveau du temps pour aller un peu chez Mme Gilmour-Wood, pour voir Béague, pour faire un tour. La seule chose qui tienne : mes devoirs. Tous les soirs elle me demande de réciter mes leçons, de lui montrer ce que j'ai fait. Comme je n'ai rien d'autre, je lui donne une de mes compositions françaises du début de l'année. Ce sujet qui me tue : racontez dimanche.

Chaque année Lanquest recommence : racontez dimanche. On dirait que les dimanches de l'année précédente ne lui ont pas suffi. Il a sur le dos cinq classes de quarante élèves en moyenne, ça lui fait deux cents dimanches. Trente ans qu'il est professeur : six mille dimanches ; cinq mille si on enlève les dimanches de guerre et les dimanches de ceux qui sont comme moi : fatigués, absents. Dimanche... Pourquoi faire quelque chose le dimanche ? Que veut-il que je dise ? Que Capucine est tombée dans le bassin de la place Victor-Hugo ? Qu'elle n'a pas été grondée parce qu'il était trop tard et que mes parents étaient pressés ? Que le Muet a disparu avec les clefs du coffre ? Qu'on ne retrouve jamais rien chez nous : ni les lettres du lycée, ni les factures du gaz, ni ma grand-mère qui sort et se perd ? Dire que le dimanche, on me cherche, moi aussi ? Qu'on me demande ce que j'ai fait pendant la semaine ? Ce que je ferai la semaine d'après ? Raconter tout ça ? Dire où j'étais ? Je ne peux pas dire tout ce qui fait partie du dimanche. On ne lirait jamais mon devoir en classe si je disais la vérité.

Dimanche. Tous les dimanches, à la sortie de la messe, comme je sais que ma mère a expliqué toute la semaine que je suis impossible, introuvable, insolent, inqualifiable, exprès, je me montre attentif et poli. Je souris, m'incline, me tais, baisse les yeux. J'essaie de rougir, mais je n'y arrive pas. Je demande des nouvelles à tout le monde, de tout le monde. J'ai même l'air pieux. Dimanche. C'est reconstruire les conversations idiotes des amis de mes parents sur le parvis. C'est parler de Mme Dumaine et de son manteau de fourrure qu'elle a fait raccourcir ; elle se demande maintenant si ce n'est pas dommage. Raconter dimanche, c'est dire la cruauté de Klimpt, ses colères, ses coups. Mais comment raconter une gifle ?

C'est pourquoi j'ai raconté les squares. D'abord c'est un mot anglais et qu'on ne traduit pas. Ensuite, je n'y suis jamais allé.

Ma mère lit le début de mon devoir avec une sorte de fierté, parce que les phrases sont courtes, qu'elle comprend. Elle reprend à voix haute : « J'aime les squares. Ça peut agacer, mais j'aime les squares. Les grilles qu'on met autour. Pas hautes, enjambables. Fil de fer épinard, torsadé, losange après losange. L'ennui. Y a pas à dire, j'aime les squares malgré l'ennui. C'est mon enfance les squares. C'était à ma taille, proportionné. Dans les grands jardins, j'aurais vu des vieux s'endormir, des amoureux s'embrasser, mais les petites filles des squares qui font semblant de mourir, toutes raides au milieu du toboggan et pas moyen de passer. »

En reposant ma copie, ma mère se souvient qu'elle ne m'a jamais emmené au square. Nous sommes allés au bois de Boulogne, au Trocadéro voir les poissons, en forêt de Fontainebleau pour les rochers, à Versailles, le palais, le parc. Je détestais. Mais c'est vrai qu'elle ne m'a jamais emmené au square Lamartine. Ça ne m'a certes pas manqué, mais il faut bien raconter quelque chose.

« Joue ! Maintenant que nous avons trouvé ce square, joue ! Va jouer. Il y a du sable, une fontaine, qu'est-ce que tu veux de plus ? Il y a même une statue. C'est un physicien. Va voir, je crois que c'est Copernic. Fais un château ! Les enfants seront contents. »

Ils ont tous cinq ou six ans, j'en ai quatorze et demi ! J'ai accepté de venir parce que je pensais qu'arrivée là, elle comprendrait que ce n'était pas la chose à me proposer. Pas exactement ce qui me va, maintenant, un square. « Tu faisais bien des châteaux au bord de la mer, souviens-toi... Un château ici, la mer ne risque pas de l'emporter. Enfin, maintenant que nous sommes là, nous resterons une heure. Au moins une heure. » Une heure sur ce banc, ce sera long pour elle. Moi j'ai l'habitude du temps qui ne passe pas, du temps qui vous reste dans la gorge, du temps dont on crève. Elle a apporté des aiguilles, de la laine, elle croit sûrement que les mères ça tricote dans les squares. Elle a aussi apporté un livre. « Joue, je te dis ! » Elle sort un appareil photo de son sac, me regarde, hésite, pose l'appareil à côté du livre. Dans ses yeux verts, une sorte de détresse. Elle se tait. Que fait-elle sur ce banc, dans cette poussière blanche, entourée d'enfants qui crient et avec celui-là qui ne veut pas jouer ? « Tu ne veux pas faire un château, comme au bord de la mer ? » Elle entreprend la seconde manche du pull-over qu'elle a commencé il y a longtemps. Que je fasse un château ou pas, cette manche aura avancé, la journée ne sera pas perdue. Elle est étonnée d'être là. Si au moins elle éprouvait un peu de ma vraie détresse, je sauterais dans ses bras, j'abandonnerais le combat. Je lui dirais qu'il ne fallait pas venir ici. Je lui dirais bien d'autres choses. Celles qui changeraient sa vie et la mienne. Je ne veux pas lui parler. On peut toujours, elle n'écoute pas. Elle raisonne, se fait des raisons. Par exemple, depuis cinq minutes, elle n'est plus si mal. Sans le faire exprès, un enfant lui a envoyé du sable sur les chaussures : elle a répondu par un gentil sourire. Il ne veut pas dire grand-chose mais tout de même, si elle a souri facilement, c'est qu'elle est contente. Est-ce l'idée de faire son devoir qui la rend tout à coup si légère ? Même dix ans trop tard, elle a emmené son fils au square. Plus tard il ne pourra pas lui reprocher d'avoir manqué d'affection, de tendresse, de présence. Qu'elle se rassure : je n'ai manqué de rien, puisque je l'ai presque toujours trouvé ailleurs. Tendresse : Mme Gilmour-Wood. Attention : au lycée. Présence : la rue. Sérieux, réflexion : M. de Béague. L'amour, j'en prends un peu partout, j'en donne à tous — sauf à mes parents, c'est vrai, et à cette idiote de Capucine. Encore que d'après M. de Béague, je dois beaucoup les aimer pour en parler autant.

Klimpt ne s'adresse à moi, ne me parle gentiment qu'une fois par an, la veille ou l'avant-veille de l'anniversaire de ma mère. « Quel cadeau comptes-tu lui faire ? » Une fois j'avais tressé avec du raphia un abat-jour. Elle m'avait remercié sans enthousiasme, ça ne lui avait pas plu. « Un cadeau de gitan », avait-il murmuré. Elle l'avait aussitôt rangé dans un placard en regrettant que mon abat-jour n'ait pas de fond : elle l'aurait donné à Capucine pour l'orange qu'elle emporte tous les soirs dans sa chambre. Ça lui aurait fait une corbeille à fruits. Une corbeille à un fruit.

Les Klimpt ont décidé de fêter mes quinze ans. Mais je n'aime pas organiser mes joies : inviter pour soi-même, forcer la main de ses amis pour qu'ils vous fassent des cadeaux, je trouve ça ridicule. Jusqu'à présent j'ai presque toujours soufflé en famille les bougies du gâteau que prépare Francette. Quelquefois, à mon déjeuner d'anniversaire, pour « faire fête », ma mère rajoute un couvert pour une amie à elle dont la présence pourrait adoucir l'atmosphère. Devant les étrangers, Klimpt tâche de se retenir. Son visage crispé, ses yeux qui vous fixent, sa fureur, la chaise qui se renverse et tombe dans un bruit sec quand il se lève pour m'extirper de table, c'est pour nous seuls. Presque chaque fois, à la fin du repas, ma mère pose parfois sa jolie main sur la mienne et me dit : « Ton cadeau, je n'ai pas eu le temps de le trouver. Tu auras quelque chose plus tard, il faut que j'y pense. Je n'aime pas les cadeaux bêtes. Tu sais, finalement, on t'aime bien. » Mon père, sur sa chaise, penche le buste en arrière : cette déclaration a quelque chose de malséant ; il s'en désolidarise. Et la fête finit par une discussion sur les notes que j'ai eues en classe. Année après année, Klimpt fait le bilan de l'année écoulée. J'ai pris l'habitude de ce genre de rituel. A Noël aussi on récapitule. Et au jour de l'an — bien qu'une semaine à peine se soit écoulée. Les bonnes années on recommence à Pâques et avant les grandes vacances bien sûr.

« Fais-nous une liste des noms et des adresses de tous les camarades que tu veux inviter. Tu marqueras leur âge et la profession de leurs parents. »

J'ai donné une liste. j'ai longtemps hésité avant de ne pas inviter ma bande. Impossible de les avoir à la maison. Au fur et à mesure qu'on grandit, la situation devient de plus en plus périlleuse : à force d'aveux, de mensonges, d'omissions, pour faire bonne figure, on prend des attitudes. Fausse innocence, vrai courage, désinvolture feinte... On se glisse avec plus ou moins de bonheur dans un personnage qui doit tenir en face de l'autre, qui lui-même s'est fabriqué une manière d'être. La vérité du lycée n'est pas celle de la maison.

Impossible de leur dire que rien n'est vrai, que nous ne portons pas un vrai nom, que ce ne sont pas de vrais parents.

En dehors des quatre : Boulieu, Seydoux, Brillaux, Cervange, j'ai un contact dans presque toutes les classes. Avec l'un j'échange des timbres, à l'autre je vends des sujets de composition, des carnets de correspondance, des bulletins de retenue en blanc. En troisième B j'ai même un client pour des cartes de visite en bois. Le fils d'un armateur. Je l'ai convaincu qu'il ne pouvait pas avoir des bristols comme tout le monde. Il lui faut des cartes en balsa. Je lui en ai fait des dentelées, des lisses, des vernies, des bicolores...

Je n'ai invité à mon anniversaire que mes « honorables correspondants » et Beaudu, le premier de ma classe, parce qu'il ne parle à personne et me laisse copier le matin dans la loge de sa mère. La tête de mon père quand il a vu en face du nom de Beaudu, profession du père « néant », profession de la mère « concierge » !

On a fait appel à Mme Lempereur pour tartiner. Elle est dans la cuisine avec Francette, qui « n'a pas été avertie à temps sinon elle se serait débrouillée toute seule ». Et ça tranche du pain, ça coupe du jambon, ça étale du beurre, du pâté, des anchois, ça dénoyaute des olives. Ça ne parle que mayonnaise qui va tourner, pas tourner, bol de crème qui est tombé par terre, et qui manque. Ma mère vient dire que ce n'est pas assez et toutes les cinq minutes envoie Tony chez le boulanger, l'épicier. Elle change les fauteuils de place, ouvre une fenêtre, la referme à cause du courant d'air auquel elle n'avait pas pensé. Elle veut déplier les paravents de ma chambre pour cacher le tas de lustres

89

reçus avant-hier. Elle me demande mon avis, je n'ai pas d'avis. Je laisse faire ou plutôt je laisse se défaire la maison avec au creux du ventre une angoisse qui m'anesthésie. Elle court à la salle de bains, revient : « Que fais-tu, Balthazar, assis sur ce tabouret ? Tu as l'air d'une campanule. » Pourquoi une campanule ? Il y a des mots qui traversent la tête de ma mère et lui plaisent... « Tu n'as pas l'air content, c'est tout de même pour toi qu'on fait tout ça. Remarque, moi aussi, le jour de mes quinze ans, j'étais comme toi, assez désespérée. C'était à Nice. Mon père, qui était un homme que tu aurais adoré, était parti au casino, tu sais. Il portait des costumes blancs en flanelle, un chapeau, une canne, et des sabots. C'était un excentrique. Il jouait. Toute sa fortune et celle de maman sont passées là, sur les tables de jeu. Il achetait une maison, trois jours après, elle était hypothéquée, trois jours encore elle était vendue. Un moment, on a même eu un yacht, un vrai, avec un capitaine et des marins. On n'a été en mer qu'une journée. On voulait aller en Corse, et mon père a voulu passer par Monte-Carlo. Tu sais, il était comme ça, ton grand-père, il changeait sans arrêt d'avis... On a passé une nuit à l'Hôtel de Paris ta grand-mère et moi, et pendant ce temps il perdait le bateau. Le lendemain, on est rentrés en train. Tu sais, maman a beaucoup d'excuses : il lui achetait des bijoux ravissants, car il avait beaucoup de goût, elle les portait quelque temps et puis il venait les reprendre sur elle. Ne parle pas du jeu à ta grand-mère. A propos, où est maman ? »

J'imagine ma grand-mère jeune, dépossédée d'un collier qu'elle ne portait pour personne dans une villa aux rideaux toujours tirés parce qu'elle ne supportait ni la foule ni le soleil. Je vois son visage embué de larmes et mon grand-père parti dilapider ses cadeaux. Depuis que je la connais, je l'ai toujours vue gênée quand on lui offrait quelque chose. Je me souviens de Mme Lempereur qui, un jour, lui a donné un étui à lunettes. Elle a essayé de le lui rendre : « Etes-vous sûre que vous n'en aurez pas besoin ? » A l'époque j'ai cru que c'était parce qu'elle se moquait de ce cadeau minuscule. Une autre fois, Francette lui a donné un très joli mouchoir en dentelle de Valenciennes, un mouchoir d'évêque. « Merci, Francette. Mais êtes-vous sûre que vous n'en aurez pas besoin ? »

Dans la salle à manger, les buffets s'organisent. Tony développe des tables, les arrange par taille, par hauteur, tape dans ses mains. Francette, qui porte un corsage noir, un tablier de soubrette, me fait de la peine : je ne l'aime pas en uniforme. Je lui demande de s'habiller comme tous les jours. « Mais ce n'est pas tous les jours, c'est ton jour à toi. » Mme Lempereur, boudinée dans une robe marron, apporte, en claudiquant, des montagnes de petits pains, des cascades de petits fours, des pyramides de canapés. Elle plaisante : « Après, tu pourras te plaindre qu'on ne s'occupe pas de toi ! Allez, tu n'es pas si malheureux ! Irène, je n'ai jamais vu un buffet aussi somptueux ! Si j'avais su, j'aurais dit à mes enfants de venir ! — Vous auriez dû », dit ma mère, distraitement. Elle cherche, dans un placard, le très long plat qui a servi pour son mariage. Elle ne le trouve pas, regarde l'heure. « Il est quatre heures, j'avais dit quatre heures, c'est affreux, je ne suis pas prête. »

Quatre heures cinq. Ma mère revient en disant que

tout manque, qu'elle aurait dû faire de la langouste froide...

Quatre heures dix. J'entends la porte, des exclamations. Je ne peux pas me lever, je suis collé à mon tabouret. La voix de mon père : « Vous auriez dû installer tout ça dans sa chambre. J'ai du travail. » Qu'entend-il par travail ? J'espère qu'il n'y aura pas de livraison aujourd'hui, qu'il n'attend personne, qu'il ne va pas ouvrir grand son journal au milieu de nous, qu'on ne va pas venir prendre des objets devant mes amis. Il ordonne à Tony de vider le camion. « Il a mieux à faire, dit ma mère, je ne trouve plus mon plat en argent. » Il insiste : que Francette aille chercher les clefs de la cave, ça fait deux jours qu'il les demande ! Francette les jette dans ses mains et continue son chemin. « Tu as vu l'heure ? Tu devrais aller te changer », lui dit ma mère. Il éclate d'un rire froid, grimaçant : il est parfait comme il est. Il me demande d'appeler ma sœur : « Elle ne peut pas rester tout le temps le nez dans ses livres, la pauvre petite. Va la chercher, je te dis. »

« Les voilà, crie ma mère qui entend un brouhaha derrière la porte. Je suis folle de m'être habillée comme ça. » Elle disparaît dans sa chambre pour changer de robe.

Francette escorte une grappe de femmes qui s'esclaffent, s'exclament, scandent des Bonjour ! Ravie de vous voir ! Quel beau temps ! Quelle bonne mine ! Quel plaisir ! Irène est là ? Comme si ma mère pouvait être ailleurs, avoir oublié les dames de son comité. Les dames du comité ! Elles réclament ma mère. Partout ma mère a du succès. Mon père en est fier. Quand ils arrivent tous les deux dans un restaurant, les conversations s'arrêtent, les têtes se tournent, les regards convergent. Ce n'est pas seulement elle qu'on admire, c'est le couple. Il n'y a pas à dire, malgré leurs différences, il y a une harmonie entre eux. Elle est grande, il est plus grand qu'elle. Elle a des cheveux blonds qui tombent en vagues molles sur ses épaules. Lui, des cheveux bruns. Elle a les yeux verts, immenses. Lui, des yeux noirs, et son regard précis, sous ses longs cils, donne un sens à la navigation du couple. L'un et l'autre se déplacent avec élégance, distinction. Il passe des heures à assortir sa cravate à sa chemise, sa chemise à sa veste, la veste au pantalon, le pantalon aux chaussures. Ses vêtements n'ont jamais l'air neuf. Tout sur elle est parfait. Elle sait ce qui lui va, ce que personne ne porte. On lui prête des modèles de collections ou bien elle invente avec sa couturière de grands manteaux, des capes. C'est une Parisienne. Je suis le fils de Parisiens — comme on voit Paris d'Amérique : un Paris pour affiches de luxe, pour « Ça sent bon la vie », pour l'exportation. Mais on ne regarde pas seulement mes parents pour ce bonheur, cette aisance de façade, cette volupté d'être : ils sont vraiment beaux. Et peut-être même davantage. Il paraît plus âgé qu'elle parce qu'il est plus sérieux, disons plus grave. Mais ça doit compter pour lui un visage, sinon pourquoi se raser d'aussi près, deux fois par jour ? Il n'a pas besoin d'user de son fameux charme slave pour séduire. Il a le front bombé de l'homme intelligent. Elle, le nez fin, long, droit, l'arcade sourcilière enlevée, le front royal, la bouche bien dessinée, généreuse, même si d'autres la trouvent trop grande. Ils ont tout pour être heureux. Sauf qu'ils sont lancés dans une vie qui les dépasse. Ni l'un ni l'autre n'ont les mêmes principes, les mêmes buts, les mêmes raisons d'être ensemble. Lui, veut qu'on l'oublie ; elle, veut qu'on l'envie ; lui, a peur de ne pas être digne d'un passé prestigieux, historique, comme si ses ancêtres lui demandaient chaque nuit : « Et toi, que fais-tu ? » ; elle, est inquiète de deux sortes d'avenir : la seconde d'après et dans vingt ans, quand nous songerons à tout cela, quand nous pleurerons des larmes de sang parce que finalement on s'apercevra qu'on n'a rien fait comme il fallait. Et d'abord moi qui ne me serais pas aperçu que j'avais les meilleurs parents du monde.

Quel plus bel anniversaire pouvait-on m'offrir que de me faire ce cadeau : inviter ces femmes, qui, malgré leurs occupations, leurs préoccupations, leur rang à tenir, ont des priorités exemplaires ? Elles savent ce que c'est que souffrir, aimer, prier, croire. De grandes mères de famille ! Elles savent ce que c'est que donner, attendre, espérer, se battre ; elles savent ce que c'est que se sacrifier. Qui ai-je devant moi ? Des femmes dont la bonté, l'intelligence, la supériorité ne peuvent que me servir d'exemple... Elles sont toutes là, les unes contre les autres. Une volubilité pour rien — un lustre qui leur plaît, la cour, nos trois arbres bêtes, comme si c'était le parc de Versailles. Elles demandent à mon père s'il jardine ! En groupe, elles sont comme des volailles ivres.

Elles étaient déjà là, il y a trois ans, pour ma communion solennelle. Elles avaient toutes apporté un petit quelque chose pour marquer ce moment essentiel dans ma vie, que je me souvienne d'elles et de Dieu. Ce jour-là, Tony avait dressé une table pour leurs cadeaux : un peigne en plastique, six réveille-matin, un coupe-papier en ivoire, trois saintes Vierges dont une en ébène, une paire de ciseaux, une raquette de tennis, une boîte de peinture. Personne ne m'avait apporté de stylo ni de montre. J'avais dit à Capucine que les dames du comité n'avaient aucun goût, que je n'avais rien aimé de ce qu'elles m'avaient offert — sauf la boîte de peinture. Elle est allée tout vendre. On ne l'a pas punie, on ne lui a rien dit, on ne lui dit jamais rien. On ne lui a même pas demandé ce qu'elle avait fait de l'argent.

Capucine a mis une robe de dentelle blanche à douze volants. Assise au milieu d'un canapé, elle reçoit, trône, deux places vides à côté d'elle. Personne ne vient s'y mettre. Elle bavarde, ricane. Elle s'est emparée d'une boîte de pâtes de fruits qui m'était destinée et s'en gave.

Quatre heures et demie. Je n'ai toujours pas bougé de mon tabouret.

Stéphane Dutilleul, tout maigre, la figure blanche, est poussé par sa mère qui lui crie : « Présente-moi, je ne les connais pas. » — La mère de Dutilleul !

Bruno Charpentier, roux comme un écureuil, est suivi par une femme sèche, la lèvre violette, qui regarde partout. — La mère de Charpentier !

André Maguère, un petit champignon blanc, très peu de cheveux, des dents sales, tient la main d'un homme et d'une femme surpris par ce bruit, ce monde. — Les parents de Maguère !

Ils sont tous venus avec leurs parents. Les Klimpt ont invité les parents ! J'entends qu'on m'appelle. Tony serre des mains, s'incline avec cérémonie. On lui demande si c'est lui mon père. Francette passe avec des plats. De la fumée bleue dans un rayon de soleil.

Les mots n'ont plus aucun sens. « Je lui ai dit qu'il fallait tirer, il n'a pas tiré, c'est un imbécile, c'est de sa faute... — C'était un mariage qui courait à la catastrophe, Janine avait mis son manteau rouge. — Le pape est un bon chrétien. — Prenez-en avec de l'anchois, je vous dis avec de l'anchois. — Non, ça c'est mon verre. — Je me suis garé n'importe comment mais je ne vais pas rester longtemps, je vais chez les Daumalle, je suis venue ici pour lui faire plaisir. — Vous savez, ce sont des gens très courageux... — Jamais la sœur... c'est une commode Louis XVI... Elle me fait peur... Je peux vous le jurer... mais je vous ai dit cent fois de manger des épinards... en tout cas se dire qu'on a raison... »

Mon père sourit, plaisante, tend des verres, baise des mains. On a fait tomber devant lui un coffret en porcelaine qui ne nous appartient pas — il dit que ça n'a aucune importance avec une gentillesse qui me donne envie de donner des coups de pied dans tout ce qu'il y a ici, en criant que ça n'a aucune importance. Je suis toujours cloué à mon tabouret. « Mes » invités se sont agglutinés autour de moi, parlent du lycée. Capucine a réussi à attirer les parents, à les rassembler. J'entends qu'elle dit que M. Lanquest, mon professeur de français, va venir. Qu'il prononcera un discours. Je ne vois pas sur quoi. J'ai envie de partir, de monter sur la table et leur dire... mais leur dire quoi ? Qu'ils sont inutiles, de trop ? Qu'attendent-ils ? Pourquoi sont-ils là ? Ils ont des pieds énormes comme des pigeons enflés. Ma mère, dans une robe décolletée, va saluer une très vieille dame, toute rabougrie, habillée de noir : « Madame, c'est si merveilleux que vous soyez venue ! » Elle la prend par la main, veut la faire asseoir mais non, la petite vieille est très bien debout. Toutes les dames se prosternent les unes après les autres, chacune observe le même petit silence déférent, compassé, comme si elles craignaient d'être jugées. Et si elles retournaient à leurs assiettes ? Elles mangent, mangent, mangent, mangent. Il y a celle qui plie le sandwich en deux, celle qui gobe la bouchée d'un coup, celle qui picore, celle qui gratte le pain, suce, aspire, celle qui renifle son pâté, et toutes celles qui ne savent pas ce qu'elles avalent. Elles commencent à un bout du buffet et avancent avec leurs dents. Les Klimpt sont enchantés. Ils tourbillonnent, vont de l'un à l'autre, et pour une fois ce don de ma mère qui tronçonne toujours ses phrases en cinq ou six parties — éparpillant les sujets, ses impressions, semant à tous vents, idées, rires, bons mots, exclamations, soupirs, raccourcis, anecdotes — est plus qu'utile, essentiel : elle donne à toutes l'impression d'offrir à chacune le meilleur de son esprit. Quand elle sent qu'elle est passée trop rapidement de l'une à l'autre, elle revient, s'attarde, sourit, cajole, et de nouveau captive. A part quelques femmes un peu perdues, esseulées, la cour de ma mère se renouvelle autour d'elle. Mon père s'approche, la prend par l'épaule, la taille, lui touche la main, lui sourit et baisse la tête comme un petit cheval. En public, ils s'adorent, les Klimpt ! Les amies de ma mère doivent l'envier d'avoir un mari si tendre.

Ils ont oublié que je suis là, comme ils ont oublié ma grand-mère assise dans un coin. Francette lui a apporté des gâteaux, une serviette, un verre de jus d'orange. Dix fois ma grand-mère a demandé quand on soufflerait les bougies. Avant que tout le monde arrive, elle a fait couler dans le creux de ma main une chaîne en or légère comme du sable. Je l'ai encore dans mon poing fermé, dur, avec lequel je voudrais frapper.

Cinq heures et demie. J'ai bien fait de ne pas inviter Boulieu, Seydoux et les autres. Qu'aurais-je pu dire, après, en classe? Peut-être que leurs parents sont pareils, finalement? Les mêmes. Le même goût de la parade, du bruit, de la vanité; les mêmes inconséquences, les mêmes cris, les mêmes gourmettes, les mêmes pieds, les mêmes gorges, la même légèreté, la même vulgarité. De la corne à la place du cœur. Comme je préfère Mme Gilmour-Wood, M. de Béague! Me réfugier pour toujours chez Mme Gilmour-Wood, marcher avec Béague n'importe où, et l'écouter, même sans jamais rien dire, mais être avec lui.

Tony, deux ou trois fois, est venu me serrer la main, comme pour me présenter ses condoléances. Le voilà qui recommence. Les premières fois j'étais gêné, mais personne n'y a fait attention, sauf le champignon Maguère qui n'en revient pas de ce qui se passe ici. Encore des plats! Mme Lempereur n'est pas sortie de la cuisine. Par moments on voit son visage violet apparaître. Elle cherche ma mère : « Ça va? C'est assez? » Et comme elle n'obtient aucune réponse, elle repart sur le carrelage noir et jaune, vers nos fourneaux. Elle aura mis son beau collier de perles, se sera habillée, coiffée pour eux. Rien que pour eux.

Six heures. Mes invités m'ont demandé pourquoi nous n'allons pas dans ma chambre. Tony a ouvert une fenêtre. Ils en ont profité pour sauter dans la cour avec un ballon que quelqu'un a dû apporter. On parle de départ, de voitures garées sur le trottoir, des jours qui s'allongent, de la bonne humeur de ma mère, de la gentillesse de mon père, de la dextérité de Tony qui finalement s'est transformé en maître d'hôtel — il était temps ! Il porte les plateaux comme un garçon de café. Le bras levé au-dessus de lui, il tourne, vire, revient. Mon père suit la danse d'un œil surpris. Tony, comme Capucine, inquiète les Klimpt, comme s'ils étaient capables de folie ou peut-être de quelque chose de plus grave. Cette crainte les tient en respect.

Les dames du comité s'en vont, les unes après les autres. Un peu moins euphoriques. Apaisées. Mes camarades passent devant moi, me tendent leurs mains sales, ils disent avoir passé une bonne journée, c'était formidable, il faudra recommencer. Oui, bien sûr... Peu à peu réapparaissent les pieds des tables, la bordure du tapis, la fêlure des glaces, le parquet jonché de papiers d'emballage, de ficelles, de mégots de cigarettes, de petits fours écrasés. Ma mère, dans l'entrée, crie « au revoir ». Je ne la vois pas, mais j'imagine ses grands gestes comme si ses invités partaient au bout du monde. Mon père revient le premier, il sifflote. Il ne voit pas tout ce désordre, cette saleté, l'heure tardive. Il va vers sa chambre, rayonnant. Capucine a disparu, ma grand-mère aussi. Tony est rentré chez lui. Ma mère dit à Francette : « C'était bien, n'est-ce pas ? » Mme Lempereur sort de la cuisine, un peu fâchée d'avoir manqué la fête, salue très rapidement et claque la porte. « Tu n'es jamais satisfait, me dit ma mère, quoi qu'on fasse ! Tu avais là tous tes amis. Ils avaient l'air de s'amuser, eux. Où est ton père ? Il faut que tu le remercies, il a été si gentil. »

Comme s'ils n'avaient pas assez mangé, les Klimpt

arrivent en rang d'oignons pour se mettre à table. Ma mère ouvre la marche, la taille serrée dans une robe de chambre en soie bleu nuit, suivie de mon père en veste de velours à larges revers et de Capucine, hérissée de dentelles. Ils vont à la cuisine où Francette les attend. Je les rejoins. Dépaysé par l'univers de Francette, Klimpt regarde autour de lui en lançant des coups d'œil brefs sur le carrelage, l'évier, le plafond. Il inspecte. Ce n'est pourtant pas la première fois qu'il entre dans la cuisine, mais il ne s'y sent pas vraiment chez lui. Il se tient plus raide que d'habitude. Ma mère, bien installée sur une chaise en bois blanc, a beau dire que cette cuisine est « l'endroit le plus agréable de la maison, qu'on devrait y dîner plus souvent », elle semble en visite.

« Tu pourrais nous dire merci au lieu de nous regarder de cet œil assassin. Mais dis quelque chose ! Je te jure que tu vas recevoir une gifle. Quand je pense que nous avons organisé cette fête pour toi ! On s'est vraiment mis en quatre. La pauvre Mme Lempereur a passé la journée et celle d'hier à faire des petits pains, des plats, des desserts... Francette a été... Tony a servi, ce qui n'est pas son métier... Ta sœur a mis sa jolie robe... Ton père, qui n'aime pas beaucoup parler, comme tu sais, a reçu chacun avec une telle gentillesse, une telle... Et moi, tout le mal que je me suis donné, le branle-bas dans cette maison... Tu sais bien qu'ici, ce n'est pas comme chez les autres ! On doit toujours faire très attention... On a fait cette fête pour toi, on voulait te faire plaisir, on a cru bien faire, on a bien fait et voilà comment tu nous remercies ! En restant toute la journée assis sur un tabouret, l'œil fixe, comme un débile. Moi je veux bien, d'ailleurs tu remarqueras je ne t'ai rien dit, c'était ton anniversaire et si tu n'avais pas envie de parler, libre à toi, mais alors pourquoi tout ça... Pourquoi tout gâcher... Et les cadeaux qu'on t'a faits, tu ne les as même pas regardés, c'est moi qui ai dû remercier ! D'ailleurs tu as reçu quelque chose que je te donnerai beaucoup plus tard : est-ce qu'on offre à un garçon de ton âge un couteau à cran d'arrêt ? Tu n'es vraiment jamais content de rien : on te fait cadeau d'une photo de cette Silvana Mangano que tu aimes tellement, dans un cadre en cuir, très joli. A ta place, je remplacerais la photo par celle de ta sœur, ou de nous. As-tu remarqué que les garçons qui étaient là n'avaient pas très envie de jouer avec toi ? Il y en avait pourtant deux très charmants qui avaient installé dans le couloir le train électrique... C'était attendrissant à voir... Tout ce monde pour toi... tous tes amis... Mais dis quelque chose !

— Vous avez choisi dans la liste que je vous ai donnée ! Vous n'avez pas invité tous mes amis ! Sans rien me demander, sans prévenir, vous avez invité leurs parents. Et les femmes du comité, elles sont aussi mes amies ? C'était pour vous ou pour moi, cette fête ? Si c'était pour moi, il ne fallait inviter que mes amis, tous mes amis ! »

Mon père est content quand je lui montre que je suis à sa merci. Pour l'instant, il savoure l'immense satisfaction d'avoir réussi à organiser ma défaite. Je ne retrouve ce sourire de contentement que lorsque, après qu'il m'a battu, je pleure beaucoup, vraiment. Mais cette victoire je ne la lui laisserai pas intacte. Je souris, recule, m'écarte un peu de cette table dont je ne fais pas partie. « Vous avez sincèrement cru que je vous avais donné la liste de mes vrais amis ? Vous croyez que vous me connaissez mieux parce que vous avez vu Maguère et je ne sais plus qui ? Ce sont des garçons du lycée mais ils ne sont pas de ma bande, ni d'aucun de mes secrets. Mes vrais amis n'étaient pas là. Je vous ai donné n'importe quels noms. Mes vrais amis ne viendront jamais ici. » Klimpt devient tout blanc. Francette pose sur la table son gâteau recouvert de pâte d'amandes. Les bougies sont allumées. « Souffle », me dit Capucine. Je ne souffle pas. J'attends. « Tu veux me dire que tu as invité ici n'importe qui ? » Il a essayé de se lever mais ma mère l'a retenu — pour une fois elle est assise à côté de lui. Je lui demande : « Qui est-ce n'importe qui ? Ne sommes-nous pas n'importe qui ? » Mon père me gifle. Les bougies fondent sur le gâteau. Mes larmes coulent, pendant que Capucine tire sur les volants de sa robe pour les défroisser. Je les laisse. Je me lève sans dire un mot et vais dans ma chambre.

Il faut mourir. Il n'y a pas de doute : il faut monter sur le toit, marcher un peu, m'élancer et sauter pour m'écraser devant leurs fenêtres. Voilà tout ce qu'ils méritent : ma mort. Pour cela, mettre mon pyjama blanc bordé de vert acheté l'an passé à l'exposition finlandaise — finnoise, on dit, mais je m'en fiche de ce qu'on dit. Je veux mourir.

Déjà huit heures. A peine si on aperçoit la maison d'en face. On pourrait être en Belgique. Je n'y suis jamais allé mais je crois que c'est comme ça : sombre très tôt, très peu de jour chaque jour. Je n'allumerai pas. Je ne veux pas bouger, j'ai retourné l'oreiller. J'ai trop pleuré de l'autre côté. Ce côté-là, c'est bien, c'est frais. Ouvrir un livre ? Je ne peux pas. Je ne peux plus ouvrir ni un livre de classe ni un livre normal. Retourner vers mon gâteau auquel je n'ai pas touché ? Je ne pourrais rien avaler. Pourtant ça occupe souvent de manger. Sortir ? Je n'ai pas le droit. Regarder le tapis... Il me reste ça, oui. C'est maigre ! Et faire mes devoirs. Je ne les ferai pas. Tout ça jusqu'à demain. Mourir, le temps est si long. Entre mes doigts toutes les pendules s'arrêtent, que je les démonte ou pas. Je les regarde peut-être un peu trop souvent. Mourir pour sortir de ce quartier raide, froid, cher, absurde. Etre enfant à Montmartre... Je n'aurai le droit d'y aller que dans dix ans. « Quand tu seras majeur. » Pourquoi serais-je majeur quatre ans après tout le monde ? De toute manière, j'y suis déjà allé.

J'ai regardé d'assez près : c'est escarpé, provincial. Elles me plaisent ces maisons de deux trois étages aux volets en bois rouge vif, bleu pâle, ou carrément vert, prises entre impasses, jardins et escaliers. Beaucoup de détours là-haut, de cris, de chansons, et de calme soudain. On y voit des marchands de fleurs, des lézards. D'insolentes grappes de raisin flottent au-dessus des terrasses, brillent comme les paillettes en strass suspendues aux voilettes des chapeaux de ma petite marraine. Etre enfant à Montmartre, c'est voir tout de haut : la tour Eiffel, une plume ; l'Arc de Triomphe, un cube ; les Invalides, quelques wagons posés en dehors des rails d'une gare pour rire. Ne comptent que les rues et les ruses que l'on a devant soi. Pouvoir dévaler comme un fou toutes les pentes, plié en quatre dans des caisses à savon, ou couché sur des demi-charrettes, ou debout sur le cadre d'un tandem hollandais pour finalement atterrir à la terrasse d'un café. Etre enfant à Montmartre, c'est avoir toutes les libertés d'un bandit, être respecté comme un homme. Au diable les cartables, les casquettes, les gants, les missels, les baisemains, les bonjour madame, oui monsieur, merci tout le monde ! Etre enfant à Montmartre, c'est être grand.

Allez leur expliquer : mon bonheur, c'est la démarche d'un chat, l'odeur des objets, le frôlement, la fraîcheur du vent. Parfois quand il est tiède, on se croirait en Asie. Les feuilles des platanes se retournent, virevoltent dans le ciel. A contre-jour on peut à peine les voir, leur contour se perd, tout se perd. Des sensations, des sentiments ne restent que des mots, des images, des riens.

Dans le rayon du jour qui meurt, entre les rideaux de ma chambre, j'essaie d'attraper les grains de soleil qui brillent encore. La poussière flotte comme le cri du cristal, comme un sanglot. Dans les lits superposés, pour une fois je suis en haut. Le soir est gris. Gris doré. Je ne peux plus attendre. Je pourrais demander à quelqu'un qui ne supporterait plus la vie de mourir avec moi mais mourir c'est individuel. Peu de choses le sont. Manger, nager... Dormir, non. On dort avec tout un monde. On est nombreux dans le sommeil. Penser ? On ne pense pas seul non plus.

Il faut mourir, pas seulement pour disparaître, mais parce que depuis longtemps je l'ai décidé. D'abord pour m'occuper. Mort, comme je respirerai bien. Je respirerai bien, après. Sauf à l'enterrement : les revoir tous. Francette viendra, à moins qu'elle n'ait tant de peine, de vrai chagrin qu'elle ne pourra pas. M. Lanquest, mon professeur de français, sera là, par curiosité. Pour voir à quoi ressemblent mes parents dans le drame. Ma mère sous un voile. En veuve. Ma mère avec mon père. Il ira à la messe, au cimetière, et s'il sait s'y prendre il sera au déjeuner. Ma mère lui glissera : « On ne pourra pas dire qu'on n'aura pas essayé de le sauver. » Et on n'entendra qu'eux. On saura enfin ce que j'aurais pu devenir avec mes qualités, si je les avais écoutés. J'ai encore un livre qui appartient à Lanquest. Je vais leur mettre un mot pour qu'ils le lui rendent. Après ma mort, les Klimpt devront quitter cet appartement : c'est fort la honte et le goût qu'ont les gens pour la justice et l'ordre. Et ce n'est ni juste ni dans l'ordre des choses que je me tue. Pas plus que la vie qu'ils me font. A votre place, personne n'aurait agi autrement, c'est ça qu'on leur dira. C'est pour ça qu'il faut sauter.

Mourir parce que j'ai du mal à être un enfant. Chaque jour, je suis moins rêveur, moins léger, moins détaché. Plus grave : je m'enfonce dans la gravité. Autrefois, j'étais les deux à la fois : or et sombre. On n'aimait pas ce mélange : il paraît qu'on ne savait à quoi s'en tenir dans ce tourbillon : la minute d'après, j'étais autre chose. Et ma mère qui se vante de deviner comment, après une grande joie ou une tristesse soudaine, je vais rebondir ! moi-même je ne le sais pas. Mon anniversaire... Quel âge croient-ils que j'ai ? Je n'ai pas l'âge d'un enfant, je n'ai jamais eu une vie d'enfant. D'après les gens qui s'y connaissent un peu, les gens qui ont beaucoup voyagé, on n'a qu'un seul âge dans la vie, on l'attrape en naissant et on le garde. Ma grand-mère, la mère de ma mère, a toujours eu sept ans. Ce n'est pas maintenant qu'elle perd la mémoire, qu'elle va vieillir. Sa fille, ma mère, c'est plus compliqué et je n'ai pas envie de penser à elle, de parler d'elle tout le temps. En revanche, l'âge de mon père, c'est très net : malgré ses quarante ans que nous avons fêtés sans enthousiasme il y a quelques mois — il est de septembre, la fin des abricots, la rentrée des classes, comme on voit, rien de réjouissant — en vérité il n'a pas vingt ans, ce n'est pas un adulte : trop de soucis d'élégance, inquiet de chaque mot, de chaque geste, il n'est pas majeur.

Si j'avais vraiment quinze ans, tout irait bien. Peut-être que je trouverais ça assez normal d'aller en classe, de ne répondre que lorsqu'ils m'adressent la parole, de me coucher tôt, de considérer les adultes comme des grandes personnes, de les écouter, de les croire. Ils me demandent aussi de les aimer ! Ce n'est pas parce que j'ai quinze ans que ma mère exige ça de moi, c'est parce qu'on lui a dit la même chose quand elle était petite. Je n'ai rien de commun avec leur manière de voir. Sauf d'eux, je n'étais pas malade. Enfin, pas très. Maintenant j'en suis malade à mort. M'obliger à rentrer ici tous les soirs et à embrasser ma sœur. Autrefois, je dis autrefois parce que grâce à mes comédies on y a renoncé, mes fins d'après-midi commençaient par le baiser à Judas. Même tout petit, je n'ai jamais aimé les salamalecs. Bonjour, c'est le maximum, et pas comment ça va. Sauf si on aime les gens, mais moi, je ne sais pas comment je suis fait, j'ai beau me forcer, je n'aime pas tout le monde. Et les gens que j'aime, je ne le leur montre pas. Parce qu'à ce moment-là, on entre dans un tout autre système. On devient très vite « mon petit », « mon chéri », « mon coco », « ma poule », « mon trésor ». Ils vous attrapent le bras, vous caressent la tête et un jour on entend : « Tu sais, tu n'es plus mon petit, tu n'es plus mon coco chéri trésor, tu es vilain et stupide. Comment peux-tu me faire de la peine, à moi, qui t'aime tant ? »

Pas très malade. Sauf quand je reste longtemps dans cet appartement, où finalement rien — enfin très peu de choses — ne nous appartient et où la seule certitude est l'argent qu'il faut trouver, tous les trois mois, pour payer le loyer. On ne peut avouer que ses parents sont pauvres qu'à une condition : qu'ils mènent une vie de pauvres, et qu'ils ne la ramènent pas. Mais nous, pas question de faire les modestes. D'abord, on aime narguer, ensuite le goût du luxe. A ce point, chez mon père comme chez ma mère, c'est une philosophie. Plus même : une frénésie. Vivre au-dessus de leurs moyens, l'unique façon de supporter les jours fades. On étouffe derrière ces paravents, sous ces commodes, ces candélabres, ces capitons.

A travers la porte, j'entends la voix de ma mère : « Balthazar se crée des problèmes à plaisir. En vérité, ils n'existent pas. » Elle dit « en vérité », relief des prêches de Saint-Honoré : « En vérité je vous le dis, si vous demandez quelque chose à mon Père, en mon nom, Il vous l'accordera. » Mon Dieu, au nom de Jésus, supprimez les parents — je n'ai pas dit la parenté —, faites-moi renvoyer du lycée sans que ça devienne un drame, ôtez-moi cette mauvaise conscience que j'ai souvent — presque toujours — et tout ce lot de bicyclettes qui encombre ma chambre depuis dix jours. Je ne demande jamais qu'on me donne mais qu'on m'enlève. Derrière la porte, ma mère continue : « En vérité, Balthazar n'a pas de problèmes, il pourrait être un enfant parfaitement heureux, détaché... »

Elle entre dans ma chambre. « Balthazar, ça ne sert à rien de pleurer. Tout le monde est capable de pleurer. Moi la première. Tu crois que je ne pleure jamais ? Qu'est-ce que ça te fait quand je pleure ? Sauf que moi, devant vous, je me retiens ! Ça va te faire du bien de t'intéresser à quelqu'un d'autre que toi-même : ce mois-ci, tu vas t'occuper de ta grand-mère. On m'a dit qu'il fallait qu'elle sorte, qu'elle reprenne contact avec la réalité. » Elle tourne, soulève des livres, enlève la poussière sur le marbre de la cheminée avec son doigt, regarde mes armoires chinoises et vient jusqu'à mon lit.

« Je vais t'emmener chez un spécialiste parce que ce n'est pas normal de hurler comme ça la nuit. Ça réveille ton père qui me demande de fermer les portes. C'est insupportable. Mais qui pourrait-on encore voir ? L'année dernière on a consulté au moins cent médecins. Je comprends pourquoi ils ne peuvent rien pour toi. Tu leur dis que tu trouves les journées trop longues, que tu voudrais être quelqu'un dans la vie, que tu as l'impression d'être écrasé par ma trop forte personnalité, par la sévérité de ton père qui n'a pas tout à fait tort d'être ce qu'il est, mais que veux-tu qu'ils te répondent ? Tu leur dis que tu n'arrives pas à t'entendre avec Capucine, mais l'autre jour je l'ai vue venir vers toi... elle voulait t'embrasser... tu l'as repoussée. Comment veux-tu, après, avoir des rapports normaux avec elle ? Avec tout le monde ?

Comment veux-tu qu'elle t'aime ? Comment veux-tu qu'on t'aime ? Tu fais le contraire de ce qu'on te demande. Quand tu étais tout petit, tu venais sur mes genoux, tu allais sur ceux de ton père, tu riais, tout le monde te trouvait très drôle, enjoué. Maintenant tu n'es que moqueur, amer, têtu, buté. Tu vois, Balthazar, ton père est peut-être un homme difficile, mais c'est un homme responsable, conscient de la place qu'il a dans la société, du rôle qu'il a à tenir. Si tu lui donnais un peu de satisfaction, il serait avec toi... il serait avec toi... je n'arrive pas à trouver le mot. Regarde comme ma main tremble ; j'aurai perdu mes plus belles années à essayer de te parler, de te convaincre qu'il faut changer. Tu sais qu'un jour ou l'autre nous pouvons disparaître. Moi, pour des raisons que je ne peux pas t'expliquer, je ne vivrai pas longtemps. Tout ça n'est pas agréable à dire pour une mère qui aime son fils, qui veut lui éviter tous ces pièges dans lesquels il tombe jour après jour avec une sorte de délectation qui franchement ne peut pas nous faire plaisir ! Que n'as-tu pas fait ? Tu as menti, triché — je ne parle pas des petits péchés, je parle des raisons qui te mettent en marge de la famille. Il n'y a qu'une chose que tu n'as pas faite : c'est tuer — encore que c'est nous tuer à petit feu que de nous mettre dans cet état. De qui tiens-tu cette perversité ? J'ai mal au plus profond de moi quand je pense à toi. Combien de mes journées n'as-tu pas gâchées ? Et aujourd'hui encore ! Tout le monde était là, avec toi, pour toi... Si tu avais vu ta tête... Tu crois que ça m'a fait plaisir ? Je n'ai pas pu profiter de tous les efforts que cette journée m'a coûtés. Je ne veux pas te faire de reproches, mais maintenant je suis à bout. Rompue. Tu vois, les

109

vacances approchent, une mère devrait être heureuse de partir avec son mari et ses enfants. Eh bien, je n'en ai nulle envie. Maintenant, dors et ne pense plus à tout ce que je t'ai dit mais réfléchis bien. »

J'ai bien réfléchi : ils sont bêtes. Alors que l'année scolaire est terminée depuis plus d'une semaine, un jour sur deux ma mère fait irruption dans ma chambre et me demande ce que je fais. « Tu ne vas pas en classe ? » Que lui répondre ? Elle a reçu le dernier bulletin, à la maison. Il y a eu la lettre au proviseur pour qu'il me garde, les coups de téléphone aux professeurs pour qu'ils acceptent que je redouble dans leur classe, j'ai reçu les gifles qu'il fallait que je reçoive, j'ai demandé pardon, j'ai pris toutes les résolutions, j'ai montré ma bonne tête décidée à bien faire l'année prochaine pour qu'ils me laissent tranquille et ce matin encore elle me demande : « Que fais-tu, tu ne vas pas en classe ? »

Capucine part pour un mois dans une école de voile. L'idée de cette grosse fille au soleil accrochée à une corde de rappel comme une méchante bouée, lourde, inutile, me consterne. Ils m'obligent à l'embrasser, à lui souhaiter bon voyage, bonnes vacances... Elle me dit : « Travaille bien. » Toujours le mot pour rire, Capucine, le mot qui donne l'idée à Klimpt de me demander si j'ai commencé mes devoirs de vacances.

Ma mère dit que ce n'est pas le moment d'en parler. Interrompu dans sa colère, je le vois lever sur elle la main menaçante qu'il me destinait. Qu'il puisse se retourner contre ma mère me bouleverse. Pour cacher mes sanglots, je vais me réfugier, sans voix, au fond de l'appartement.

Il fait chaud, très chaud, sauf au fond du couloir, où Tony a installé son établi. Depuis combien de temps suis-je là, assis dans la semi-obscurité, sur la première marche de cet escalier qui ne mène nulle part, la tête entre les mains ? Tony joue au bilboquet. Il a l'air de ne pas comprendre pourquoi son bâton n'entre pas dans la boule à chaque coup. Il la regarde qui se balance au bout de la corde, l'examine, comme si elle pouvait lui jouer un mauvais tour. Il la place sur son bâton, l'enlève, recommence. Je ne prête pas une réelle attention à son excitation mais j'ai besoin de sa joie, de son piétinement, de ses cris étouffés. J'ai besoin de sa présence pour pouvoir penser à autre chose — toujours besoin des autres, même pour penser. De temps en temps je lève la tête, je souris, j'applaudis même. Tony ne s'interrompt pas pour autant : il est avec sa boule.

La voix de ma mère, lancinante comme le bruit du bilboquet. Le bâton heurte la boule, tac, tac, tac. « Toi qui as tant besoin d'être aimé... » Je lève la tête, adresse un sourire forcé à Tony. Mais Tony ne marche pas, il connaît son public, il sait ce que valent ces exclamations qui, en plus, viennent trop tard. Ma tête à la place de la boule. Le piquet s'enfonce dedans jusqu'à la garde. La cigarette de Klimpt. Mon père, qui en a assez que je rêve, même de façon incommode, appelle Tony.

Dès qu'il s'agit de sortir avec mon père, Tony renonce à sa boule jaune, à sa boule impossible, il la jette entre les chaussures que ma mère range sous l'escalier et me laisse sur ma marche, sans un signe. Pas un sourire, pas un clin d'œil. Je lui en veux de m'abandonner ainsi. J'en veux toujours aux autres de ne pas m'aimer assez. Parfois le contraire. Je ne sais pas trop ce que je veux. En tout cas, ne pas rester dans cet escalier aux marches immobiles en bois presque rouge, escalier qui ne sert à rien, escalier de sang qu'on ne peut ni descendre ni monter.

Ma grand-mère est prête, poudrée, parfumée, impatiente. Elle se souvient qu'elle doit sortir, mais ne sait plus avec qui. Depuis qu'elle est à la maison, est-ce pour donner mauvaise conscience aux Klimpt de si mal s'occuper d'elle, sauf ma mère qui, par à-coups, l'entoure de soins et d'un empressement trompeurs qui ne font qu'aggraver sa solitude quand elle arrête, chaque fois qu'elle rentre de promenade, elle déambule encore un long moment dans l'appartement comme si on l'avait obligée à rentrer trop tôt. Quand elle se voit dans les glaces elle se demande à voix haute : « Pourquoi ai-je ce chapeau sur la tête ? Suis-je sortie ? Vais-je sortir ? » Elle s'interroge en s'approchant de son reflet, ne regarde jamais les traits de son visage, ses yeux châtaigne, sa figure ronde. A-t-elle assez marché ? De la manière dont son chapeau trop haut, disproportionné, est posé sur sa tête, elle attend une réponse. « Je ne suis pas folle, si j'ai mis ce chapeau comme ça, c'était pour sortir ! Mais je ne suis pas sortie. » Elle le met légèrement plus en avant, en arrière, là, comme ça, le tapote. « Je n'aurais pas dû y toucher : maintenant je ne sais plus ce que j'ai fait. Où devais-je aller ? » Elle ne fait pas de visites, n'a pas de but. C'est un personnage lisse comme ces galets que la mer a mille fois retournés.

Est-ce parce qu'elle n'a plus de mémoire qu'elle est si sereine ? Est-ce la mémoire qui fait mal ? Alors que j'étais heureux de m'occuper de ma grand-mère, de parler avec elle, de me promener avec elle, ma mère gâche tout : elle me donne cinq francs par sortie. Et j'accepte !

Quand nous marchons ensemble, ma grand-mère et moi, nous parlons très peu. Elle n'aime pas que je fasse le fou, que je rie des passants, que je donne des coups de pied dans les arbres, que je marche à reculons à côté d'elle. Elle me rappelle à l'ordre : « Sois convenable ! » Pourtant les gens ne l'intéressent pas. Elle sort pour ne plus voir les Klimpt. Pour elle, c'est ça prendre l'air. Si je ne parle pas, elle marche à côté de moi en silence tout l'après-midi, j'en ai fait l'expérience. Parfois, elle me prend le bras. Ma mère dit qu'il y a des couples qui après très peu d'années de mariage sortent ensemble, vont au restaurant, vivent, sans se dire un mot. Elle ajoute que nous, heureusement, ce n'est pas notre cas, nous aurons toujours des choses à nous dire.

J'essaie de savoir comment ma grand-mère vivait autrefois, qui elle a aimé, pour qui elle a vécu, quels événements, quelles rencontres l'ont marquée. Je n'obtiens aucune réponse satisfaisante. Je l'oblige à me dire qu'elle aime la musique, mais elle n'aime pas la musique. Elle n'aime pas non plus la peinture. Si j'insiste, elle répète après moi : « Schubert, oui Schubert... Cézanne... c'est bien, Cézanne. » Je veux soulever la pierre : il y a quelque chose dessous. Je percerai le mystère. Ce n'est pas la blessure que je cherche, mais je sens en elle une certitude, une conviction, un secret, une clef.

Nous n'allons jamais vers l'Etoile, jamais non plus au Champ-de-Mars, ce napperon trop petit que piétine la tour Eiffel : elle ne me parlerait pas dans la ville. C'est au Bois que je l'interroge. Près du lac, dans une clairière où nous faisons escale sur les chaises en fer d'une buvette. Les arbres lui apportent une sorte de joie. Elle se détend mais ne capitule pas encore. Je la ferai céder.

Elle porte des petites chaussures noires vernies. Je lui dis qu'elle a des pieds ravissants. Elle renverse la tête en arrière, rit beaucoup plus que d'habitude. Je garde le silence, tout en restant à l'écoute. Je ne la regarde pas, je ne la gêne pas. Elle me dit qu'autrefois, très jeune, elle adorait les chaussures. Elle avait le pied si petit qu'elle avait du mal à se chausser. Alors qu'elle habitait Antibes, elle était obligée d'aller à Nice chez M. d'Espérance, le célèbre bottier. Elle s'était liée avec sa femme qui était très gourmande. Elles échangeaient des confitures, des confidences ; elles s'aimaient beaucoup.

Un jour ma grand-mère a vu sur l'étagère de M. d'Espérance une extraordinaire paire de bottines jaune vif, montantes, à petits boutons. Elle désira les mêmes. Le bottier se mit à bredouiller, rouge de confusion, pour finir par refuser net. Elle insista. Il se cabra. Il préférait perdre sa clientèle. Ma grand-mère sortit du magasin très fâchée et décidée à ne plus jamais y revenir. Mme d'Espérance la rattrapa sur la promenade des Anglais. Ma grand-mère ne voulait plus lui parler, elle adorait ce jaune, le seul caprice de sa vie, elle ne voyait pas pourquoi d'Espérance avait tout à coup pris ce ton. Elle pensait être considérée comme une amie. « Il ne faut pas croire que mon mari veut privilégier certaines clientes mais il a voulu vous éviter une déconvenue, et parce que je suis une amie je dois tout vous dire : quand vous venez l'après-midi et que nous causons toutes deux, depuis un certain temps vous avez sans doute remarqué en moi une certaine gêne... Le sort a voulu que votre mari soit aussi notre client... Et... vous avez compris... Ces bottines sont destinées à une autre femme. »

Ma grand-mère questionna son mari. Il lui déclara que cette femme aux bottines jaunes ne comptait pas plus qu'une autre parce qu'il y en avait encore une autre et encore une autre... Elle avait été la seule pendant tant d'années ! « Vous garderez toujours cette place unique dans mon esprit et dans mon cœur », lui dit-il. A partir de ce jour-là, ma grand-mère changea de chambre, d'attitude, de bottier, et petit à petit la vie se referma.

Je suis assommé. Je voulais un secret mais je ne pensais pas que c'était celui-là qu'elle réservait. Je l'ai eue par la coquetterie. Je n'ose plus regarder ses petits pieds. Je ne sais plus quoi lui dire. Nous avons encore deux heures à passer ensemble. Je lui propose d'aller sur le lac, demande à la patronne de la buvette de prendre soin de ma grand-mère : je n'en ai pas pour longtemps, je vais juste voir à quelle heure on peut canoter. Mais je m'attarde un peu, regarde une partie de football, le manège de quelques voitures, une mère grondant son fils, je tourne autour d'une jeune fille qui garde des enfants. Quand je reviens, ma grand-mère n'est plus là.

« Où est ma grand-mère ? » La grosse femme, derrière son comptoir, le regard au-delà du manège de ses tables, de ses chaises vides, fait l'innocente. « La femme que je vous ai demandé de garder ! Elle est partie ? — Vous m'avez demandé de garder quelqu'un ? » Je me précipite dans le bois. Personne. La route vide des deux côtés. L'herbe à perte de vue, couchée par le vent : vide. Vide de grand-mère. Elle est peut-être tombée de sa chaise. Je retourne à la buvette : vide. Je l'appelle. Rien. Elle, la grosse, enlève ses lunettes, qu'elle nettoie dans un torchon. « Je vous avais demandé de faire attention à ma grand-mère. Il y avait trois autres personnes. Où sont-elles ? — Je n'en sais rien, moi. Ils ont payé, ils sont partis. — Elle est partie avec eux ? — Je n'en sais rien, moi ! Peux pas garder tout le monde. » Les arbres, la route, où courir ? Je m'élance, fais vingt mètres, m'arrête pile, pourquoi continuer ? Jusqu'où ? Je cours encore un peu, n'importe où, je m'arrête, me retourne. Qui pourrait m'aider ? Rentrer à la maison ? C'est difficile. On m'avait dit de ne pas la lâcher d'une semelle. Peut-être qu'après tout ma mère sera contente : dans le fond, je l'en ai débarrassée. Peut-être que ma grand-mère sera rentrée. Elle ne se souvient jamais du chemin. Pourvu qu'elle demande à quelqu'un. Mais qu'est-ce qu'elle dira ? Si elle demande une route ce ne sera pas celle de la maison. Et si j'allais l'attendre devant la porte ? Je ne peux pas revenir sans elle. Sans expliquer. M'excuser... Maman, j'ai perdu grand-mère. Non, ce n'est pas possible. Et si je faisais comme si de rien n'était ? J'entre, je m'assois dans le salon, je dis : « Ah ! on a fait une bonne promenade. » Je raconterai que nous nous sommes un peu perdus et que c'est elle qui a retrouvé le chemin. Je ferai comme si elle était rentrée avec moi et quand on me demandera où elle est je dirai : « Ici. » Je me retournerai, pas inquiet, pas inquiet du tout, comme si elle était là. « Mais je ne la vois pas », me dira-t-on. Ou peut-être qu'on ne me dira rien et je quitterai le salon, mission accomplie. Que ma mère se débrouille ! J'aurai laissé la porte ouverte. Je me précipiterai dans la rue, je l'appellerai, elle l'appellera : elle se sera enfuie de la maison. Pas de mon bras.

Je ne peux pas arriver sans elle. Elle s'est peut-être cachée derrière la buvette ? Dans le hangar ? Dans le hangar : rien. Les cabinets ? Une tondeuse dans les cabinets. « Je ferme, monsieur. Ça suffit comme ça. Prenez sa monnaie... — Quelle monnaie ? — Elle m'a donné un billet de cinq mille francs. »

La grosse dame s'en va avec sa recette sous un bras, un gros sac de linge sous l'autre. Sa silhouette se fond dans le soir qui tombe. Je vais attendre ma grand-mère devant la maison. Les volets sont fermés, il y a de la lumière dans la chambre de mes parents, dans un salon, dans la cuisine. Retourner au Bois ? C'est si loin, et maintenant il commence à faire noir. J'ai peur : un soir, Boulieu a vu un pendu au Bois. C'est absurde d'être là comme ce monument aux morts qui ne vous console ni de la guerre ni de la vie.

Francette est couchée quand j'arrive. Je monte la voir dans sa petite chambre : des meubles en pin, une odeur de lait et d'amandes, une Vierge en plâtre bleu dans un cadre ovale, du gui. « Où étais-tu ? Je t'avais préparé un bon dîner pour toi tout seul. Tes parents sont sortis. Je pensais que ta grand-mère dînerait avec toi mais elle était fatiguée, elle est allée se coucher très vite. J'ai préparé des framboises à la crème. Ne mets pas trop de désordre dans la cuisine... »

Je passe toutes mes journées à lire. Je ne propose plus de sortir ma grand-mère. On dirait que les Klimpt ont fait la paix. Etait-ce la présence de Capucine qui créait cette tension ? Mon père a presque des égards pour moi. Il frappe avant d'entrer dans ma chambre. Hier il m'a apporté une plaque de chocolat. Je l'ai regardée pendant dix bonnes minutes avant de la manger, après avoir dit un merci très peu naturel.

La guerre a failli reprendre sur une proposition de ma mère : « Et si, pour les vacances, au lieu d'aller à Granville comme prévu, on allait en Hongrie ? » La main de mon père s'est fermée, est devenue dure comme de la pierre. Il essaie de l'ouvrir, les doigts refusent de se déplier. Il regarde cet effort et sa fureur s'en accroît.

Chaque année c'est la même chose : au mois de juillet, un vent de panique commence à souffler lentement sur la maison, nous ne savons pas où aller. Les parents ont des amis qui, pour la plupart, ont des maisons à la campagne ou au bord de la mer, que ma mère appelle des « points de chute ». Nous, on aurait pu, il y a quinze ans, acheter une petite maison avec beaucoup de terre, pour pas cher, mais nous n'avons pas saisi l'occasion. Comme toujours.

De mois en mois, ma mère pose La Question :

« Que va-t-on faire cet été ? » En automne, on se jure de ne pas retourner là où on était en août ; en hiver, on rêve de cette Côte d'Azur si chaude qu'elle connaît si bien ; au printemps, on se tourne vers l'Atlantique qui vous donne un coup de fouet ; vers l'été, on ne sait plus : on ne retournera pas là où on était l'année dernière, la Côte d'Azur donne des rhumatismes et sur l'Atlantique il pleut tout le temps. Alors où aller ? On recommence à regretter ces petites-maisons-pas-chères-avec-beaucoup-de-terre-qu'on-aurait-pu-acheter-il-y-a-quinze-ans.

En fait on a peur de partir. Ma mère fait des calculs : elle compte les endroits par lesquels on peut pénétrer dans l'appartement et regrette de ne pas avoir fait poser des barreaux. Maintenant il est trop tard, ou bien il faudra repousser le départ de huit jours. Elle reparle de la Hongrie. Les Klimpt sont séparés par environ un mètre vingt, un mètre trente : le diamètre de la table sur laquelle est posée une nappe blanche, dont les plis restent marqués. A cause de la chaleur, les persiennes sont tirées. Les meubles que Tony a rajoutés depuis qu'il repeint la chambre de Capucine nous obligent à nous tenir dans un coin de la salle à manger. Klimpt a accusé le coup et reste les bras le long du corps, bouche bée, le regard au tapis. Il s'éponge le front avec un mouchoir. Elle, les coudes sur la table, occupe le ring : « Tu sais que ce ne serait pas si mal si on allait dans ton pays. » Elle a frappé fort : parler de la Hongrie... Elle insiste, tout en disant : « Je n'insiste pas mais tu devrais y réfléchir. » Tony montre sa grosse tête, ses dents plantées à la diable, sa mèche noire qui file comme un éclair sur son front. Elle demande à Klimpt : « Et si Tony restait ici pour garder les meubles ? » Il la regarde droit dans les yeux, « non », et lui fait signe de parler moins fort. Elle explique pourtant que quelqu'un qui nous connaît bien et qui ne dit rien, ce serait merveilleux de l'avoir dans la maison quand nous serons à Biarritz. « Biarritz ? » Il lui rappelle qu'elle lui a fait résilier le contrat à cause de la pluie.

Elle arrive tous les jours avec de nouveaux prospectus, de nouvelles adresses, de nouvelles indications de ses amies. Elle déplie des cartes, ouvre des guides, des catalogues, répond à des annonces et reçoit des agents immobiliers les uns après les autres. Je n'assiste pas aux discussions mais j'entends ma mère qui explique ce qu'on aime. Elle raconte toute notre vie au fil des rendez-vous. Chacun a droit à une bribe. Mon père est tantôt présenté comme un grand malade, tantôt comme un grand sportif, tantôt comme un homme difficile ou comme un homme adorable. Là, il se lève et, gêné, bredouille quelques mots. La dame fait place à une autre à qui ma mère expose toutes les finesses des différents systèmes d'éducation. On parle de moi, on parle de Capucine, on parle de la France en général, et de ces satanées vacances. On avoue que ce n'est pas facile de partir. Elle demande s'il y a beaucoup de gens comme nous. On lui dit non. Mon père sort et me trouve là, devant lui. Je demande : « Alors qu'est-ce qu'on fait pour les vacances ? » Je file assez vite pour ne pas recevoir de gifle. Les jours passent, on n'a toujours rien décidé.

Nous sommes à trois jours du départ. Mon père s'énerve, demande si elle a commencé les valises. « Les valises pour où ? » Qu'il ne s'inquiète pas, l'année dernière elle les a faites en une nuit. Oui, dit-il, mais elle avait oublié son rasoir. La veille des vacances, c'est l'effondrement : on n'a encore rien trouvé. Tony est déjà loin et nous manque la clef du camion qu'il a emportée avec lui. Personne n'a pensé à la lui demander. Ma grand-mère est déjà en Suisse auprès de notre cousine religieuse. On ne déjeunera pas : Francette est partie. Ma mère n'a rien préparé : elle est allée chercher Capucine à la gare, elle ne peut pas être partout. Dans le salon, nous sommes trois à nous demander si Capucine n'aurait pas mieux fait de rester où elle était parce que nous ne partirons pas : il n'y a nulle part où aller. Dans un silence écrasant, toutes les dix minutes ma mère lève le doigt et, enthousiaste, propose un pèlerinage à Lourdes. Une autre fois, elle a une idée si brillante qu'elle n'ose pas nous la dire. Nous insistons. « Et La Bourboule ? » Klimpt pourrait l'étriper. Moi, La Bourboule me plairait : ça m'amuserait de voir mes parents tourner en rond un verre d'eau à la main. Elle attend dix minutes et cette fois-ci se lève, arpente la pièce le nez dans la main : « Et pourquoi n'irions-nous pas, tout simplement, là où nous étions il y a deux ans ? » On téléphone dans tous les sens pour retrouver la petite dame qui nous avait loué cette maison qui ne donnait ni sur la mer ni sur la ville ; la maison est louée. Mon père sort. Ma mère le rattrape par la manche : « Et si, finalement, nous retournions à Granville ? »

Nous aurions pu partir la veille, nous aurions pu partir le lendemain, nous sommes partis le jour où tout le monde part. Au lieu de faire le voyage en six heures, nous en mettons dix. C'est la même torture chaque année. Moi, ça m'est égal. On pourrait mettre vingt heures... Je lis en voiture.

Nous arrivons en pleine nuit. Un veilleur, hagard, nous conduit à nos chambres et réveille un jeune groom pour qu'il l'aide à porter nos valises : il y a des bagages sur le toit de la voiture, dans le coffre, sur la plage arrière, devant le fauteuil de ma mère, entre Capucine et moi. Ma mère dit chaque année qu'on devrait acheter une remorque mais mon père trouve ça vulgaire. Il fait le tour des chambres, excédé : on ne lui a pas donné les mêmes que l'année dernière. Pourtant — sauf la couleur — les tentures, les lits, les armoires, les psychés, les canapés, les lavabos, les carrelages, les balcons sont identiques. Comme la vue derrière les baies vitrées. Les Klimpt aiment cet espace, ce confort, cette netteté, ce luxe froid.

La vie à l'Hôtel Malcolm ressemble beaucoup à la vie avenue Victor-Hugo — la mer en plus. Nous ne nous quittons pas. Nous déjeunons ensemble, ensemble nous allons à la plage, ensemble ils calculent les heures des marées. Et ils se trompent chaque fois. Dans les cabines de bains, nous mettons nos maillots à tour de rôle : la seule chose qui ne soit pas synchronisée. Sauf pour mes parents qui se changent en même temps. L'hôtel est à quelques mètres de la plage, on a juste la promenade à traverser et quelques marches à descendre. On pourrait y aller en maillot sous un peignoir. Mais mon père ne se voit pas traverser le hall blanc de l'hôtel en « petite tenue ». Capucine l'a fait une fois, il l'a rappelée à l'ordre.

On dit qu'on est à Granville, mais en réalité on est à trois kilomètres, soi-disant pour être plus tranquilles. Et je le regrette, parce qu'autour du Grand Hôtel de Granville, on trouve des commerçants, des petites rues, un port, des jardins, des pâtisseries, des cinémas. On trouve de l'ombre. Notre plage est en rase campagne. Il y a la mer avec ses rouleaux, les baigneurs sur le sable, quelques lignes de maisons et après, rien. Des prairies à perte de vue qui vont jusqu'au ciel. L'hôtel de Granville a des allures de vieux palais, des balcons à colonnades, des salons splendides où personne n'a l'idée d'entrer. Où j'aurais été si bien. Derrière les vitres, à Granville, on aperçoit des marins, des pêcheurs à la ligne, et, devant la mer, la longue terrasse du casino où j'ai vu s'allonger, sur deux, trois chaises qu'elles rassemblaient d'une main nonchalante, des femmes seules qui semblaient ne plus rien attendre : la boule est tombée à jamais sur le mauvais numéro. A Granville, les maisons se penchent l'une vers l'autre par-dessus les rues étroites comme pour se parler à l'oreille ; à l'entrée de la grotte, la petite moustache du marchand de glaces disparaît derrière les chapeaux pointus en argent de sa charrette blanche et rouge qui fait penser au cirque ou aux clochers dorés des églises russes ; à Granville, l'été est une fête, plus, une cérémonie. Notre été à nous est sans décor, c'est un été de H.L.M. malgré le confort, les langoustes et les fortunes que Klimpt dépense. On a le soleil, la mer, le sable, trop de soleil, trop de mer, trop de sable, pas d'ombre.

J'essaie de nager. On ne comprend pas pourquoi je

n'y arrive pas mieux. C'est comme la bicyclette, j'ai mis dix ans pour ne plus tomber à gauche. Je penchais. Dans la mer aussi je penche. Je nagerais depuis longtemps si mon père ne restait pas sur le rivage, les mains sur les hanches, à me donner des conseils. Il dit qu'il faut que je tende les bras et les jambes davantage. Il paraît qu'il faut marquer un temps et vite se reprendre. Capucine est hilare. Elle fait le phoque, le poirier, crache de l'eau par le nez, disparaît et réapparaît soudain comme un hippopotame. Elle se moque de moi en riant si fort que les baigneurs s'écartent. Je suis dans quatre-vingts centimètres d'eau avec un père en short blanc, une casquette sur la tête, qui me regarde comme un entomologiste sa guêpe prise dans une larme de miel. Ma mère le rejoint. Elle demande où j'en suis. Elle a envie de marcher. Il répond que ce n'est pas le moment. Parce qu'il y a des moments pour marcher sur la plage en vacances. Mon père lui dit de s'en aller. Elle reste. Je sors de l'eau. Il croit que je suis sorti parce qu'elle est arrivée. Tout le monde les regarde se disputer. Je ne peux pas rester au soleil avec eux, il faut toujours faire quelque chose : jouer au ballon, apprendre à respirer, souffler, pas souffler comme ça, bien sortir tout l'air, marcher, se baigner encore. Je n'ai pas le droit de rentrer à l'hôtel observer les gens et écouter les vieux qui se protègent de la chaleur. D'abord parce que ça ne se fait pas, ensuite nous ne sommes pas venus ici pour que je sois à l'intérieur. Ma mère dit, en désignant un garçon sur la plage : « Va jouer avec lui ! » Mon père me retient. Il veut m'apprendre à jouer au tennis. « Tu as reçu une raquette pour ta communion, on l'a apportée jusqu'ici, c'est pour t'en servir. Viens avec moi ! »

Il paraît que j'ai de bonnes jambes mais que je pars trop tard. « Le tennis, me répète le professeur, est un sport d'anticipation. » Je n'anticipe pas. Il faudrait qu'au moment où je vois la balle partir, je commence à démarrer. Alors allons-y ! La balle est dans la main du professeur, il la fait tomber devant lui, recule sa raquette et avant qu'il ne frappe la balle, je dois être parti. Je pars à gauche, ventre à terre, et la balle arrive à droite très loin derrière moi dans le court. Pourquoi n'ai-je pas suivi la balle des yeux ? Je n'ai pas regardé la frappe ! « On recommence », dit-il, d'une voix lente. « On-re-coom-mence... » Raquette en arrière, la balle à ses pieds. Et hop ! la balle est à gauche et moi je n'ai pas bougé. On ne peut pas dire que j'ai mal anticipé, je n'ai pas anticipé du tout. Je rêvais. A quoi ? « Le tennis n'est pas un sport de rêveur. C'est un sport qui demande de la tête. » J'ai les jambes mais pas de tête. « On-ree-coom-men-ce... » La balle dans la main, par terre, raquette, et hop ! je m'élance... et reçois la balle en pleine figure : j'ai couru trop vite. « C'est un sport qui demande de savoir courir et de savoir s'arrêter. Et de s'arrêter sur le bon pied ! » Je me suis arrêté sur le mauvais pied : on ne fait pas un coup droit le pied droit en avant. « On se replace au fond du court, on tient bien sa raquette. Non, on ne la tient pas comme ça. On la tient légèrement inclinée, le pouce replié et on serre au moment de frapper. On ferme ! On ne fait pas ce bruit atroce quand on n'a pas fermé... Venez au filet... Montrez-moi comment vous tenez votre raquette. » Ça, c'est une idée de mon père : il a demandé au professeur que je monte au filet pour montrer comment je tiens ma raquette. Au filet, ils ont tous les deux pris ma main pour me dire que ce n'est pas une poêle à frire, ma raquette : c'est un marteau ! Maintenant que je tiens bien ma raquette... — attention il a bougé, dit mon père — le professeur revient vers le filet et moi aussi. Mon père montre que j'ai bougé. Sauf qu'entre-temps j'ai bien repris ma prise, mais en voulant tricher, j'en ai fait trop. « Et si je jouais en tenant ma raquette comme ça, où partirait la balle ? » On me montre où elle partirait. Elle partirait au diable. « Alors reprenons la pose initiale qui doit tirer dans le bras, ça doit faire mal au creux du bras. Comme si on se déchirait le muscle. Dans deux, trois jours on n'aura plus mal mais si on ne prend pas une bonne position tout de suite, on ne jouera jamais bien. Oui, il y a de grands joueurs qui ont de mauvaises positions mais nous ne sommes pas un grand joueur. Voilà ! On tient bien sa raquette. » Mon père est satisfait : le professeur lui dit qu'il a eu raison d'insister sur la prise. « On recule. On recule encore. Et on joue... On fait tomber la balle devant soi, on écarte le bras, et on frappe la balle avec le milieu de la raquette, on pousse la balle devant soi, on ne gifle pas la balle, on la prend par-derrière, on la soulève et on la porte et on l'accompagne avec les pieds au sol, les jambes en flexion, le torse droit et on ne regarde pas sa balle qu'on frappe, on regarde où elle va et on tâche, au moins, de passer le filet. » Je fais tomber la balle, je recule le bras, mais je pivote alors qu'il ne faut pas pivoter, et quand je frappe, je balaie l'air si fort que je tourne sur moi-même comme une toupie. J'ai raté la balle. Mon père est rouge de confusion. Le professeur lui dit que l'autre jour, une femme est venue avec son mari. Elle s'est installée, comme mon père, sur le banc, le professeur a envoyé la balle gentiment — c'était dans un court couvert — « l'homme en voyant arriver la balle a lâché sa raquette et a couru dans le mur ! Couru dans le mur ! J'étais gêné, dit le professeur. La femme sans rien dire a pris la place de son mari qui avait une grosse bosse ». Du coup, mon père vient à ma place. Bien qu'il n'ait pas les bonnes chaussures, qu'il soit en pantalon, que sa montre le gêne, qu'il n'ait pas joué depuis vingt ans, il va me montrer... Et mon père joue, renvoie toutes les balles, se fend, lobe, smashe, coupe, amortit et sourit, sourit... en me rendant ma raquette. Le professeur le félicite. On a encore dix minutes, lui et moi — eux et moi... Je propose d'essayer avec la main gauche : à Janson, quand je faisais de l'escrime, je pouvais tirer des deux mains. Ils me disent que le tennis ce n'est pas l'escrime. On va faire maintenant des balles faciles et je vais oublier tout ce qu'ils m'ont dit. Je vais renvoyer comme je pourrai. Et comme je peux, je renvoie. Mes balles sont hautes, mais passent le filet. La figure de mon père se referme. Il a honte de ces balles qui montent vers le ciel et mettent un temps infini à redescendre. Je demande pardon au professeur et renvoie cette fois en tenant ma raquette à deux mains. « Ce n'est pas si mal, me dit le professeur, mais il faut courir. » J'ai les jambes en plomb. Et je ne regarde pas la balle. Pourtant je n'ai pas l'impression de regarder autre chose. Je dois « voir les coutures de la balle et la brosser avec ma raquette légèrement tournée vers le soleil. Et la pousser, la paume de la main dans le sens de la brosse ». Aujourd'hui il m'a mis toutes les balles dans ma raquette, dit-il. Demain on fera de l'essuie-glace : une balle à gauche une balle à droite, une balle à droite une balle à gauche. Je ferai peut-être un bon joueur dans sept, huit ans. Pour l'instant je n'anticipe pas et si on n'anticipe pas...

« Mes chaussures étaient trop petites. » Mon père dit qu'avec moi il y a toujours quelque chose qui ne va pas. Je ne regardais pas la balle, c'est tout ! Je n'écoute pas ce qu'ils me disent et j'ai cette prétention de vouloir jouer au tennis ? Il faut que je lui donne des satisfactions : je ne peux pas être mauvais en classe, mauvais à la maison, mauvais à la plage, mauvais au tennis. Que va-t-on faire de moi ? Et mes devoirs de vacances ? Ma mère ne lui parle pas de mes devoirs de vacances...

Au fur et à mesure que les jours passent, mon père sans me quitter des yeux prend davantage de distance avec moi. Il a surveillé mes leçons de tennis tous les matins. Je n'ai fait aucun progrès. Il n'a vraiment pas de chance, mon père, de m'avoir.

Comme je n'arrive pas à nager, comme ils voudraient que je nage, ils ont déniché un professeur. C'est un homme très maigre, d'au moins quatre-vingt-dix ans, qui porte un mouchoir noué aux quatre coins sur la tête. Il a une méthode excellente, dit ma mère, qui le tient d'une dame trouvée sur la plage et qui fait partie de la filiale d'une de ses œuvres. Il m'examine longuement, réfléchit quelques minutes devant les

Klimpt debout à côté de moi. Près de nous, les baigneurs commencent à se lever à moitié pour me regarder. Certains sont même venus et ils voient mon professeur dire le doigt en l'air qu'il faut revenir aux anciennes techniques surtout pour les garçons comme moi qui ont une attitude scoliotique. Pour bien m'apprendre à nager il ne faut pas me plonger dans l'eau. L'eau c'est pour plus tard. D'abord il faut me familiariser avec mon corps. Mon père nous quitte, ma mère se rapproche, pose une question à laquelle ce génie des vagues ne juge pas bon de répondre. Il prend une chaise pliante et me demande de me coucher à plat ventre dessus : « Et Un on étend les bras, et Deux on plie les genoux, et Trois on baisse la tête, et Quatre on tire vers le haut, et Cinq vers le bas, et Six on respire... et on respire... » Je suis au bord de suffoquer, la respiration bloquée par la chaise. « Et Un on tire, et Deux on plie, et Trois on pousse, et Quatre on rassemble, et Cinq on prend la position de la grenouille, et Six on appuie sur ses talons quand on tend les jambes, et Sept on devient une libellule, et Huit on se reprend en retournant les mains qu'on avait bien jointes comme si on priait là-bas tout au bout, et Neuf on revient à la position initiale, et Dix on souffle, on n'a pas oublié de souffler et on ne crache pas. On se met sur le dos... » Et sur le dos je vois cinquante personnes autour de moi qui regardent le petit cadavre qui ferme les yeux, qui a honte et qui obéit quand même et qui bat des pieds doucement, doucement... Le professeur lui jette du sable sur les chevilles parce que dans la mer on rencontre une résistance et « maintenant on va faire tout ça dans l'eau... et si on a peur de l'eau on va revenir sur la chaise et on va recommencer tous ces mouvements parce qu'on est un bon petit qui n'est pas fautif de ne pas savoir nager à quinze ans... ».

Klimpt surveille de loin, derrière trois rangées de curieux rouges et graisseux. J'entends le rire de Capucine. Ma mère félicite le professeur. Elle sent que c'est une méthode intelligente : les gens avant de leur apprendre à conduire un avion on les laisse au sol, on ne les envoie pas tout de suite à trois mille mètres. L'erreur qu'on a faite avec moi c'était de me mettre dans l'eau beaucoup trop tôt !

C'est la marée basse. Dix minutes pour aller jusqu'à l'eau. Ma mère suit, avec la chaise et les curieux. Capucine bondit de joie. Mon professeur me tient la main, me parle pour me rassurer mais je n'ai pas peur de la mer. Il se baisse devant la vaguelette qui vient mourir à nos pieds, prend de l'eau, en asperge sa nuque, en reprend encore une fois, me tend sa main mouillée, comme à l'église on vous donne de l'eau bénite. Il me dit de faire comme lui. Je n'ai pas écouté, j'ai bêtement fait le signe de croix. Il me répète « la nuque ! ». Je m'arrose puis je cours, me jette et nage. J'entends ma mère qui crie : « Reviens, tu n'as plus pied » mais « on » nage. « On » s'en fiche de ne plus avoir pied, « on » en a assez des leçons, « on » est libre. « On » n'entend pas les cris, bravo... reviens... « On » s'en va. « On » commence à être seul, « on » est seul. « On » tire sur les bras, « on » fend l'eau, « on » se rassemble et « on » tire et « on » est bien, seul. Tout seul.

Ils n'ont pas résisté : ils se sont tous jetés à l'eau. Je me retourne et vois la tête de Capucine, obus qui fonce sur moi. Mon professeur, coiffé d'un bonnet en

131

caoutchouc blanc, la suit d'une nage démodée. Ma mère souffle, la tête dans un bonnet à fleurs, mais ne vient pas : elle nage le long du rivage. Toute la plage est dans l'eau sauf Klimpt. C'est la fête, la joie, les rires fusent. Il tourne les talons, dégoûté : ce n'est pas pour lui ces ébats, ce désordre. Je plonge la tête dans l'eau. Les vagues, plus palpitantes vers le large, ont des couleurs de pierre dure, noire, marine et argent. Capucine m'a dépassé, elle a déjà franchi les dernières bouées mais qui la regarde ?

Quand on sort de l'eau, la plage est bête, longue, plate, sans charme : des petites maisons de rentiers posées les unes à côté des autres, du sable trop blanc, et, sous des parasols de couleur, des corps écrasés par le soleil. Il faut marcher loin pour atteindre quelques rochers bruns couverts d'une herbe vert mousse que la mer recouvre à marée haute. Il n'y a plus personne. Je m'allonge dans le sable entre quelques roches grises qui m'abritent du vent et me cachent la vue des pêcheurs de crevettes. Un moment de répit. Un moment où je peux m'étendre sans qu'on me demande pourquoi. Les bras le long du corps, je sens le sable sous ma peau. J'enfonce mes talons, je creuse ma place. Je m'ensevelis. J'ai les cheveux pleins de sable.

Sous mes paupières fermées, dans un kaléidoscope où s'entrecroisent des cristaux noirs, orange et blancs, des rayures, des profils, j'essaie de retrouver le visage de ma marraine, partie il y a deux ans pour l'Amérique. Je cherche son regard, ses cils, mais je ne vois que son menton sous ses voilettes, le bord de ses chaussures, la couleur violette du tissu épais d'un manteau qu'elle n'a peut-être jamais porté.

J'ai tant de mal à revoir les gens que j'aime, à les retrouver. Les mots c'est facile, les voix aussi, je peux me souvenir de chaque parole qu'ils ont prononcée, mais le contour exact d'un visage est irrattrapable. M. de Béague dit que, pour entraîner sa mémoire visuelle, il faut fixer un paysage, un intérieur, quelques objets, puis fermer les yeux et les reconstituer mentalement alors qu'ils sont là, derrière la paupière. Il a joué à ce jeu avec Simenon, capable d'entrer dans un bar, de jeter un regard circulaire d'une seconde et de vous dire en se retournant le nombre exact de bouteilles, leur nom, et dans quel ordre elles sont placées sur l'étagère. Pour répondre quelque chose, j'avais bêtement dit à Béague que cette mémoire n'était pas intéressante, que c'était une mémoire de flic, que la seule vraie mémoire, qui marque notre individualité, c'est la mémoire qui recompose à sa manière. J'avais essayé d'expliquer que, fatalement prisonniers des apparences et de notre capacité plus ou moins grande de les surprendre, nous avions en nous un herbier bien différent de celui qu'on devrait avoir si on était exact ; que nos sensations, nos plaisirs, nos tourments proviennent de ces manques, de ces choix involontaires que fabriquent nos goûts, nos penchants, notre inattention ; que tout notre bonheur, et donc notre malheur dépendent de notre force de perception. J'aimerais maintenant revoir le visage de Béague étonné par mon raisonnement si proche de sa philosophie personnelle. Il me contrarierait pour le plaisir mais lui aussi attache une importance extrême aux sensations. Sinon pourquoi tient-il tous ces petits carnets sur lesquels il note où il a senti telle odeur, ce qu'elle lui rappelle ; la couleur d'un vin, celle d'un ciel. Ces listes sont aussi bien tenues que celles des trahisons, des maîtresses, des colères qu'il a eues — colères qui ont, comme les vents, des forces sur une échelle bien à lui : la colère de force 4 de 1953 dans le Belgrade-Paris parce qu'on l'avait obligé à prendre dans son compartiment une nurse autrichienne et deux enfants laids ! Il tient aussi la liste des noms qu'il a eu du mal à retrouver, des noms qui l'ont torturé, les « noms sur le bout de la langue ». Il note le temps qu'il met à se les rappeler et comment, et où, et qui le met sur la voie du nom perdu. Je n'arrive pas à reconstituer le visage de Béague. En revanche, je me souviens d'au moins dix noms de personnes inconnues qui n'existent pour moi que pour avoir été « sur le bout de la langue » de M. Olivier de Béague, rentier. Fermer les yeux plus fort. La peau de Béague, blanche comme le cierge de la semaine sainte. Sa voix insidieuse, fine, roucoulante, entêtante... Je tombe encore sur sa voix, alors que...

« Je vous ai suivi, vous ne m'avez pas vue ? Vous étiez si désemparé sur votre chaise pliante quand cet imbécile de professeur vous a fait faire ces exercices absurdes. »

La fille de la plage est devant moi. Je me relève à moitié, pose ma tête sur mes genoux que je tiens repliés contre moi pour qu'elle ne voie pas mon maillot trop grand, le sable collé sur ma peau et dans mes cheveux. Je préfère montrer mes mains plutôt que mes bras, mon torse, trop maigres, mes épaules trop creuses. J'ai honte de mon corps. Jusqu'à présent, je me suis toujours débrouillé pour qu'elle me voie dans mon chandail noir à col rond : habillé je me défends mieux.

Elle porte un maillot de bain rouge ; sur sa peau brune, mate, se fond un collier de longues et fines perles d'ambre. Elle est mince et lisse, ses gestes sont déliés, comme habitués aux regards. Du dos de sa main, elle rejette en arrière ses longs cheveux châtain clair. Elle a de grands yeux noirs, le visage allongé, souriant. Je la regarde comme si elle avait toujours été là, assise devant moi. Je reste sans bouger, les yeux dans les siens. Enfin je peux la regarder bien en face, ne pas quitter son regard. Sur la plage, à cause des Klimpt, je ne peux jamais la regarder longtemps sauf quand elle va se baigner ou que je reviens de la mer, quand elle va acheter des glaces ou un journal : je m'arrange pour me trouver sur son chemin. Une ou deux fois, parce qu'elle n'était pas là, j'ai pris le prétexte qu'il me manquait un livre, j'ai fait le serviable : j'ai proposé à ma mère d'aller lui chercher ses lunettes de soleil. J'ai couru dans tout l'hôtel : au bar, dans les salons, la véranda, le jardin, les couloirs. Elle était sur la promenade. Je m'arrêtai net pour la croiser avec une feinte désinvolture en lui adressant un sourire, sans doute crispé, un sourire de cinéma, un de ces sourires qui restent accrochés longtemps aux lèvres, mais un sourire que je voulais fatal.

Elle est assise en face de moi et enfin j'entends le son de sa voix claire. « J'avais envie de vous parler, mais votre sœur me fixe d'une façon si étrange. Vous n'êtes jamais seul à la plage. Mes parents ne sont pas du tout comme les vôtres. Pour les miens, les vacances... on fait un peu ce que l'on veut. »

Chassés de nos rochers par la marée montante, nous traversons la route et marchons dans les champs. Pour oublier que les chaumes me blessent les pieds, je lui prends la main. Elle me montre la villa que ses parents ont louée pour l'été : une vieille maison de plusieurs étages derrière des forêts d'hortensias mauves.

« J'ai vraiment trop chaud, allons boire quelque chose, je te prêterai les sandales de mon père. »

Le couvert est déjà mis dans la cuisine. La maison sent le pain d'épice. Ses parents ne sont pas là. Des bouquets de fleurs séchées sont fichés dans des boules de verre sans eau. Elle s'allonge sur un canapé recouvert d'un vieux tissu où des cerfs vous narguent entre des arbres pervenche. Je me balance dans le fauteuil à bascule et parle sans m'arrêter. Au moment où j'allais lui dire que je l'avais remarquée dès le premier jour, qu'elle portait un maillot bleu, une pendule assène ses sept coups. Je n'ai pas entendu les heures passer. « Vite, il faut que je parte, viens avec moi. »

Je rentre en courant vers l'hôtel. Elle ne comprend pas pourquoi je ne dis plus rien, pourquoi je suis si pressé, pourquoi cette panique tout à coup. Au moment de la quitter, alors que je ne vois plus que mon père qui va me demander d'où je viens, Sylvie, comme un oiseau, effleure ma joue d'un baiser inespéré et s'en va.

Je m'habille à toute allure pour sortir de ma chambre en même temps que les Klimpt et Capucine sortent de la leur. Capucine, dans une robe imprimée de framboises et de fraises géantes, me dit en levant le menton : « C'est moi qui ai remonté ta serviette. La prochaine fois, je la laisserai là où elle était. » Klimpt semble ne pas entendre et, pendant le dîner, ne me fait aucune réflexion.

J'ouvre grand mes fenêtres. La nuit, on entend bien la mer. De mon lit, je vois les étoiles et le halo du phare qui balaie les longues plages sombres. Je tiens un livre à l'envers. Je pense à cet après-midi. Pour la première fois de ma vie, je ne me souviens d'aucune phrase, d'aucun mot. Je n'ai dans la tête que son rire, son visage, son menton ovale, ses yeux brillants. Au matin, j'ai toujours mon livre ouvert, le rideau flotte devant la fenêtre où scintille la mer. Le soleil m'a réveillé. Je n'ai pas fait de cauchemar cette nuit. Nous sommes demain. Personne sur la plage ni sur la promenade. Je traverse l'hôtel vide, laisse ma serviette au bord du rivage et seul sur la plage je cours, saute, fais la roue, me baigne, nage, cherche à voir la maison où elle habite. J'ai faim.

Accoudé au bar de l'hôtel, je commande un café avec des croissants que j'avale en compagnie du barman qui me raconte des potins. Je prendrai un second petit déjeuner avec les Klimpt quand ils descendront. Comment vais-je faire pour lui parler devant les Klimpt quand nous serons à la plage ?

La journée commence mal : ils arrivent en se disputant alors qu'on a déjà desservi le petit déjeuner. Mon père s'installe à sa table et d'un petit coup de tête péremptoire fait signe qu'il entend revoir nappe, tasses, couverts, croissants et le bouquet de fleurs qui viennent de lui être retirés. Les serveurs s'empressent. Ma mère pose devant elle sa pile de cartes postales en noir et blanc parce que, dit-elle, les couleurs sont toujours fausses. Signe d'orage chez les Klimpt : les yeux de Capucine se rapprochent, elle regarde presque droit.

Ils descendent à la plage sans un mot. Pendant qu'ils se changent dans leur cabine, j'étale nos serviettes sur des matelas à trois mètres des parents de Sylvie pour que ma mère lie conversation avec eux. Ma mère s'étend toujours à l'extrême bord ; mon père s'allonge à côté d'elle ; l'adorable Capucine se couche près de son père ; je prends la dernière place. La discussion est repartie de plus belle entre mes parents : « C'est ridicule de dépenser autant d'argent pour envoyer des cartes postales à des gens qui ne servent à rien. » Ma mère proteste, outrée : « Depuis quand les amis doivent-ils servir à quelque chose ? » Ce n'est pas ce qu'il a voulu dire : cent cartes postales, ce n'est pas cent amis ! Et il plonge dans son journal qu'il lit, grand ouvert, à la plage comme à la ville. Ma mère s'entortille dans une grande serviette blanche tandis que Klimpt surenchérit : en plus, il y a des morts fabuleux en ce moment, il n'aurait jamais dû quitter Paris au mois d'août, quand on fait ce métier, on ne ferme pas.

Préoccupée de tenir tête à Klimpt, ma mère fait des tas de ses cartes pour ne pas risquer d'envoyer les mêmes vues à ceux qui se connaissent. Ainsi, ma mère n'a pas dit bonjour à la ronde. Je dois inventer quelque chose avant que Sylvie n'arrive : il faut que nos parents se parlent. Je vais m'asseoir sur le sable à côté de ma mère, et lui propose de l'aider à faire son tri. Elle ne répond pas, reste dans ses adresses, son stylo contre les lèvres. J'attends. Elle ne lève pas la tête.

Je vais près de l'eau un peu huileuse, sans vague, que je caresse en surveillant la promenade. La marée a obligé les baigneurs à se serrer sur une étroite langue de sable : des forêts de jambes me cachent des Klimpt. Un petit enfant joue avec son seau et sa pelle, je m'approche de lui pour l'aider à construire une tour. L'enfant se met à crier parce que j'ai saisi son seau pour le retourner. J'ai trouvé ! Je prends l'enfant dans mes bras et me précipite, affolé, vers les parents de Sylvie. Ma mère, qui entend les cris de l'enfant et ma voix, se redresse. Je dis qu'il est perdu, qu'il faut retrouver ses parents. Non, ce n'est pas l'enfant de nos voisins... Une femme ahurie se précipite sur lui et me remercie. Lorsque Sylvie arrive, les Klimpt, Capucine comprise, sont assis en rond sur la serviette de sa mère.

Mes parents sont enchantés : ils ont enfin trouvé des gens qui ne ressemblent pas à ces vacanciers qui ont envahi l'hôtel. Ma mère parle pendant des heures de ses œuvres, de ses recettes de cuisine, des lectures qu'elle pourrait faire, de la mode, des robes en vichy, des tailles étranglées, des décolletés trop profonds et des coiffures trop crêpées qui abîment les cheveux. Mon père a trouvé un partenaire pour jouer au tennis, au golf. Ils vont même tous les deux monter à cheval dans l' « arrière-pays ». Et durant des heures, ils évoquent leur coup droit, la docilité de leur monture, et ce génie d'Enzo Ferrari qui chaque année donne vraiment une leçon à nos constructeurs.

Ils tournent tout de même depuis une semaine autour de l'idée de ma mère d'inviter les parents de Sylvie à dîner chez Patenôtre. La première réaction de Klimpt fut favorable : sans réfléchir il avait accepté, mais ma mère, comme toujours, insista de telle façon, donna tant de raisons qu'il commença de se poser des questions. Un jour on invite les Rougier, un autre on ne les invite plus. Et de cette indécision dépend la façon dont ils vont les saluer à la plage, leur parler. Tantôt Klimpt se montre aimable, prête son journal, plaisante, tantôt, après un signe de tête, il va, le regard traqué, s'asseoir sur sa serviette. Enfin, les Klimpt finissent par se décider : ils iront chez Patenôtre.

Klimpt sait entrer dans un restaurant, il sait où se trouve la meilleure table, dire le mot qu'il faut au maître d'hôtel pour l'obtenir. Quand mes parents traversent la salle, une fois de plus le charme Klimpt opère. On sent un frémissement dans leur sillage, une curiosité, de l'admiration. Je dois avouer que, moi aussi, je les regarde et que je suis fier d'être avec eux. J'espère que cette gloire fugitive rejaillit un peu sur moi. Je les imite. Les Rougier, naturels, heureux, faciles, la parole bon enfant, ne prennent pas chaque geste de leur vie pour un moment décisif, ne disent pas toutes les cinq minutes qu'il pourrait faire moins chaud, qu'ils auraient dû venir un peu plus tôt, que le pain est meilleur à Paris, qu'il n'y a rien de plus agréable que ces grandes serviettes damassées. Ils ne regrettent pas non plus de ne plus en trouver ; ils ne cherchent pas de sujet de conversation. Pas de compétition. Et pourtant ma mère veut gagner. Klimpt évite de parler de son métier bien que ma mère veuille raconter quels trésors nous possédons et comment nous les obtenons et comment, souvent, nous les perdons. Elle fait dire à Mme Rougier qu'elle travaille dans une agence de publicité, à son mari qu'il est ingénieur des Ponts et Chaussées. Ma mère a des idées pour les deux qui rient de bon cœur à chaque proposition. Klimpt est mal à l'aise. Moi aussi. D'autant que ma mère veut les convaincre qu'elle est une femme de génie — ce qu'on reconnaîtra plus tard. S'ils jurent de garder le secret, elle va leur confier sa dernière invention : la photo parlante. Mais il faut vraiment être discret, prudent, le brevet est difficile à déposer. « Garder le visage de quelqu'un ? Rien de plus facile. La voix ? Rien de plus facile non plus, mais les deux en même temps dans son porte-cartes... Maman meurt... J'espère que non... Eh bien, si je peux la revoir et la réentendre, je ne dis pas que ça me fera moins de peine, mais il me restera toujours quelque chose... Ce que je me demande c'est si on doit prendre le son au moment de la photo ou avant... C'est à voir... Ce serait plus simple pendant la prise. Plus logique. Mais si on devait toujours écouter la logique... Je verrai avec Kodak. Ils sont très intéressés. J'ai eu au téléphone un directeur charmant... » Elle va devoir mener un combat considérable : l'Allemagne, le Japon, sont déjà à l'affût. Des fortunes colossales sont en jeu. On va essayer de lui voler son idée, mais elle ne se laissera pas faire, elle se battra. « Vous qui êtes ingénieur, vous ne connaîtriez pas un bon avocat ? » Elle n'attend pas la réponse : « ... manquera l'odeur, mais je ne sais pas si je ne pourrais pas l'inclure dans le son ? Je verrai. Tout est possible avec les nouvelles techniques. Je vous dis : maintenant, fini les albums de photos ! Vive le tourne-photos ! — il y a bien des tourne-disques. Vous pouvez rire : vous verrez dans quelques années. »

Sylvie, assise en face de Capucine, à côté de mon père, ne quitte pas ma mère des yeux. Les cheveux relevés, attachés par un ruban bleu, elle se tait. Je regarde ses lèvres, je voudrais qu'elle me sourie, qu'elle me regarde, je voudrais lui caresser la main. Elle est encore plus brune, plus frêle. Les vacances finissent dans cinq jours. Que vais-je devenir sans elle ? Elle habite Fontenay-aux-Roses : une heure pour y aller. Une heure, c'est rien, mais une heure pour la voir, une heure pour rentrer : trois heures à trouver chaque jour. Je ne veux pas la quitter. J'ai promis de lui écrire, de lui raconter tout ce que je ferai. Je lui dirai tout ce qui me passe par la tête. Tout ce qui m'arrive. Sans lui mentir. Non, pas tout ce qui m'arrive : je ne lui dirai pas les gifles. J'aimerais qu'elle vienne une fois au moins me chercher à la sortie du lycée, que Boulieu la voie, qu'il sache que je suis aimé.

Je reprends la conversation en route au moment où la mère de Sylvie dit que, pour elle, c'est une joie d'embrasser son mari, qu'elle ne voit pas pourquoi ça la gênerait devant sa fille. Klimpt répond d'un ton sec qu'il faut tout de même observer une certaine réserve. Ma mère est perplexe : il y a les deux écoles. D'une part la rigueur, la pudeur, le respect, le mystère — Klimpt chuchote : la bonne tenue... D'autre part, le laisser-aller : tout voir, tout faire, tout dire, tout montrer — elle n'est pas pour. C'est à la vie de vous laisser découvrir ses surprises. Mme Rougier proteste : elle, se montre nue devant sa fille. Son mari aussi. La porte de la salle de bains est constamment ouverte. C'est d'ailleurs le seul endroit où ils ont le temps de se parler. On dirait que Klimpt a avalé ses joues. Il regarde autour de son assiette comme si les miettes s'étaient transformées en fourmis rouges et montaient à l'assaut. Il dit que ce n'est pas possible, qu'il faut arrêter cette discussion. Mme Rougier n'a pas de tabou. « Taisez-vous. » Malgré lui, Klimpt a employé ce ton qu'il n'emploie qu'avec moi. Personne n'ose plus dire un mot. Capucine qui plaisantait avec le père de Sylvie, jouait avec sa menotte sur la table, se reprend aussitôt. Reste sur la nappe, la menotte idiote, seul vestige de nos relations avec les Rougier qui se taisent aussi. Klimpt est fâché, glacé. Les parents de Sylvie se taisent de façon aimable, regardent ailleurs, profitent de la fin du repas, semblent ne pas s'apercevoir du mépris, du courroux qu'ils ont soulevé. En partant ils ont quelques mots courtois. Sylvie me dit au revoir de loin. Je voudrais lui cligner de l'œil mais je ne sais pas. Je ferme toujours les deux yeux à la fois.

Dans la voiture mon père fulmine contre ces gens dont les manières sont vraiment impossibles. Cette façon d'étaler leur argent, cette conversation sans intérêt sur le plaisir de conduire une moto ! Qu'il emploie une moto à Paris nous est complètement égal, qu'ils achètent des tableaux modernes encore plus ! Ils ont voulu nous épater et nous donner des leçons ! Ma mère trouve qu'il exagère : au début du repas il était très content de parler avec Mme Rougier ; elle a même cru qu'il lui faisait du charme. Mon père l'arrête : parler comme ça devant nous est indécent. Vulgaire. Il est marié à une femme vulgaire. Ma mère se dresse dans la voiture et lui demande de retirer immédiatement ce qu'il a dit, et d'abord de ralentir. On n'injurie pas sa femme devant ses enfants. Il double à toute allure, double encore. Elle lui demande de s'arrêter. Elle parle seule, épuise sa colère, et soudain dit que c'était un très bon dîner, que les Rougier ne valent pas la peine qu'on se dispute pour eux. Les vacances sont bientôt terminées. On ne les reverra plus. Ils ne comptent pas. Ils n'ont pas le moindre intérêt : d'ailleurs les enfants n'ont jamais trouvé un mot à se dire.

Ma mère ne se doute pas que nous nous sommes retrouvés, Sylvie et moi, tous les jours, entre les rochers au bout de la plage ; que je l'ai embrassée sur la main, dans le creux du bras, au coin de l'épaule, sur la bouche ; que nous nous sommes allongés l'un à côté de l'autre, que nous avons parlé des heures ; que nous nous caressions et que nous nous promettions de ne jamais nous quitter. Elle ne sait pas non plus que la nuit du 15 août, pendant que nos familles réunies s'exclamaient en chœur devant les belles bleues, les belles vertes du feu d'artifice, au lieu de rester à regarder, nous sommes allés dans sa chambre. Elle a joué Gershwin au piano, *Rhapsody in Blue* qu'elle avait appris toute seule. Je me suis approché. C'était la première fois que j'allais vers une fille avec un sentiment trouble. Sur le clavier, ses mains fines se croisaient, s'écartaient, revenaient devant elle, s'éloignaient de nouveau. J'ai dansé doucement le long du piano, comme si elle était dans mes bras. Elle me regarda en souriant, me dit qu'elle avait les mains gelées. Debout, derrière elle, j'ai enfoui mes doigts dans ses cheveux, je lui ai embrassé le front, un œil, l'autre, puis mes deux mains sont descendues le long de ses épaules, de ses bras. J'allai jusqu'à ses mains qui portèrent les miennes. J'ai caressé les hirondelles, je les ai effleurées pendant qu'elle jouait. J'avais la sensation que c'était moi qui les guidais. Quand elle s'est arrêtée de jouer, je me suis soudain trouvé bête. Porté par la musique, j'avais pu la toucher, je m'étais presque emparé d'elle, mais je ne l'avais pas conquise. Elle me servit du thé sur une table basse en teck devant des iris fichés dans un pot blanc. Nous ne savions pas quoi nous dire. Elle allait et venait, comme si tout à coup j'étais un étranger. Elle me posa quelques questions, écouta à peine mes réponses. En me tournant le dos, elle prit dans le tiroir d'une commode des bracelets qu'elle glissa le long de son bras, joua avec puis les retira.

Je me suis levé. Il y avait une glace au-dessus de la commode, j'ai pris Sylvie par la main, et lui ai dit : « Regarde comme nous allons bien ensemble. » J'ai tourné autour d'elle en lui racontant pourquoi, sauf le piano, les iris et moi, rien dans cette pièce n'était digne d'elle. Les bracelets, peut-être. Pourquoi les avait-elle rangés ? Je lui conseillai de les porter tous à la fois et les pris dans le tiroir. Elle me laissa choisir les couleurs et les enfila elle-même à mesure que je les lui tendais. Pendant qu'elle avait les deux mains au-dessus de la tête, je lui pris les hanches, lui caressai les seins, et tandis que ses bras redescendaient, mes mains montèrent jusqu'à son visage.

Sa chambre était petite, ressemblait à une cage. La lumière passant par-dessus la tringle des rideaux en tissu-éponge vert, dessinait au plafond comme un rivage. Elle s'étendit sur le lit, passa sa main sur sa poitrine et sur son ventre. Elle ferma les yeux. Je me suis assis à côté d'elle. Je regardais son corps, j'avais envie de la toucher mais je n'osais pas. Je me suis étendu à mon tour. Les yeux fermés, j'ai posé ma main sur son bras nu. Je suis resté quelques minutes sans bouger, puis j'ai posé ma tête sur son épaule... et me suis réveillé une heure plus tard. Elle m'embrassait, me disait des mots tendres. Je l'embrassai à mon tour. Je ne me croyais pas capable de cette douceur. Nous étions presque nus, nous déshabillant mutuellement sous nos caresses. Dans cette atmosphère chaude, subtile, j'ai été un homme.

Sylvie m'a délivré de mes obsessions, de mes angoisses, de mes peurs, de moi-même. Elle m'a aidé à prendre possession de son corps, à aimer mes bras, mes épaules, son sexe, la nudité, l'odeur de nos corps. Elle m'a dit que j'étais généreux, sensible, que je lui avais donné du plaisir. Quand on est fier de si peu de chose, c'est qu'on a envie d'être fier. Je suis un homme. Personne n'aurait pensé que ça viendrait si vite. Surtout pas moi. Pendant quelques heures elle m'a appartenu, a été à moi, à moi seul, m'a regardé, s'est donnée. J'ai compris que l'amour ne peut se passer de la possession, j'ai senti au-delà du désir, du plaisir, une sorte de paix, un accord avec moi-même. Et aussi avec elle. J'ai été un autre. J'ai aimé le silence. Rien ne m'était interdit, le temps ne comptait plus, je n'avais plus de doutes. Je me suis senti vivant.

Embrasser, le plaisir d'embrasser, d'être embrassé... Je suis un homme.

Alors qu'on aurait pu être tout le temps ensemble puisque nos parents s'étaient « trouvés », que mon père ne m'obligeait plus à aller jouer au tennis, à dire où j'allais, Sylvie ne me rejoignait que pour quelques heures. Bien sûr nous sommes retournés dans sa chambre, bien sûr nous nous sommes aimés de nouveau, nous nous sommes baignés, nous avons joué au ballon, nous nous sommes promenés mais j'ai souvent été obligé de mendier un instant encore. Elle voulait lire, faire de la couture, se laver les cheveux, jouer du piano. J'aurais pu lire près d'elle pendant qu'elle lisait, cousait... Plus j'insistais, plus elle prenait de distances. Je n'y comprenais rien. Elle me disait qu'elle m'aimait, que j'étais unique et elle m'abandonnait. Moi, j'aurais pu l'embrasser, la regarder pendant des heures.

Mme Gilmour-Wood m'avait dit que l'amour faisait mal pour des riens : parce qu'on ne trouve pas un regard qu'on cherche, parce que soudain on vous lâche la main, parce qu'on attend, parce qu'on espère un mot, un baiser, une attention particulière, prolongée. On imagine... Je ne pouvais pas concevoir à quel point on pouvait souffrir.

Sylvie disait : « J'ai autre chose à faire. » Alors j'ai cru qu'elle en aimait un autre que moi. J'ai passé deux jours à l'espionner, mais rien. Personne. Quand je lui ai demandé pour la centième fois pourquoi elle ne voulait pas me voir davantage, nous nous sommes disputés. Notre première dispute. Il y en a eu une deuxième pour la même raison, et une troisième. En plus, le soir, elle allait danser. Sans moi.

Debout devant la mer elle hésite. Je lui ai proposé de venir nager avec moi. Les bras croisés sur sa poitrine, elle se tient, s'accroche à ses omoplates. Pas la place de me glisser entre ses bras. Tant pis pour elle. Elle n'embrasse qu'elle-même. Plus jamais moi. Je suis trop présent, dit-elle... Des bêtises... Pourquoi, alors, venir me retrouver sur cette plage ? Elle se plaint de tout : des rochers qui lui font mal aux pieds, de la mer qui est trop froide, des gens qui la regardent. « Viens te baigner. — Pas aujourd'hui. Pas tout de suite. Vas-y, toi ! » Elle baisse la tête. Je me jette à l'eau, seul. Ces jours-ci elle baisse souvent la tête. Encore une fois je l'appelle : « Viens. » J'en ai assez de ce ton suppliant, de mes gestes pour qu'elle me rejoigne. Gestes ridicules... ridicules... Parce qu'elle ne vient pas. Elle se retourne, va s'asseoir sur sa serviette, ferme les yeux au soleil. Je le sais depuis longtemps : ça ne sert à rien d'insister, mais moi j'insiste toujours. On ne sait jamais.

Exprès, je nage loin. Parce que maintenant je nage bien. Qu'est-ce que je fais dans ce patelin, ces maisons avec ces jardinets monstrueux, toutes face au large comme si c'était Louis XIV ? Je nage. Je ne veux pas la quitter. Si c'est ça l'amour, je suis cuit. Parce que j'étais contre l'amour : « Une aliénation, des histoires qu'on se raconte pour se donner du courage, pour ne pas voir la réalité en face, pour faire comme tout le monde. Des relations charnelles, d'accord, mais pas d'embrouillaminis ! » Je pensais qu'il suffirait, pour m'en libérer, de bien regarder Sylvie : lorsque je regarde bien les gens, je vois tous leurs défauts. J'essaie de la regarder, je ne peux pas : elle croise ses mains derrière sa tête, son tricot bleu marine se tend ; sa poitrine m'apparaît, mouvante, libre, mais inaccessible. Comment lutter contre l'amour ? Il y a une expression que Boulieu dit tout le temps : « se ranger des voitures ». Je vais me ranger des voitures. Je vais me contenter de mon univers immédiat, du moment présent : un ballon de football sur lequel je me persuade que c'est amusant de taper, la lecture du journal, ma mémoire que j'entraîne, la plume de mon stylo qui rédige des cartes postales. J'évite de réfléchir aux phrases idiotes que j'entends. Je ne cherche pas à savoir. Aucun projet, sauf celui de nager et d'aller plus loin s'ils le veulent, d'aller où ils veulent.

Nous quittons Granville tout à l'heure. Elle me prend dans ses bras, m'embrasse sur les deux joues. Pour une fois je ne cherche pas à l'embrasser plus, à l'accaparer davantage. Aucune arrière-pensée, un au revoir tout simple. Aussi, spontanément, elle me confie son secret, très rapidement, d'un jet, comme on lance une boutade : « Ce n'est pas comme ça qu'il faut agir avec moi. Pour que j'aime, il faut me faire souffrir. Dans le fond, c'est très bien qu'on ne se revoie pas. Ou très peu. »

Pour que j'aime, il faut me faire souffrir... Mme Gilmour-Wood m'avait dit : « rien ne tue plus l'amour que l'amour », « ne jamais aimer pour être aimé », « on n'aime que ce qui vous échappe », des ritournelles que je connais par cœur. Son « il faut me faire souffrir » m'a surpris, m'a fait mal. Si elle avouait, c'est parce qu'elle savait très bien que je ne pouvais pas m'en servir. En effet, comment sciemment, de sang-froid, pourrais-je la faire souffrir ? Pour être aimé en plus ! Quelques jours plus tôt, quand j'espérais encore la gagner, quand il y avait en moi encore de l'espoir, donc de la force, son « il faut me faire souffrir » m'aurait donné du courage. J'aurais pris cette formule comme un plan de conquête derrière lequel j'en aurais trouvé mille autres, comme ces boîtes, en classe de géographie, dont on tire une carte, c'est la France, et derrière se cachent l'Europe, l'Asie, l'Afrique, le monde entier.

Les Klimpt ont détesté ces vacances : c'est tous les ans la même chose. Ils sont plus fatigués qu'avant de partir, l'air était trop vif, la mer trop froide, l'hôtel moche, et nous, les enfants, n'avons pas été très gentils. Ma mère regrette, en reprenant son souffle, que « ce mois ne nous ait pas rapprochés. C'est ce qu'elle souhaitait de tout son cœur mais nous n'avons pas eu une vraie conversation ». Pourquoi n'ont-ils pas changé de plage dès les premiers jours ? Elle se le demande. Elle dit qu'on aurait dû aller à Granville : « Ce très joli hôtel avec un casino... Et une vraie ville... » Il lui reproche de ne pas en avoir parlé plus tôt. Elle lui en a parlé ! Il ne s'en souvient pas ? Maintenant, cent kilomètres dans le silence. Cent kilomètres dans les regrets. Cent kilomètres pour un mois perdu dans une vie qui va continuer comme se sont poursuivies ces vacances. Je vois la nuque de mon père, la route devant lui, je compte les bornes. J'ai un livre à la main. Cette nuit de nouveau j'ai eu un de ces cauchemars : la petite roue qui roule très très vite à l'intérieur d'une immense roue sur un même rail. A mesure qu'on approche de Paris, Capucine ricane, rosit, transpire. Je ne peux pas lire une ligne.

Leur porte grande ouverte, les Klimpt respirent : enfin chez eux ! Cette noirceur, c'est à eux. Ce désordre, cet encombrement, ces factures, ces entassements, ces taches de couleurs, cette tiédeur, ce froid dans le couloir, c'est à eux. Le téléphone sonne, Tony est là, Francette, inchangée, réapparaît. Ma grand-mère rentre demain. Les Klimpt racontent les vacances, enchantés : c'était le climat idéal, un hôtel confortable, une nourriture saine, une plage sans trop de monde et puis c'est si rare que nous puissions être tous les quatre ensemble.

Dans ma chambre, sur mon lit, j'écris à Sylvie : « Refaire l'histoire ? Elles ont toujours une fin et les fins sont toujours désespérantes. Me désespérer ? C'est ce que tu as cherché, sinon pourquoi me dire au moment de nous séparer que tu ne m'aimais plus ? Je t'ai demandé : est-ce un amour de vacances ? Tu m'as répondu : un amour de vacances, j'aurais pris plus reposant. Alors si je ne suis pas un amour de vacances, c'est que je suis un amour tout court ? D'abord tu ne peux pas dire que je ne suis pas de tout repos : je dormais quand tu m'as rencontré. C'est toi qui m'as réveillé. Tu m'as réveillé à l'amour. L'amour... le cadet de mes soucis au moment où nous nous sommes embrassés. Tu me manques. Je revois la plage, tes yeux, j'entends ton rire. Tu entres dans l'eau, joyeuse, tu m'appelles, on fait semblant de perdre pied, semblant de ne pas savoir nager, semblant de se noyer, semblant de se marier avec pour témoins des millions de vagues, semblant de se faire bénir par le dieu Océan, semblant de saluer la foule qui se cache derrière le soleil mais au fait... semblant, semblant, semblant... J'espère au moins que tu n'as pas fait semblant de m'aimer. Tu m'aimes? Je t'aime, Sylvie. Il faut bien commencer par là. Ce n'est pas facile à dire, mais c'est dit : je t'aime. Quand on l'a dit une fois, on peut le redire après. Je t'aime. C'est doux, c'est bon de répéter je t'aime... »

Dans mes armoires chinoises, je vide un tiroir et pose ma première lettre à Sylvie. Sur la planche du dessus, les lettres à ma mère, les lettres à ma grand-mère, les lettres à ma marraine... des lettres à des garçons du lycée, une lettre à de Gaulle, quelques lettres au proviseur, des lettres à Capucine, une lettre à Dieu... Des lettres à moi-même. Je n'ai jamais écrit à Mme Gilmour-Wood. Est-ce parce que je peux tout lui dire?

Ma mère vient tirer les rideaux. Elle enjambe mes boîtes de stylos, de cartes de visite, mes cartons bourrés de tickets de métro (sur lesquels j'ai écrit quelques mots, des noms, des numéros de téléphone, mes leçons), ramasse une enveloppe fermée qu'elle trouve lourde : « Pourquoi gardes-tu des choses pareilles? Qu'est-ce que tu ne vas pas fourrer dans ces enveloppes? Tu gâches du papier pour rien. » Elle lit : « *Morceau du Palais Rose* ». C'est écrit sur l'enveloppe. « Tu collectionnes les pierres... Tu collectionnais les pierres? » Elle est passée du présent à l'imparfait. Sans doute at-elle décidé que c'était fini, que je ne collectionnerais plus les pierres, à moins qu'elle ne pense que l'imparfait convient mieux à mon caractère — je ne dis pas personnalité, un mot qu'on évite depuis quelque temps à la maison quand il s'agit de moi. Personnalité est trop proche de personnage. Et on en a assez du « personnage » ! Sinon, on serait obligé d'en tenir compte. Quand rentrerai-je dans l'ordre ? C'est le but. Que je rentre. Dans l'ordre.

« Tu collectionnais les pierres, comme le Père ? » « Comme le Père », ça l'a effrayée. Le Père Ernst-Frederik avait un tel pouvoir que les Klimpt, aujourd'hui encore, croient qu'ils ne pourront plus jamais être guéris. Des années durant ils sont allés le voir, parfois ils m'ont emmené. C'est grâce à Madeleine, notre cousine religieuse — Mère Marie-Catherine —, que nous l'avons connu.

Mon père souffrait des poumons. Aucun médecin n'avait su trouver pourquoi : l'un disait que c'étaient les séquelles d'un coup de pied de cheval reçu autrefois, l'autre la tuberculose, un troisième ne pouvait pas revenir sur ce qu'avait dit le second, pour un autre encore c'était une pleurésie. Finalement, on a découvert un kyste, des ganglions : la maladie de Hodgkin — dont on meurt à coup sûr. On l'a opéré. Il ne se relevait pas de cette opération. On lui recommanda alors de partir pour la montagne, à moins de huit cents mètres d'altitude. Mon père était certain que ce serait là son dernier voyage. Ma mère avait dit : « Eh bien, allons voir Madeleine, le couvent est perché à dix-huit cents mètres, c'est la montagne et s'il faut mourir autant que ce soit beau ! » Mon père, trop faible, avait dû la laisser conduire sans pouvoir lui faire aucun reproche, sans faire remarquer qu'elle oubliait de mettre sa flèche, qu'elle se rabattait trop vite, qu'elle ne savait pas doubler. Au bout de la route, il se coucha, à moitié mort. Ma mère se précipita au couvent de Madeleine. « Enfin, te voilà », lui dit la religieuse d'un ton de reproche. Ma mère s'effondra en larmes, lui expliqua que c'était la fin. « Edmond est perdu. — Je sais, lui dit Madeleine, c'est pourquoi tu es là. Je voulais absolument que tu viennes, j'ai fait dire des messes tous les jours : je connais quelqu'un qui va sauver Edmond. — Tu ne pouvais pas m'écrire ? — Je faisais dire des messes, pour que tu viennes, c'est pareil ! Tu vas aller voir le Père, apporte avec toi une mèche de cheveux de ton mari. »

Le Père Ernst-Frederik fit tourner son pendule et dit qu'il mettrait du temps à le guérir, que ce serait difficile. Klimpt vint lui-même le lendemain. Ensuite le Père travailla seul. Peu à peu, Klimpt retrouva son souffle, ses forces, la vie. Il n'avait perdu que sa voix.

Mais si le Père Ernst-Frederik nous guérissait à distance grâce aux pierres, un autre que lui moins doué, moins scrupuleux ou moins bon, aurait pu tuer. Il nous avait d'ailleurs prévenus, quand je lui avais demandé si je pourrais faire comme lui : « On ne sait pas ce qu'on déclenche avec les ondes. Tu sauves quelqu'un d'une bronchite, et sans le faire exprès tu lui envoies un abcès au cerveau. Si tu ne sais pas le soigner, l'infection prend la tête. Toute la tête. Que fais-tu ? Tu coupes la tête ? Tu réveilles la maladie de Bouillaud qui vous flanque le cœur par terre, que fais-tu ? J'ai soigné une cardiaque de la région, une protestante... — Comment savait-elle que vous existiez ? » demanda aussitôt ma mère, qui voulait son capucin pour elle toute seule. Il ne répondit pas. « Je ne savais pas, moi, ce qui se passait entre ses oreillettes et ses ventricules. Je sentais bien quelque chose avec mon pendule... comme un bouchon. La maladie bleue... tu fais quoi ? Et une diarrhée ? Il y a des diarrhées de mille sortes : la nerveuse, la bilieuse, l'asthénique, la séreuse... Ton malade, un grippé, meurt d'une jaunisse que sans toi il n'aurait pas attrapée, tu viendras m'en dire des nouvelles ! Crois-moi, les maladies c'est comme les gens, il ne faut pas trop y toucher. Et les faux malades, qu'en fais-tu ? — Arrêtez... Je ne sais pas, mon Père... J'abandonne. » Il inclina la tête, sa longue barbe blanche, son nez rouge. Je voyais son petit calot marron. Il m'avait guéri de l'envie de lui faire concurrence. Il agitait son pendule : un bouton gris, un bouton de culotte qui tenait au bout d'une ficelle et qui allait et venait au-dessus d'une mèche de cheveux que ma mère avait sortie de son sac. « Dites-moi, mon Père... C'est une amie, elle ne va pas bien, je ne voudrais pas la perdre. Qu'est-ce qu'elle a ? » Le Père ne lui répondait pas toujours. Il nous racontait...

C'est dans un des trois parloirs glacés qui sentaient le gruyère, le cidre et le soufre, que nous occupions alternativement selon les rendez-vous que donnaient les autres moines, dans ce couvent pris dans les gorges de la montagne suisse romande, que j'ai appris que même dans la pierre il y avait des races, des hiérarchies. Oui, des hiérarchies puisque certaines pierres possèdent des vertus. Il en portait une un peu grosse dans son capuchon. Elle résumait toutes les autres sans avoir toutes leurs qualités car, parfois, quand il avait une hésitation, il nous laissait quelques instants pour aller dans sa cellule chercher une autre pierre. Il comparait ce que disait la nouvelle avec celle du capuchon, toujours entourée de papier japon, me disais-je, pour donner plus de poésie, d'exotisme au papier hygiénique qui formait autour d'elle une espèce de gangue, pour arrêter ses vibrations qui, à la longue, pouvaient être néfastes. C'était assez impressionnant et assez comique, quand le Père la prenait dans son dos pour la poser sur la table. A peine était-elle devant lui qu'il avait pour elle la même fascination que ma petite marraine réserve aux pierres précieuses que dévoile devant elle M. Maresco, son bijoutier préféré. « Enlevez vite vos mains de là que je voie ! » commande-t-elle. On s'arrête tous de respirer pendant qu'elle apprécie, comme lorsque dans le parloir du monastère le pendule tournait et qu'on attendait le diagnostic : « Je suis rassuré, c'est seulement un cancer de la moelle épinière. Voilà pourquoi elle a mal à la tête. Dans trois quatre jours, elle ne sentira plus rien. — Merci, mon Père, merci. » De quel poids il nous délivrait !

En fait, le Père ne nous racontait rien de précis, sauf que la vie éternelle existait. Nous avons mis longtemps à deviner que c'était de pierres trouvées dans la forêt, sur son chemin, que dépendait notre sort. Je l'ai adoré, ce Père, alors que déjà je n'aimais pas la vie. Ces questions idiotes que ma mère lui posait : « Les chiens ont-ils une âme ? Quel est l'âge exact de sa marraine ? Que va-t-on trouver sur la Lune ? Jean XXIII est-il vraiment gentil ou bien est-ce une pose ? Arrivera-t-on un jour à nourrir la population mondiale ? Les Martiens... qu'en pensez-vous, mon Père ? Est-ce qu'on pourra, un jour, ne pas mourir ? Le Paradis, c'est en quoi ? J'ai l'impression que la terre du Paradis est douce comme de la soie ? non ? mon Père ? » Elle répondait pour lui : « Si... un peu... il y fait chaud, doux, comme certains soirs de juin après la pluie à Chantilly. » Comment pouvait-elle croire que, pour lui qui n'était jamais sorti de ses montagnes, Chantilly pouvait signifier quelque chose ? Le pendule tournait à toute allure, le Père répondait à une question sur cinq. Ma mère était si inquiète qu'elle en posait sans arrêt. Impossible de la rattraper. Klimpt, plus raisonnable, ne s'occupait que de lui : « Est-ce que je guérirai ? — Oui, mais tu auras autre chose. — En souffrira-t-il ? demandait ma mère — Non. Parce que je suis là. » Elle se levait, embrassait le Père. Klimpt, soudain indifférent, lui serrait la main. Moi, je l'embrassais. Non parce qu'il ferait vivre mon père pendant longtemps encore — il nous le promettait — mais parce que j'aimais l'embrasser, me noyer dans sa barbe. Je le trouvais épatant, ce moine avec sa barbe cotonneuse, comme celle des faux Pères Noël. Quel jouet fabuleux le Père Ernst-Frederik ! Une trouvaille de ma mère que j'adorais sur le chemin du monastère. Au retour... un peu moins : je me souvenais de ses questions. « Pourquoi n'as-tu rien demandé ? disait-elle. — Je n'avais rien à demander. — Il fallait demander de guérir (guérir, une rengaine chez nous). — Guérir de quoi ? » Voilà une question à poser au Père : de quoi devais-je guérir ?

Et surtout pourquoi fallait-il me guérir puisque la vie éternelle m'attendait ? Je me demande si, malgré mes confessions, il ne me connaissait pas mieux que je ne le pensais. Je me cachais derrière mes pudeurs, mes mensonges, mais il ne pouvait pas croire une seule seconde que le Jugement dernier me serait favorable.

Enfin, si Dieu est pardon, il fallait me lâcher, que je passe enfin devant Lui. L'effort qu'il faisait pour retarder cette consécration de ma brève et si peu héroïque existence m'était suspect. Pourquoi me maintenait-il en vie ? J'ai longtemps attribué cette sollicitude à une concession faite à la sensiblerie de ma mère, à ce sot et égoïste désir qu'elle avait de me garder par-devers elle.

Capucine ne nous accompagnait pas. Elle n'osait pas dire qu'elle n'y croyait pas : « Je n'ai pas besoin. » Elle n'a besoin dans la vie que de temps pour faire ses calculs diaboliques. Faire sauter la planète, c'est tout ce qui l'intéresse. Un projet d'envergure !

« Les maladies c'est comme les gens, il ne faut pas trop y toucher. » Il disait ça à un moment où justement, moi, j'avais envie de toucher tout le monde. J'aimais ça. Toucher, sentir, tordre, pincer, tirer : atteindre. Quand il s'était enfermé dans ce monastère, il y a cinquante ans, il était grand, beau... Toutes ces heures devant lui. Ces centaines de milliers d'heures avec la Vierge, cette statue en plâtre blanc et bleu. Il ne faut pas trop y toucher... Ces milliers d'heures qu'il a épuisées seul, seul avec Dieu. Enfin, il a eu les pierres. Et puis nous. On ne compte plus le nombre de maladies mortelles auxquelles nous avons survécu jusqu'ici grâce au Père. « Ne parlez pas de miracles, il ne s'agit que de science. » Seules les météorites pouvaient à la fois capter et conduire les ondes, le relier à ses malades, à leurs maux, à leur avenir, donc à leur mort.

Un jour, après avoir promené son pendule au-dessus de ma tête, il a marmonné que la veille on lui avait envoyé une pierre d'Argentine, une pierre sans laquelle il n'aurait rien pu pour moi. Ma mère a sursauté : il connaissait quelqu'un en Argentine ? Il acceptait très peu de malades, mais des quatre coins du monde. Que le Père donne de son temps, de son énergie, de sa vie à d'autres, elle ne l'acceptait pas. Peut-être même qu'il priait pour eux tant qu'il y était ! La vie, toute la vie qu'il avait, c'était pour nous ! Pourquoi la gaspiller ailleurs ? « Je sens que vous ne nous aimez plus, mon Père. On ne vous intéresse plus, nous ne sommes pas assez malades », disait-elle. Et en plus ils lui envoyaient des pierres ! Pour trouver des météorites, ma mère a marché sur toutes les plages et revenait voir le Père : « Je suis sûre que celle-ci vous manque. » Il la regardait, un peu ahuri de voir cette femme si grande, si blonde, si aimante qui ne lui apportait malheureusement que des galets. « Que puis-je faire pour vous ? » Il avait un sourire désolé. Elle était affolée, ne voulait pas être distancée par qui que ce soit. Surtout pas par des inconnus. C'était trop injuste. Subjugué par cette femme absurde qui leur tenait tête, à Dieu et à lui, il nous guérissait et nous guérirait encore s'il avait réussi à se guérir.

Notre seule consolation de sa disparition est toute symbolique : il est mort alors qu'il célébrait la messe, au moment du Mystère, pendant l'élévation le jour de l'Ascension. J'observe toujours une bonne minute de silence quand j'imagine comment il a basculé. A-t-il choisi ce moment-là ? Dans ce cas, pourquoi ne nous a-t-il pas prévenus, nous qu'il aimait ? Ou bien est-ce Dieu qui, pour le remercier de ses bons et loyaux services, a voulu le faire monter à ce moment particulièrement sacré ? Je lui avais souvent dit, quand nous étions seuls, que je n'étais pas sûr de croire en Dieu, que ma foi était plutôt faite de crainte et d'habitudes, que je ne pouvais pas supporter l'idée d'un Dieu indiscret, partout, toujours là, dans chacun de mes actes. « Moi, si j'étais Dieu, si j'avais fait les hommes, je les aurais laissés se débrouiller seuls, je me serais fait oublier : " No string attached ", comme dit Mme Gilmour-Wood, pas de ficelle pour vous tenir, pas d'obligation en retour. Qu'on laisse les marionnettes flotter ! Qu'on coupe le cordon ! » Le Père n'avait pas l'air de m'en vouloir, je n'avais pas l'air non plus de le troubler. Et comme il me pardonnait de ne pas croire, pour moi, il s'approchait de Dieu.

Il nous avait dit à propos de Mme Lempereur — j'étais furieux que ma mère ait osé poser sa photographie sur la table du parloir : ces deux joues comme des gants de boxe, un sacrilège sur cette table cirée — : « Je ne veux pas la soigner, trop de travail, non, non... » Il commençait toujours par refuser. Un peu comme moi, le Père : je dis toujours non pour commencer. Ça me permet de réfléchir. Ou, sans aller jusqu'à réfléchir, je m'affirme par un non, comme d'autres par un oui. « Enfin, disait-il, je vais voir. » Il reprenait sa pierre dans son capuchon et, le regard impénétrable : « Votre amie ouvre trop souvent sa main : elle va chez les voyantes. Si elle veut vivre longtemps, il lui faut abandonner cette pratique désastreuse. On n'ouvre pas sa main à n'importe qui. Je vous ai parlé de mauvais pouvoirs, on lui a jeté un sort. Il y a dans son oreiller deux grosses pierres noires qu'il faut jeter. » Ce soir-là, en le quittant, Klimpt et moi étions persuadés que nous avions affaire à un illuminé. Ma mère résistait. Elle croyait au Père. Nous sommes restés dans ces montagnes encore quelque temps, nous sommes allés en Autriche, puis nous sommes rentrés à Paris. Le soir de notre arrivée, tard dans la nuit, les valises à peine posées dans l'entrée, j'ai supplié ma mère d'aller chez Mme Lempereur, sous prétexte d'enlever les pierres. J'avais le pressentiment qu'elle mourrait si on ne le faisait pas tout de suite. En fait de pressentiment, je ne voulais pas que ma mère lui parle avant que nous ouvrions l'oreiller. J'ai gravi quatre à quatre les escaliers de Lempereur. J'ai sonné longtemps. Ma mère m'a rejoint, m'a pris la main — pour une fois. « Ça ne se fait pas, j'aurais dû l'appeler, rentrons. » Mme Lempereur, plus bouffie encore dans le sommeil que dans la réalité, nous ouvrit. Je courus vers son lit, suivi de ma mère, déchirai ses oreillers et, au milieu des plumes, je trouvai les deux pierres. Elles étaient toutes noires. Sans un mot, ma mère et moi sommes ressortis pour les jeter dans la Seine.

Ma marraine, elle, veut toujours des pierres plus rouges, plus vertes, plus claires — ou plus foncées. Enfin, toujours plus chères. Elle se penche sur le plateau qu'on pose devant elle pour voir de plus près. Dans un profond silence, elle lève la tête vers son vendeur, son attention est telle qu'on croit qu'elle nous a oubliés, qu'on va rester là jusqu'à ce qu'elle sorte de son hypnose : « Vous n'avez pas mieux ? — Madame, nous n'avons pas plus exceptionnel. — Il n'y a vraiment pas plus exceptionnel ? — Non, madame. » C'est ce qu'elle voulait entendre. Rassurée, elle s'approche de nouveau de la pierre. Ce saphir est déjà presque un allié. Elle ne demande jamais aucun prix devant moi ; elle se lève, reprend le manteau de fourrure dont elle s'est défaite et glisse à son vendeur : « De toute façon, vous me le gardez. Mais il faudra me faire une fleur. » Autrefois, elle se faisait offrir la même robe ou le même bijou par deux ou trois hommes différents. Elle quittait toujours les boutiques de la même manière : les mains vides. Le mari du moment passerait régler le lendemain. Comme il fallait monter la pierre ou refaire la robe, elle pouvait revenir avec un amant. Elle réessayait la robe, se penchait de nouveau sur le bijou, et même comédie : « Vous êtes sûr que vous n'avez pas plus exceptionnel ? » Celui qui devait lui faire plaisir passait dans la pièce voisine, pour faire « le petit chèque » que le marchand complice reversait à ma marraine.

Le soir, quand elle sort, elle ne regarde pas les autres femmes, ça ne l'intéresse pas. Elle ne voit que leurs bijoux. Elle s'arrête devant eux : « J'ai mieux ! » Elle relève la tête, c'est gagné : elle sera de bonne humeur un long moment. Il y a même des chances pour que cette satisfaction, ce bonheur, revienne par à-coups la rassurer au cours de la soirée. Elle y repensera les jours suivants, quand elle aura besoin de se retremper dans ce petit air supérieur et détestable qui, à lui tout seul, lui permet de surmonter toutes les contrariétés de la vie et de crâner : elle possède mieux que les autres. Si, par malheur, elle voit incontestablement plus beau, elle se tasse comme si elle recevait un énorme coup sur la tête. On ne voit plus qu'un chapeau posé sur le col d'un manteau. Elle entre en elle comme en enfer. Ce n'est que beaucoup plus tard que ses longs faux cils brandis comme des épées réapparaissent : elle se vengera sur une vendeuse, sur son chauffeur, sur un passant ou sur moi. Le premier venu.

Combien de fois l'ai-je vue, pour s'apaiser, pour s'aimer, peut-être même pour croire en elle, repêcher entre ses seins son rubis sang-de-pigeon. Elle l'encercle, l'enferme dans ses petits doigts trop plats, légèrement tachetés comme la peau des léopards. Elle le caresse. « Sans rubis, je meurs, c'est mon cœur. Je l'aime plus que mon chien », dit-elle entre cris et soupirs, comme si tout son sang, son sang futur se trouvait là, figé, en réserve dans cette larme de vanité.

Ma mère s'en veut de m'avoir donné pour marraine une femme si excentrique qui a eu cinq maris plus riches les uns que les autres et qui en parle sans pudeur. Quand je suis né, ils ne savaient rien d'elle. Ils l'avaient vue deux fois. Elle portait des petits chapeaux très convenables — pas du tout les tenues et les couleurs vives de maintenant — et n'ouvrait pas la bouche. Très liée à un général américain qui aimait beaucoup la France, elle avait rendu un grand service à mon père. Mes parents savaient qu'elle n'avait pas de souci d'argent, ce qui ne serait pas si mal pour moi, plus tard, s'ils venaient à disparaître. Eux aussi pensent donc à la mort, mais le mot les effraie, ils disent disparaître, comme s'ils allaient s'effacer. « Elle a bien trompé son monde », dit aujourd'hui ma mère qui a longtemps parlé de ma marraine d'Amérique avec emphase. Elle disait qu'on saurait sûrement quelque chose à sa mort, que c'est sans doute moi qui hériterais. Elle se voyait usufruitière, régente d'un empire auquel je n'aurais pas accès.

Enfant, ma marraine m'a ignoré pendant sept ans. Nous avons passé les sept premières années de ma vie sans nous voir du tout. Puis, elle est venue plusieurs fois chez mes parents à qui elle rendait visite. Elle voyage beaucoup, habite dans des palaces, ce qui ajoute à son mystère. Et puis la semaine dernière, au détour d'une phrase, j'ai appris que ma marraine était à Paris, à l'Hôtel Lotti, rue de Castiglione. J'y suis allé en cachette. Elle m'a reçu dans sa chambre en manteau de fourrure : elle allait sortir. Les cheveux noirs, la bouche très rose, le visage blanc, elle ressemblait à un pierrot. Je l'ai prise dans mes bras et l'ai embrassée sur les joues. « Ne partez pas maintenant, je ne vous vois jamais. Venez vous asseoir, parlons. J'aime beaucoup cette chambre. Ça doit être formidable de vivre dans cet hôtel. » J'ai pris sa main, j'ai regardé ses bracelets. A mesure que je lui faisais des compliments, elle s'asseyait plus au fond du canapé, s'installait. « Enlevez votre manteau. » Je suis passé derrière elle pour l'aider à se défaire de sa fourrure. « Qui vous a envoyé ces fleurs magnifiques ? Ne pourrait-on pas commander du thé ? » J'avais déjà la main sur le téléphone. « Je viens d'en boire », me dit-elle. « Ça ne fait rien, vous allez en reprendre avec moi. Je suis si content de vous voir ! Vous m'avez tellement manqué. » J'ai pris son chien dans mes bras. Une bête minuscule à longs poils qui a fini par ne plus aboyer. Alors, j'ai longtemps parlé du personnage extraordinaire qu'elle était pour moi. Je lui ai demandé de me raconter ses voyages en Amérique, comment elle avait connu mes parents, pourquoi elle n'était pas revenue plus tôt, pourquoi elle avait donné si peu de ses nouvelles : « On vous aime beaucoup à la maison. » Elle fit la moue : « Vous êtes sûr ? » Elle me vouvoyait. Elle me vouvoie encore. Elle regarda une toute petite montre dans un bracelet en or, poussa un cri : elle était en retard, devait partir. Je me suis levé, me suis excusé, j'ai fait le penaud. Je regrettais d'avoir à la quitter si vite. Elle me dit que mes parents étaient très gentils, qu'elle irait sûrement les voir. J'ai eu très peur tout à coup, je l'ai suppliée de n'en rien faire. « Revenez demain, nous déjeunerons si vous voulez. — Je ne peux pas. — Alors, venez à cinq heures. »

 J'étais en avance. Pourtant elle m'attendait en bas de l'hôtel avec son petit chien, sa veste de fourrure était plus claire que le manteau de la veille — ou était-ce le même ? — et portait un chapeau à voilette assez risible. Elle ne m'a pas embrassé, m'a montré de sa main gantée une voiture qui attendait devant la porte et sans rien me demander, m'a entraîné avec elle chez Castillo. Arrivée devant la porte du couturier, elle s'est rappelé qu'elle devait aller chez le marchand de tableaux à côté. « Je ne vous emmène pas, j'en ai pour une minute, montez dire à ma vendeuse que j'arrive, que tout soit prêt. » J'ai pris un escalier d'un pas décidé et suis entré dans une grande pièce noire dont les rideaux étaient tirés. Une centaine de chaises dorées, recouvertes de damas rouge, étaient rangées les unes à côté des autres. Je m'assis sur l'une d'elles. Ça sentait bon, délicieusement bon. Tout à coup j'entendis une voix au léger accent espagnol commander à quelqu'un : « Marchez comme oun madame ! » et je vis entrer à reculons un petit homme, un peu rond, chauve, qui précédait une jeune femme blonde dans une robe turquoise d'une forme très bête. Je me suis levé, me suis présenté : « Balthazar Klimpt. » Le petit homme s'est retourné brusquement, a crié : « Il a vou lé modèle ! Il a vou lé modèle ! » en se jetant sur le mannequin les bras écartés pour le cacher. Une femme en noir qui aurait pu faire partie du comité de ma mère vint me demander d'une voix pincée ce que je faisais là. Dans le couloir, j'entendais des gens crier que c'était « incroyable » de m'avoir laissé monter. Ma marraine, un paquet sous le bras, est arrivée et m'a sauvé non pas en m'excusant mais en ordonnant de faire vite. Je revis le monsieur que j'avais effrayé. Il était tout onctueux, plein d'amabilité, se penchait beaucoup vers moi et ma petite marraine qui, disait-il, portait les capes comme aucune cliente : « Les autres ont l'air de cloches. » En vingt minutes, ma marraine a commandé trois tailleurs, cinq robes du soir, deux manteaux, un imperméable et huit chapeaux. Elle ouvrit son paquet et me tendit un petit tableau dont elle me fit cadeau. Comme je m'approchais, elle me repoussa de la main, me dit qu'on n'embrassait pas pour remercier. Dans la voiture, je lui expliquai qu'il m'était impossible d'accepter quoi que ce soit, que mon père croirait que je l'avais réclamé. Elle reprit le tableau, le rangea à côté d'elle. « Tant pis ! » On alla ensuite chez un relieur, un vieil artisan qui ne l'avait pas vue depuis des années. Il lui dit qu'elle n'avait pas changé, qu'elle était toujours aussi jolie. Elle avait l'air enchantée de ces compliments. Elle venait lui apporter des papiers blancs anciens que son dernier mari avait collectionnés : « Moi, je ne peux rien en faire, mais si ça peut vous faire plaisir… » On alla avec le chauffeur ouvrir le coffre de la voiture. Elle dit qu'elle en avait encore dix fois autant, qu'elle lui ferait livrer le reste, il pouvait en faire ce qu'il voulait. C'était ça que j'aurais voulu qu'elle m'offre pour mes dessins. J'aurais pu dire à Klimpt que c'était le libraire d'à côté qui, les ayant trouvés dans sa remise, me les avait donnés. Mais je ne voulais pas demander quoi que ce soit à ma marraine. J'avais envie de me fourrer dans ses bras mais nos rapports étaient trop sérieux. Chez Castillo, elle avait écouté mes conseils ; chez le relieur, elle m'avait demandé mon avis pour des gravures qu'elle voulait encadrer ; et quand nous sommes rentrés à l'hôtel, elle m'a invité au bar à prendre un cocktail. J'étais un peu ivre quand je l'ai quittée.

Elle a compris qu'il ne faut pas m'appeler à la maison. Je m'arrange pour passer la voir l'après-midi. Elle m'attend toujours dans le hall, un chapeau vissé sur le front, gantée, le chien tirant la laisse, tous deux prêts à sortir. Nous partons dès que j'arrive. Elle cherche un appartement, mais n'accepte de rendez-vous pour visiter que lorsqu'elle est sûre que je serai là. Je lui montre les inconvénients de ce qu'on nous propose : les vis-à-vis — que quelqu'un d'autre puisse voir ce qu'elle fait m'est intolérable — ; les immeubles modernes, je les ai exclus une bonne fois pour toutes ; les rez-de-chaussée, n'en parlons pas. Je veux un dernier étage ensoleillé avec vue sur les autres et une perspective. Je suis la bête noire des agents immobiliers. Certains me disent brutalement qu'avant de donner mon avis, je pourrais peut-être écouter celui de ma marraine qui est plus concernée que moi. Pour répondre, je me dis que ni ma taille ni mon âge ne doivent être un handicap : « Il faut nous proposer quelque chose de convenable ! » Ma marraine ne prend pas parti, me laisse faire, caresse son chien, tourne les talons : elle a d'autres adresses. Sa seule exigence, c'est d'être près de la place Vendôme. En fait, ce n'est pas la place Vendôme qu'elle ne veut pas lâcher, mais l'Hôtel Meurice où, deux fois par an, descend pour de longs séjours Salvador Dali avec qui elle est en affaires. Je me suis étonné qu'elle, si riche, veuille gagner de l'argent en éditant des objets aussi fantaisistes que des montres molles, des poignées de porte imprenables, des fauteuils comme les lèvres de Mae West. Elle m'a répondu : « C'est peut-être fou, mais c'est en or et Salvador Dali aime tellement l'argent, et moi j'aime tellement cet homme, que le seul moyen de le voir, c'est de lui en faire gagner. »

La rue de Rivoli est devenue pour moi un lieu d'une magie, d'une attirance irrésistibles. Sous ces arcades, les magasins ont des allures de grottes, de repaires, de bazars. Il y a un côté province endimanchée qui m'enchante. Ce mélange de flacons de parfum, de cannes, de gants, de souvenirs à trois sous, de lunettes excentriques. Rien à acheter, peut-être, mais beaucoup à rêver. Alors que j'ai toujours préféré le Luxembourg à tous les jardins de Paris, je me suis pris de passion pour les Tuileries où je m'invente qu'enfant je venais faire voguer de grands voiliers sur ses bassins gris. De la Concorde à l'Opéra, j'ai vite pris les habitudes les plus exquises : ma marraine est la reine du quartier, on la connaît partout, elle m'emmène partout. J'ai mes préférences et lui ai fait abandonner certains salons de thé, un fleuriste, des restaurants. Je choisis en fonction de l'accueil. C'est elle qui paie, mais c'est à moi qu'on doit plaire. On ne lui demande presque plus son avis, on se tourne directement vers moi. Je frémis quand on passe devant la boutique du Nain Bleu mais je ne regarde pas les jouets : je ne veux pas qu'elle puisse supposer que les maquettes d'avions qui sont exposées m'intéressent encore. Mes émerveillements ne la comblent que lorsqu'elle en est le phare : le moindre compliment la réchauffe, comme si elle recevait une décharge électrique. Elle se redresse d'un coup, respire, plonge dans le souvenir ou dans un discours pour prouver qu'elle a bien raison d'avoir toujours aimé le bleu, d'ailleurs elle avait un appartement à Genève où tout était bleu ; de s'être décidée si vite quand elle a choisi puis quitté ses maris ; d'avoir eu le courage de demander chaque fois un tel dédommagement au moment du divorce et de ne les avoir jamais revus. Elle se dit obsédée par l'idée de la qualité. Pour lui faire plaisir, et aussi pour la détourner de certains choix qui ne me conviennent pas, je deviens encore plus difficile qu'elle. Les vendeurs finissent par nous voir arriver avec une sorte de terreur. Il faut que le croissant soit vraiment croustillant, moelleux, tiède, que les fruits entiers baignent dans la confiture, qu'on sente le goût du chocolat. Ne parlons pas du papier à lettres : nous avons dû abandonner notre triangle d'or et courir en haut du faubourg Saint-Honoré pour ne pas trouver ce fameux Arc de Triomphe en filigrane d'un papier à lettres gris.

Ma toute petite marraine. Elle adore l'astrakan, me raconte toutes ses histoires, me dit des choses qu'elle ne dirait à personne. Personne ne me croirait si je les répétais. Par exemple, qu'elle préfère prendre des taxis plutôt que son chauffeur, parce que rien ne lui fait plus plaisir qu'interroger tous ces hommes à propos de leur vie amoureuse. « Ensuite, dit-elle, je fais des rapprochements. » Quand elle parle de ses maris, elle fait aussi des rapprochements. Elle ne les appelle jamais par leur prénom, mais par leur numéro d'entrée dans sa vie. « Quatre était aussi méfiant que Deux. Ils ont fait la même erreur : ils ont cru que je les aimerais malgré leurs défauts. » Elle les évoque aussi par le pays d'où ils étaient originaires : « Susceptible Canada. Beaucoup plus que Brésil qui passait son temps à cheval ! »

Ma chère petite marraine. Des lèvres minces, de toutes petites dents, des lunettes allongées comme des yeux de caïman qu'elle met pour faire ses mots croisés. Elle dit qu'elle a « le plus joli petit corps de la terre ». C'est ça qui aurait fait son succès : « des pieds et des mains d'enfant » qu'elle regarde en faisant tourner sa cheville, son poignet, ravie. Je l'aime, ma petite marraine, jusque dans ses fautes de français, son accent argentin, sa voix rauque, légèrement fumée, ses petits chapeaux, ses joues trop fardées, ses yeux soulignés de trop de khôl, ses fautes de goût. Elle est amusante, elle sent bon. Même sa voix éraillée a une saveur. Elle parle d'elle à la troisième personne : « Suzy est fatiguée, Suzy n'aurait pas dû sortir, Suzy a vu beaucoup trop de monde aujourd'hui. »

« Morceau du Palais Rose... C'est écrit sur l'enveloppe... » Ce paquet que ma mère juge « invraisemblable », « c'est un caillou ? ». Un caillou ? pas même ! Un bout de plâtre lisse, veiné d'ocre et de rouge d'un côté, l'autre est blanc, grumeleux, friable. En plus ça ne sent rien ! Elle renifle encore une fois. « Non, décidément, ça ne sent rien. » Elle va le jeter. « C'est à moi », dis-je. Elle le jette quand même : ce que je ramasse dans la vie, comme ce que je ressens, ce que j'éprouve, ce que je pense, ce que je crois, ce que je veux, ça lui appartient. C'est à elle : c'est d'elle. D'où je sors ? De son ventre, oui ou non ? « Il paraît qu'ils ont vendu le Palais Rose. C'est dommage, un des plus jolis monuments de cette époque. Avec qui y es-tu allé ? Si tu ne veux pas me répondre, tu peux très bien, mais je suis tout de même ta mère, j'ai le droit de savoir. »

Je suis allé au Palais Rose un après-midi avec M. de Béague au lieu d'aller au lycée. Il n'a cessé de parler pendant toute la visite. « Regardez : ces marbres roses ont l'air d'être posés comme un tissu à l'envers. Les rayures sont mauvaises. Ce mélange de vrai marbre et de stuc m'a toujours déplu. Comme ces boiseries blanc et or. Ça voulait copier le Grand Trianon. C'est très difficile de copier. Impossible ! Même quand c'est parfait. Manque toujours la couleur irremplaçable du temps, et une sorte de frémissement... Vous êtes impressionné par ce décor suranné mais pour moi c'est du carton-pâte, sans réelle beauté. Pas de proportions ! C'est Boni de Castellane qui l'a fait construire avec l'argent de sa femme, Anna Gould. On a donné ici des fêtes extraordinaires au début du siècle. Boni était le comble de la joliesse. Pas un bel homme, un joli homme ! Petit, blond, ondulé, découplé à merveille, un peu cambré, une silhouette très élégante : tout à fait le jeune officier de cavalerie. Il était inséparable de la belle-mère de Borotra : la baronne de

Forest, une Anglaise. Son ex-femme Anna Gould — quoiqu'on soit plutôt le mari de ces femmes-là — devint deux ans après son divorce la duchesse de Talleyrand, princesse de Sagan. Vous savez que Sagan est un titre qui se transmet aussi par les femmes ? Elle a fini sa vie dans un hôtel de Versailles avec lady Michelham. Elles se nourrissaient exclusivement de biscuits.

« La comtesse Greffulhe venait à ces fêtes — un personnage, la comtesse Greffulhe... Elle est double, et même triple. D'abord elle était elle-même, ce qui n'était pas rien. Ensuite, par sa situation mondaine, son sens inné du prestige, son regard ironique et hautain, elle est la moitié de la duchesse de Guermantes. Et, par sa beauté, sa grâce, la moitié de la princesse de Guermantes. Je lui avais demandé si elle se souvenait de Proust. Elle m'avait dit : " Je l'ai vu trois fois, il m'a vue quatre. " Et c'est la quatrième qu'il a fait d'elle ce portrait inoubliable dans sa loge à l'Opéra... mais vous n'avez pas lu, je crois... L'autre moitié de la duchesse de Guermantes c'est la comtesse Adhéaume de Chevigné, la grand-mère de Marie Laure de Noailles, l'arrière-petite-fille du marquis de Sade.

« Boni de Castellane a fini dans l'impécuniosité la plus totale. Il devint un peu courtier. Courtier mondain, intermédiaire... Vous voyez quoi ! Quand une grande famille un peu fauchée voulait se défaire d'une commode, ou d'un objet, il se précipitait, trouvait le client et touchait au passage un pourcentage... C'était assez pathétique... Maintenant ils vont vendre le Palais Rose qui a trois héritiers. En vérité, cinq. Cinq héritières : les trois filles de Boniface, la jeune et belle duchesse de Mouchy, et Violette de Talleyrand, comtesse de Pourtalès, princesse de Sagan de son propre chef. »

Je fais bien des voyages avec Béague. Il me montre des photographies : « C'est le lac de Garde. Le plus beau lac d'Italie. Ce n'est pas un lac, c'est la mer. D'une rive on ne voit pas l'autre. Vous avez l'infini devant vous. Ce n'est pas l'eau stagnante, morne des lacs. Elle a une vivacité, un éclat, une légèreté... enfin ce n'est pas compliqué : André Gide venait en vacances à Torri del Benaco. Le lac de Garde est moitié milanais, moitié vénitien et même un peu autrichien. Toute la partie de l'est était le domaine de la famille Scaliger, famille équivalant aux Sforza ou aux Visconti, de Milan. Tous les châteaux, de ce côté, sont d'influence vénitienne, mais à l'ouest ils portent l'empreinte de Milan. »

Béague, c'est une façon d'être — ou plutôt de ne pas être comme les autres. Un homme qui souffre de vivre. Dans les restaurants une toux, un raclement de gorge le gênent. Il traverse la salle et demande au tousseur de partir ou de cesser tout de suite car c'est insupportable. La première fois que j'ai assisté à cette scène, j'ai cru qu'il voulait m'amuser, être plus insolent que moi, mais quand je l'ai vu revenir, si contrarié, je me suis arrêté de sourire. Dans la rue, une plaque de médecin sur la façade d'un immeuble lui fait faire un écart de cheval et tout de suite après il change de trottoir. Il ne supporte pas les mots « médecin », « maladie », « mort ». Aussi blessé qu'il soit, grâce à sa culture, ses manières, ses idées fixes, son vieux style, ses souvenirs, Béague ne s'en tire pas si mal. Sa façon d'aimer est tout de même bizarre. Il n'aime pas, il pourchasse. D'une drôle de façon. Ses amours il les rencontre dans les magazines : il feuillette un journal chez le coiffeur ou ailleurs, et tout à coup, la foudre. A l'arrière-plan, il y a une passante dont l'épaule, le cou, l'allure le bouleversent. Il prend une loupe : oui, c'est ça, il ne s'est pas trompé, c'est une de ces beautés comme le ciel seul peut en créer. Qui est-ce ? A partir de là commence l'amour, la chasse : il va chez le photographe, demande où la photo a été prise, dans quel pays, dans quelle ville, quelle rue, à quelle heure. Il lui faut retrouver cette femme. Il engage un détective, et les voilà au travail, le photographe, le détective et lui, dans l'ombre. Il met parfois deux ans à retrouver sa proie et quand on la lui amène, c'est toute une cérémonie. Il ne veut pas la voir, mais il ne peut pas ne pas la voir. Il a toujours été déçu. Sauf une fois, et son amour a duré très longtemps pour lui : trois jours. Toutes ses histoires finissent d'elles-mêmes. Il pense alors avec regret à ce qu'était cette femme sur cette photo, à ce qu'elle fut pour lui quand il la vit la première fois... Il a, malgré tout, réussi à voyager avec l'une d'elles. Il l'a aimée, s'est fait aimer. Mais on la lui a prise. Il a souffert mort et passion. Béague est un jaloux.

Moi aussi je suis jaloux. Plusieurs fois j'ai écrit à Sylvie. Je n'ai pas envoyé toutes les lettres mais quelques-unes. Aucune réponse. Je ne peux pas téléphoner de la maison : il y a toujours quelqu'un qui rôde. Une ou deux fois j'ai essayé, mais au moment où j'allais parler, Capucine est arrivée : quand on décroche le téléphone, on entend un déclic dans le couloir. Je ne peux pas m'empêcher de penser au conseil que Sylvie m'a donné : « Il faut me faire souffrir. » J'ai du mal à garder mes distances. J'aurais le temps d'aller à Fontenay, les cours n'ont pas encore recommencé. Je connais les horaires des trains, je suis allé à la gare, j'ai même pris mon billet. Sur le quai, je suis monté dans le wagon, les portes allaient se fermer, je suis descendu. J'étais désespéré et très fier d'avoir pu résister. Dans mes lettres, je lui dis que j'attends que ce soit elle qui décide, mais qu'elle m'écrive pour me dire ce qu'elle a décidé.

Pourquoi ne répond-elle pas ? Elle m'avait dit qu'elle m'écrirait. Ses parents ont repris leur travail, elle est seule toute la journée ; que fait-elle ? A Granville, elle m'a parlé de ses amies : elles sortent ensemble, elles vont à la piscine, au cinéma, organisent des surprises-parties. Elles se racontent tout. Leur a-t-elle parlé de moi ? Elles ont dû rencontrer des garçons qu'elles peuvent voir tous les jours.

Sans jamais prononcer le nom de Sylvie devant ma marraine, je lui demande comment elle fait pour ne pas souffrir. Pour oublier. Elle éclate d'un rire beaucoup plus grand qu'elle : « C'est toujours moi qui m'en vais ! Et je ne me retourne jamais ! » Heureuse, ma marraine. Mais elle aussi m'a fait de la peine. Le jour de son retour, j'ai voulu être le premier à lui envoyer des fleurs : des anémones blanches. Comme je ne les voyais pas chez elle, je suis allé questionner le fleuriste : « Comme Mme Guest reçoit beaucoup de fleurs, pour ne pas les avoir toutes en même temps — quand elle donne un dîner, il arrive parfois dix bouquets le lendemain —, elle a demandé qu'on lui ouvre un compte. On ne lui donne que les cartes, qu'elle sache un peu qui lui en a envoyé. Comme on lui doit toujours plus de fleurs qu'elle n'en a besoin, avec celles qui restent, on lui fait des couronnes pour ses enterrements. » Ainsi ma marraine enterre ses amis avec les fleurs des dîners. J'ai insisté pour qu'on monte mes anémones. Dix minutes plus tard, elles étaient de nouveau dans le magasin. « Elle n'en veut pas, me dit le coursier. Elle les trouve trop ouvertes, les cœurs trop noirs. Je vous avais prévenu : elle n'aime que les Baccarat. — Mais lui avez-vous dit qu'elles venaient de moi ? — Il y avait votre carte ! »

La rentrée est dans huit jours. J'ai de nouveau droit au sermon de ma mère : « Tu te dois de travailler. Nous sommes sur terre pour accomplir un devoir, une tâche, et peut-être une mission. Je ne veux pas être moralisatrice mais tout de même, ne sens-tu pas en toi une sorte de force qui te pousse vers le bien ? Je ne te demande pas d'apprendre bêtement, je te demande d'apprendre en ordre, je ne veux pas forcément que tu aies de bonnes notes mais qu'on sente que tu fais des efforts. Je voudrais qu'une fois par heure tu t'appliques dix minutes, que tu écoutes dix minutes, que tu travailles dix minutes, que tu réfléchisses dix minutes, que tu sois sérieux dix minutes, que tu te concentres dix minutes. Ce n'est pas beaucoup mais il le faut absolument. Après tu pourras faire mille choses mais ce n'est pas le moment. Cette année, tu redoubles, tu sais ce que ça veut dire redoubler : avoir vécu une année pour rien. C'est-à-dire aussi : avoir fait dépenser à ton père une fortune pour rien. Maintenant tu te dois d'avoir une autre attitude. Tu vis avec nous, tu te dois de vivre comme nous, te plier à nos règles. Depuis que tu es petit, je te répète les mêmes choses. Je te donne l'exemple, ton père te donne l'exemple, ta sœur te donne l'exemple et ne crois pas que pour elle, parce qu'elle est plus douée que toi, ce soit plus facile. Mais elle travaille. Elle est là, se met à son bureau, ne se laisse pas déranger par n'importe quel coup de sonnette, ne saisit pas n'importe quel prétexte pour lever la tête, pour venir mettre son grain de sel, pour dire des choses idiotes que tu crois intelligentes. Quelqu'un qui a toujours son avis sur tout n'a d'avis sur rien. Tu ne sais rien de la vie. Tu es mon fils, mon seul fils que j'aime et tu m'obliges à te dire que lorsque ton père te corrige, je lui demande de s'arrêter, mais moi aussi j'ai envie de te gifler. Tu vois, même maintenant j'en ai envie : la façon dont tu me regardes... Enfin Balthazar, j'ai promis à ton père que, cette année, tu rattraperas ces quinze années de zéro complet, de paresse totale, d'insolence, de défi et de bêtise. Tu n'as pas d'excuses, parce que tu es intelligent. Tu n'as pas d'excuses, parce que tu as les parents que tu as, c'est-à-dire compréhensifs, évolués, des parents qui t'aiment, à qui tu peux toujours parler, que tu peux trouver, à qui tu peux faire part de toutes tes difficultés. Tu n'as pas d'excuses et un jour tu viendras nous demander pardon. »

Parfois j'ai bien travaillé, je n'ai pas souvent rapporté des carnets extraordinaires, mais de temps en temps une très bonne note, des appréciations dont ils auraient pu être contents. Un jour j'ai été sixième en français, un autre douzième en mathématiques. Une année j'ai eu le tableau d'honneur. Et pas un mot des Klimpt. Pas un sourire. Une gifle, pour rien. Et des mots cruels, qui diminuent, des mots qui font mal. Mais elle a raison : je dois travailler. Pas pour eux, je ne leur dois rien. Ils prétendent qu'ils m'ont eu par amour. Ils m'ont eu pour eux. Comme un objet. Je suis un objet de plus ici. Un objet qui leur fait honte. Un objet qui les embarrasse, un objet qu'ils auraient voulu beau, lisse, plaisant, rare. Un objet dont ils auraient pu parler sans rougir. Un objet qu'on a envie de garder. Travailler pour moi ? Je ne me dois rien. Je ne me dois que de les oublier. Je vais travailler. Bien travailler. Pour m'oublier moi aussi. Travailler pour ne pas réfléchir.

J'avais demandé à ma mère de m'acheter du papier bleu marine pour recouvrir mes livres, et de larges étiquettes biseautées. Je lui avais demandé un cahier de textes et un emploi du temps. Elle est rentrée hier soir avec du papier vert pistache, des gommes, un crayon rouge et un compas. Elle a oublié les étiquettes, le bleu marine, l'emploi du temps. Tout, quoi ! Je recouvre tout de même mes livres avec ce qu'elle m'a donné. Capucine passe dans ma chambre et me voit découper, coller des couvertures, rapiécer mes livres de l'année dernière. Elle est très contente de ses achats. Elle a passé l'après-midi dans les magasins avec ma mère qui lui a même offert une pile électrique avec un gros verre bombé, épais : son troisième œil. Je suis triste qu'on fasse si peu attention à moi. Depuis dix jours j'attends des nouvelles de Sylvie. Elle n'a toujours pas appelé, pas écrit. C'est pour rester près du téléphone que je ne suis pas allé avec elles deux dans les magasins.

J'ai remis mes grosses chaussures qui, cette année, me font mal ; mon pull-over gris, dont le col en pointe, sur lequel j'ai tiré si souvent, avance un peu, il marche devant moi ; le même pantalon de velours marron si souvent lavé qu'il est presque beige. Les côtes se confondent. Il est trop court. Francette a défait l'ourlet pour le rallonger. Ça se voit. Le velours est usé à la pliure. Ma mère dit que ça ira très bien.

Cette année encore, je rentre à Janson par le « petit lycée ». Je ne connais plus personne. Boulieu et les autres passent par la rue de Longchamp — autant dire le bout du monde. Chaque année, il y avait dans la classe deux ou trois redoublants. Je suis le seul.

Devant toutes les classes, mon nom manque. Il ne figure sur aucune liste. Je vais au secrétariat. Ils me font un petit billet que je dois montrer aux professeurs pour qu'ils m'admettent en classe. Chacun me regarde de son estrade avec un air supérieur et entendu : ils savaient que je serais là. Ceux à qui je ne l'ai pas montré me l'ont demandé. Alors j'ai sorti mon petit billet.

Puisque j'ai décidé de travailler, je suis au premier rang. Sauf en mathématiques, le professeur ne supporte pas. Alors je reprends la même place que l'année dernière, près de la fenêtre, en me promettant de ne jamais regarder dehors.

Dans la cour des grands où je vais pour voir Boulieu, j'attends qu'il vienne vers moi mais il est entouré de garçons de sa classe, d'amis que je reconnais, qui me font un signe de loin. J'approcherais davantage, je les dérangerais. Parmi eux beaucoup de nouvelles têtes, d'inconnus qui l'accaparent. Il ne vient pas. Alors je retourne vers les miens. Qui ne sont pas du tout les miens. Ils me regardent par en dessous, se méfient, croient que parce que j'étais dans la même classe l'année précédente, j'ai de l'avance. Comment leur expliquer que j'étais là et pas là, que j'étais plutôt pas là ? Trop compliqué. Et ça ne les intéresse pas. J'affiche un sourire engageant. Il est forcé. Pour la première fois de ma vie j'essaie de faire ami et n'y arrive pas. Il n'y a pas de place pour moi : les cercles étaient déjà constitués l'année dernière, et même l'année d'avant et peut-être l'année d'avant encore. J'ai beau avoir été celui dont ils parlaient, qu'ils voyaient toujours à la porte, avoir été celui qui menait une bande, ils ont leurs histoires, les mêmes, depuis longtemps. Je suis étranger à leurs complots, à leur malice, à leurs vacances, à leurs habitudes, à leurs projets.

« Tu es toujours intéressé par les timbres ? » Charpentier ! J'aurais dû le reconnaître avec ses cheveux roux ! Un bavard, c'est bien ma veine ! Si j'ai réussi à faire en sorte de ne pas être assis sur le même banc que lui en histoire, je n'ai pas pu éviter qu'il s'installe, en français, de l'autre côté de l'allée sur la même rangée que moi. Et de là, tourné vers moi, il me parle sans arrêt, comme si nous étions côte à côte, comme si nous n'étions pas en classe. « C'était drôle chez toi ton anniversaire. Elle est drôlement belle ta mère. En revanche... ta sœur n'a pas l'air drôle. » Tout est drôle. Sauf lui. Je suis furieux qu'il parle de la maison devant les autres. Comment lui dire que je l'ai invité pour... pour brouiller les pistes ? Ne pas parler des Klimpt dans cette classe de minus. Oublier les Klimpt ! J'ai beau ne pas le regarder, il continue. « Drôle de bonhomme, ton père ! » Un bonhomme mon père ? un bonhomme ! Quel culot ! « Très gentil, très doux. » Je me tourne vers Charpentier et lui dis de se taire immédiatement : il m'empêche de travailler.

Lanquest nous demande de sortir nos cahiers de textes. Comme je suis au premier rang, il n'a qu'à se pencher du bureau pour s'apercevoir qu'encore une fois je n'ai pas mes affaires. Comme l'année dernière, comme l'année d'avant, comme depuis toujours. « Klimpt, vous aviez trois mois pour acheter ce qui vous manquait. » Je pourrais lui dire que ma mère a oublié, mais tout le monde éclaterait de rire. Je suis assez grand pour acheter un cahier. Sauf que je ne pouvais pas bouger de chez moi, m'éloigner du téléphone... Les Klimpt sont même surpris de me voir aussi présent et silencieux. Ma mère attribue ce succès à son grand et beau discours sur le devoir, les résolutions, l'échafaud ou la maison de correction qui m'attendent si je ne « rentre pas dans l'ordre ».

Lanquest, non content de me donner deux heures de colle, se croit obligé d'expliquer pourquoi j'ai raté une année, pourquoi je raterai vraisemblablement celle-ci. Je suis « le type même de celui qui échoue, de celui sur qui on fonde certains espoirs mais dont on s'aperçoit très vite que le regard vif est creux, que l'oreille attentive est absente ». Trois ans qu'il corrige mes devoirs, trois ans que je n'ai rien appris ; trois ans que je fais toujours les mêmes fautes ; trois ans que je passe d'une idée à l'autre ; trois ans que je ne sais ni accorder ni conjuguer. Il y a des « on » partout, des « moi je », des points de suspension et surtout, je ne traite jamais le sujet. Décidément cette année, je suis voué aux sermons ! Puis il enchaîne sur le devoir de composition française. Je voudrais éclater, sauter sur le bureau, le pousser dehors, par la fenêtre. Trois ans qu'il monte sur cette estrade avec cet air savant et suffisant d'un vieux lion qui connaît sa jungle ; trois ans qu'il ne fait même pas l'effort de nous trouver un nouveau sujet de début d'année ; trois ans qu'il fait les mêmes observations, les mêmes plaisanteries ; trois ans — et, peut-être, depuis toujours — qu'il a cette curiosité malsaine de savoir d'où nous venons, comment nous vivons, qui sont nos parents, de quel milieu. Trois ans que je le vois faire. Après, il choisit les élèves dont les familles sont susceptibles de l'intéresser soit parce que le père ou l'oncle collectionne les soldats de plomb, il fera avec eux des échanges, soit parce qu'il peut espérer un soutien utile et définitif pour cette Légion d'honneur qui le poserait en face de Dormeuil, notre professeur d'histoire, qui a les palmes académiques, ou parce qu'il trouvera enfin une famille où il pourra être précepteur après sa retraite. Grâce à nos dimanches, Lanquest a déjà trente pour cent de réduction dans une librairie du faubourg Saint-Germain, une carte de circulation du préfet de police qui lui permet de garer sa voiture n'importe où, une carte d'entrée gratuite au cinéma

Vendôme, au Bonaparte et au Studio Raspail, une semaine à Monaco à Pâques, une bicyclette dont il ne se sert pas et des pneus de rechange pour sa 403.

Je voulais vraiment travailler. J'avais ouvert mes vieux livres avec appétit — c'était la première fois que je les lisais. J'étais presque ravi de cet isolement dans lequel me tenait ma classe : je n'étais pas tenté par les chahuts, les fenêtres, les bavardages, les petits papiers qu'on glisse, le rire. J'étais là, je suivais. J'ai suivi jusqu'à : « ...et cette année vous allez me faire un petit devoir, quatre pages simplement : vous raconterez dimanche... » J'ai fermé mon livre, j'ai rangé mes affaires, je me suis levé et je suis sorti.

Je sens encore derrière moi cette vague de stupeur, ces visages qui se lèvent en même temps que celui de Lanquest. Ces regards inutiles, stupides, qui me voient partir et lui qui ne peut rien dire d'autre que « racontez dimanche ». Les mots dans sa bouche ralentissent, dimanche, dimanche... voudrait-il m'arrêter, qu'il ne le peut pas.

Dans le couloir désert, je brûle. Une fièvre. L'impression de ne pas avancer. Dans la rue, devant les arbres, je cherche une respiration profonde. Je vois les éclats de soleil à travers les feuilles, les grilles noires qu'il faut longer pour rentrer. Parce que je rentre. Comme si je n'avais que chez les Klimpt. Je rentre toujours. Par un détour, un crochet, accompagné ou seul, le but est toujours le même : mes deux lits l'un sur l'autre. Je m'invente des amitiés avec la borne rouge d'incendie, l'enseigne de la teinturerie, son odeur âcre et chaude, la tête de cheval dorée au-dessus de la boucherie. Je me suis réservé des surprises pour plus tard, des endroits que je pourrais explorer : des immeubles où je ne suis jamais entré, la parfumerie. Jour après jour, semaine après semaine, mois après mois, les mêmes pas, les mêmes regards, le même chemin, les mêmes gens aux mêmes heures, presque aux mêmes endroits, avec le même visage. Et chez moi, le même geste pour pousser la porte sur laquelle je m'appuie pour ouvrir, le même bruit qu'elle fait derrière moi, les mêmes grimaces, le même silence de Tony, le même sourire de Francette, les mêmes fausses joies de ma grand-mère, le même couloir pour aller à ma chambre, la même crainte. Le désordre change, mais c'est le même désordre. Je change de blagues mais ce sont les mêmes blagues. J'ouvre la fenêtre et c'est le même air. Je vais à table et c'est le même repas, la même dispute, la même menace, la même colère, la même punition, la même folie, la même tristesse, la même douleur. Et la nuit le même cauchemar : la petite roue qui ne peut rattraper la grande. Les mêmes cris dans la nuit. Et toujours les mêmes réponses, qui ne répondent pas à mes questions. Les mêmes limites. La même muraille.

Ce sentiment de ne pas vivre, d'être infidèle à moi-même parce que j'ai accepté tout ça, de ne pas savoir dans ma nervosité, mon angoisse, où j'en suis. Cette impression d'être englouti. Mon père se cramponne à des principes d'autrefois, à une rigueur qu'il défend avec force. S'il se laissait porter au-delà de ses bornes, lui apparaîtrait l'infini qu'il s'est interdit, qui donne tant de joie, de vertige, qui fait si peur. Réfugié derrière sa fatigue, il parle d'elle comme de l'exil auquel sont contraints ces hommes qui, incompris ou pourchassés dans leur pays, ont passé la frontière. Elle le grandit. Devant moi il perd la tête comme ces despotes usés et grisés par des années de pouvoir. Au lieu de prendre quelques résolutions qui apaiseraient son âme, il devient de plus en plus fou. J'aurais toutes les raisons de le haïr, de me moquer de ses ordres, de sa méchanceté risible et pitoyable, de le mépriser. Il est son pire ennemi. Il a l'impression que rien n'est à sa place, que personne n'est comme il faut, que tout le monde tourne en rond. Lui seul va tout droit. Mais il va vers le vide. Il n'a le goût de rien, si ce n'est le goût de lui-même. Il en prend chaque jour la mesure. Avec quoi ? Il n'a ni humour, ni battement de cœur. Malade de sa fatigue, il sent que le pouvoir n'est rien d'autre qu'une santé. Miné par l'inquiétude, les scrupules, les regrets, il voudrait le pouvoir. Exercer sa supériorité, se faire reconnaître, commander, plier de l'homme. Il ferait mourir de rire... pour l'instant il fait mourir d'autre chose. J'étais né pour gagner, pour être capable de tout, pour croire, malgré mes défaites, que je pourrais encore gagner. Une ombre, une fausse ombre, comme une nuit, entre dans mon cœur et laisse un trou noir où je poursuis des mirages. J'énumère mes torts, me rappelle mes promesses, et quand j'aime, je remonte à la surface pour réfléchir, établir des plans. Je construis, alors qu'à l'intérieur de moi tout est détruit. Je ne me dégagerai jamais de mes peines, de celles des autres qui raniment les miennes, qui en inventent d'autres.

Je voulais travailler, je voulais faire quelque chose. J'aurais voulu avoir un cahier neuf sur lequel j'aurais écrit mon nom, « cahier de français », l'année et rien d'autre. Pour une fois pas de dessins, pas de taches, pas de marques, pas de traces, pas de pages qui manquent, juste mon écriture nette, détachée, régulière, précise.

Mais j'ai dû reprendre un cahier à spirales de l'année dernière, dont j'ai arraché les pages qui avaient déjà servi. Et dans ce cahier plat j'ai mal écrit mon nom, j'ai déchiré une page, j'ai recommencé. Mon nom ne voulait pas venir. Enfin je l'ai bien écrit mais ensuite, au bout de quelques lignes, les lettres se sont chevauchées, les *f* se sont enflés, les barres des *t* se sont penchées, et j'ai oublié des mots. C'était très laid. Si j'avais eu les mêmes amis, j'aurais pu, pendant les récréations, rire, oublier. J'aurais pu attendre encore. Si j'avais pu leur parler. Parce que finalement, depuis qu'on se connaît, malgré des heures et des heures ensemble, nous ne nous sommes rien dit. Nous avons parlé football, voitures, cinéma, filles, professeurs, politique, vacances, religion, littérature... Nous n'avons jamais parlé de rien. Bouliu ne me voit plus, peut-être parce que je ne l'ai pas invité à mon anniversaire... Mais je ne pouvais pas dire à Bouliu qui sont les Klimpt, comment nous vivons, comment je vis, ou plutôt comment je ne vis pas. Je lui ai toujours fait croire que mes parents étaient extraordinaires, je lui ai raconté que mon père m'emmène sans arrêt chez des gens formidables, que j'ai visité toute la France avec lui, que ma mère me couvre de cadeaux — qu'elle fait aux enfants des autres —, qu'elle parle avec moi pendant des heures. En fait, j'ai répété ce qu'elle dit aux autres comme si elle me le disait à moi. J'ai dit que Capucine est très jolie. Jamais que Tony est muet. Jamais parlé de ma grand-mère. Bouliu. Je voulais lui parler de Sylvie, tout lui raconter : les nuits de Balthazar Klimpt. Et qu'il me raconte lui aussi...

Mais Boulieu ne m'a jamais parlé de ses angoisses, de ses craintes, de ses cauchemars — en a-t-il ? A-t-il de la tendresse pour quelqu'un, a-t-il quelqu'un à qui il peut tout dire, à qui il peut dire qu'il se sent seul, trahi, floué. J'ai perdu Boulieu, j'ai perdu mes amis, et je ne me souviens de rien qui puisse les rapprocher de moi. J'ai vu Brillaux mardi. Les mots ne se répondaient plus, ils n'avaient plus aucun sens. Nous ne nous sommes jamais parlé et nous n'avons plus rien à nous dire.

Je ne peux plus retourner en classe après ce nouveau coup : Lanquest va me renvoyer pour trois jours, avec un blâme. Je ne peux plus demander à ma mère de faire un mot d'excuses. Je ne peux plus lui mentir pour qu'elle le fasse. Je ne peux plus la voir revenir victorieuse. Je ne peux plus reprendre les mêmes rues, les mêmes livres. Je ne peux plus attendre la fin de l'heure, et puis une heure encore, immobile, creuse, et lourde, infinie. Je ne peux plus m'asseoir sur ces bancs durs, obliger mes jambes à rester côte à côte, pliées, serrées l'une contre l'autre. Je ne peux plus sentir l'odeur de linge pourri de l'éponge mouillée. Je ne peux plus entendre le bruit de la craie qui fait grincer les dents, le bruit de la règle contre les cartes épaisses du cours de géographie. Je ne peux plus entendre la sonnerie de la fin du cours, de la fin de la récréation. Je ne peux plus supporter les reproches de Klimpt, ses insinuations, ses questions, ses colères. Je ne peux plus voir son regard, son sourire. Je ne peux plus accepter ses coups, ses gifles. Je ne peux plus entendre ma mère parler toujours d'autre chose. Je ne peux plus supporter ses fausses angoisses, ses faux enthousiasmes, ses fausses vérités, ses fausses gloires. Et je ne peux plus attendre un coup de fil de Sylvie, que je ne reverrai jamais...

Francette est allée se coucher, Tony doit être parti chez lui, Capucine a fermé sa porte pour être tranquille avec ses plans, ses calculs, ses rats. Les Klimpt sont dans leur chambre. Dans la salle de bains de ma mère, je prends un flacon de somnifères. Elle dort très bien, elle : le flacon est plein. En rouge : ne pas dépasser la dose prescrite. Je bois le flacon au goulot. Un verre d'eau, un autre. J'entre dans la chambre de mes parents, je les embrasse tous les deux. Ils me posent une question que je n'entends pas, mais pour une fois ils ont l'air satisfaits de ma réponse. Trop tard... Je retourne dans mon lit. Quelle joie tout à coup, cette obscurité, ce demi-silence ! Tiens, c'est facile de mourir. Il n'y a pas de sonnerie avant la mort.

Les Klimpt ont décidé que je devais vivre — et de revernir tous les meubles. Une odeur de résine se mêle au parfum de ma mère penchée au-dessus de moi. Je m'enfonce à nouveau dans le sommeil. Je ne peux pas y résister. On ouvre ma bouche pour y glisser une grosse cuiller pleine de café. On me dit de boire. J'avale machinalement. Aussitôt, on m'en donne une autre que je refuse, les dents serrées. Une voix de femme me demande d'être gentil. Ma mère lui dit merci de l'aider. Ils parlent à voix basse, j'entends que le café suffira, que je ne suis plus en danger. Ma mère dit merci... merci... et me prend la main. Nous nous tenons la main. Je voudrais que la dame s'en aille. « Bois encore un peu de café. — Avec du sucre, dit la dame. — Du sucre », demande ma mère. Une ombre près de la porte fait le relais et répète : « Du sucre. » « Du sucre », dit-on dans l'autre pièce. On a approché du lit une table, des serviettes. Autour on a enlevé des meubles. Ils ont fait de la place. « Inquiétude » est un mot que j'attrape parmi d'autres, que j'oublie. Maintenant c'est une tasse de café entière, mais ma main est trop lourde pour la prendre. La dame s'en va. On la remercie. Elle les a sauvés. Ma mère dit qu'elle a toujours de la chance : elle aurait appelé un vrai docteur, il m'aurait envoyé à l'hôpital. Je me rendors.

Une paire de chaussures neuves et un cahier de textes sont posés sur le lit. C'est la nuit. Je les entends dîner. Pour une fois, la conversation semble légère, facile. Où suis-je ? Tout à l'heure j'apercevais la chambre, le lit, par fragments. Je suis dans la chambre des Klimpt. Je n'avais pas remarqué ce tableau où des petits marquis se penchent au-dessus d'un chien qui dort. Je suis content de sauter le dîner. J'ai soif. L'odeur de vernis m'écœure. On me parlait, ils disaient... je ne sais plus ce qu'ils disaient. Ma mère vient me voir, m'embrasse, me demande si je veux dormir ici, avec elle ou avec mon père. Elle ira dormir dans ma chambre. Et si je veux, ils iront tous les deux dormir dans ma chambre. Mon père me regarde de loin. Je demande à boire, que Francette m'apporte à boire. Ils s'en vont. L'un et l'autre.

Francette retape les oreillers, m'aide à m'asseoir. Elle a les yeux tout rouges, des sanglots dans la voix. « Mon petit, mon petit ». Elle s'assoit sur mon lit, éclate de rire et pleure de nouveau. Elle a vieilli, Francette. Je lui demande si plus tard, quand elle sera chez elle, je pourrai aller la voir, passer quelques jours, si elle m'invitera... « Oui, bien sûr, mais je ne suis pas partie. » Elle me fait promettre de ne pas recommencer. Elle me dit que c'est grâce à ma mère si je suis encore là : en pleine nuit, elle s'est levée, est allée à la salle de bains, a vu son flacon vide sur l'étagère et s'est précipitée dans ma chambre. Elle a voulu me réveiller, je me suis levé et me suis écroulé sur la table où je me suis heurté la tête. Le sang a jailli mais je n'ai pas dit un mot. Elle m'a essuyé le front et a tout de suite appelé cette dame qui a parlé aux Klimpt : c'était forcément un peu de leur faute. « Mais on ne reparlera jamais de ces choses-là, me dit Francette, c'est promis ? » Je le lui promets. « Mais mon père n'a rien dit ? » Elle hausse les épaules et me montre les chaussures neuves que ma mère est allée acheter.

Les Klimpt ont eu peur. Pour ne pas donner d'importance à mon geste, ils n'en parlent pas. Ce qui les dérange, ce qu'ils refusent, n'existe pas. Personne n'a fait attention à ma mort, comme personne ne fait attention à ma vie. Je sais par Francette que ma mère est allée voir Lanquest chez lui. Elle lui a parlé sérieusement, lui a répété tout ce que la femme qui est venue leur a dit : c'est forcément un peu de sa faute. Pour l'instant, il faut me laisser tranquille, ne pas exiger de devoir, me laisser le temps de reprendre pied. Elle a aussi demandé à Lanquest de parler aux autres professeurs et l'a prévenu : maintenant, s'il m'arrive quelque chose, ils seront responsables. Ce qui étonne le plus, c'est que je n'ai pas pensé à laisser de lettre. Je ne leur ai pas dit pourquoi. J'avais pensé un instant à écrire « les mêmes » sur une feuille de papier.

Mourir une fois est une petite délivrance. Je suis bien chez moi : je n'y ai plus aucune attache. Je ne suis plus obligé de me lever, de respecter les horaires. J'ai gagné ma liberté. Sans le faire exprès. Je ne pensais pas que ma mort m'amènerait à ça. Je ne mourais d'ailleurs pas à cause d'eux, ni à cause de Sylvie. Je ne sais pas de quoi je mourais. Ils savent, eux, peut-être ? Ils savent tout. En tout cas je mourais vraiment. Cette douceur autour de moi, cette impression exquise de légèreté le dernier soir au dernier moment. Ne pas la lâcher.

Une semaine de convalescence, j'ai tout mon temps. Je me lève un peu tard. Ma mère prend soin de fermer les portes pour que je n'entende ni le téléphone ni les clients. Et tandis qu'elle parle des heures durant, je pense à organiser mes journées. Pendant tout un jour, je ne fais que ça.

Je décide de vendre enfin notre bric-à-brac, de débarrasser la maison de ses pendules, de ses consoles, de ses lustres, de ses paravents. J'irai voir les plus grands antiquaires, les spécialistes des tapis, des porcelaines, de la peinture ancienne, je les réunirai et les mettrai en concurrence. Vendre très cher. Ensuite, régler les clients de mon père. J'éclate de rire, tout seul dans ma chambre en imaginant qu'à la fin d'un repas je lui remettrai solennellement un paquet de billets de banque rangés dans une boîte en fer, ainsi qu'un livre de comptes. Malgré le profit, et la solution trouvée à tous nos problèmes, je vois ses dents serrées, sa tête rouge, sa rage, son humiliation, sa honte, qu'il balaiera d'une gifle brutale, sèche. Je ris de moi-même, d'avoir pu croire un instant que ça lui ferait plaisir.

Je décide d'aller jusqu'aux écuries de la rue de Montevideo autour desquelles j'ai tant traîné, de me faufiler dans le groupe des cavaliers que j'ai vus tant de fois devant le lycée, de galoper dans le Bois, de venir à cheval jusqu'à la maison. Le caresser, passer ma main sur l'encolure luisante et chaude, le brosser, le bouchonner, et le garder une nuit dans la cour.

Puis aller un après-midi à la Comédie-Française voir Molière, Dorine, Maître Jacques, Tartuffe... Faire signer mon programme dans les loges, embrasser Thérèse Marney et Gisèle Casadesus... Ou encore aller voir tourner un film aux Studios de Billancourt, me mêler aux figurants, jouer, improviser... Aller au cirque après avoir déjeuné dans un restaurant, seul, un seau à champagne et un grand bouquet de roses posés sur la table... Aller au cinéma le soir, rentrer à minuit... Faire du patin à roulettes... Aller voir Sylvie, me promener avec elle, l'emmener à la piscine, l'embrasser. Recommencer.

Le matin, Tony ne livre pas. Au fond du couloir, équipé d'un long tablier bleu foncé, il opère. Pour le rejoindre, je me glisse sous les tables qui attendent pour être revernies. Je l'aide à passer le papier de verre, je tiens le gobelet pendant qu'il verse l'essence de térébenthine. Il me tend un coton et je fais comme lui, plus lentement. Je m'applique. Tony me fait confiance, il ne me surveille pas. Quand j'ai fini un plateau, un pied de table, il hoche la tête et m'aide à le déplacer pour que je continue. Tony sait tout faire : il enlève les sabots des tables, répare les roulettes, restaure les pas de vis avec de la cire. Je le vois tisser, avec de la paille, un dossier, le couvercle d'un panier, redorer la boiserie d'un miroir. Parfois je m'arrête pour le regarder qui coupe dans du bois un nouveau pied pour une chaise cassée. Il me passe des gants de caoutchouc, me met dans la main une brosse sur laquelle il répand de l'esprit de sel dilué qui fume, et je fais apparaître un bois propre, doux ; sous ma brosse, sous mon coton, sous mon tampon, les veines, les nœuds, les méandres du bois ; les couleurs : le doré, le rouge foncé, le noir... Ensemble nous enlevons nos gants. Il prend un niveau à eau et, dans la semi-obscurité, il vérifie l'aplomb d'un fauteuil de bureau sur lequel un pupitre est posé. J'entends son souffle lent, profond, puissant, régulier, qui me rassure. Le matin, Tony respire fort. C'est tout son être qui forge une serrure, scie un barreau, vernit une tige. Tony n'est pas laid quand il travaille. On ne voit pas qu'il est petit. Ses gestes précis sont ceux d'un joueur de flûte, d'un mime, d'un illusionniste. Il a une grâce de danseur quand il fait tourner un objet pour le voir dans une certaine lumière, sous un certain angle, et ses énormes mains paraissent tout à coup aussi belles que celles, si fines, de Mme Gilmour-Wood. Avec l'angle vif de bouts de miroirs qu'il casse comme des biscuits, sans se blesser, après avoir tracé au diamant la ligne de rupture, il caresse le bois, le délivre, l'allège, l'éclaire. Le temps n'est plus le même. Les heures n'existent plus. Nous ne sommes plus avenue Victor-Hugo, je ne suis plus chez les Klimpt. Hier, j'ai même oublié l'heure du déjeuner. Capucine est venue me chercher. Elle sait toujours où je suis.

Mais l'après-midi Tony disparaît avec un sandwich

et le camion. Capucine est en classe, ma mère s'occupe des autres, la maison est vide. J'essaie de travailler seul, d'ouvrir mes livres : ça ne sert à rien, j'ai un an d'avance. Je retourne au fond du couloir. Sans Tony, je reste bête. Les meubles ont l'air morts. Sa boîte à outils que j'avais regardée comme un trésor, son rabot comme un insecte, sa scie comme un arc, son tournevis comme une flèche, n'ont plus aucun but. Je me regarde dans les petits morceaux de glace : je ne peux pas me voir en entier. Pourquoi dans tout y a-t-il toujours un angle, un écart, un manque, beaucoup de manques ? On ne perçoit jamais qu'un fragment, un éclat. Plus j'y songe, plus j'ai envie de découvrir tout ce que je ne sais pas. Pour quoi faire ? Pour rien, pour savoir, pour comprendre.

Mon père décide de m'emmener avec lui, près de Versailles pour voir une maison dont le propriétaire vient de mourir : il ne veut plus me laisser seul, livré à ce qu'il appelle ma paresse. Il faut partir tout de suite. Je n'ai pas le temps de refuser.

Pour une fois, il est calme au volant, ses rides pour gronder, frapper, compter, récapituler ont disparu. On roule doucement, vitres ouvertes. Un vent léger nous caresse le visage. La Seine scintille. On aperçoit, au fond des jardins, des fleurs aux couleurs éclatantes. Devant un bateau à roue accosté le long de la berge, il me dit : « On dînera là au retour. »

C'est drôle d'arriver comme un habitué quelque part où on n'est jamais allé : Klimpt me demande d'ouvrir la grille, de la refermer et je cours le rejoindre devant un perron en pierres blanches. Nous entrons sans frapper dans un corridor dallé. Dans un salon à main gauche : housse générale. Et personne. Il appelle. Le notaire, un homme d'une cinquantaine d'années, arrive en courant et lui tend une main vague sans le regarder. Mon père essaie d'arrêter le notaire qui file à travers les pièces où de vieux volets laissent percer un jour pauvre. L'homme se pousse sur la pointe des pieds pour lancer des prix qui dépassent de plus de dix fois la valeur des objets. Impossible de le raisonner : il clame d'une voix aigrelette des chiffres qui nous font lever les yeux au ciel. Je joue le jeu de mon père : à côté de lui, j'ai les mêmes gestes, sauf que je ne dis rien. Dès qu'il se tourne vers moi j'arrête de le singer. Il m'adresse un sourire qui soudain me fait de la peine. Il faut qu'il gagne, sinon il regrettera de m'avoir emmené. Mais le notaire, déjà ailleurs, nous demande de faire vite. Il passe en revue une série de meubles devant lesquels il crie des chiffres énormes dont on ne sait pas à quoi ils correspondent. Mon père tente de le faire revenir en arrière, soulève une housse, ouvre un tiroir, pose son doigt sur une marqueterie, demande qu'il lui confirme un prix, une époque... Le notaire est trop loin. Il nous appelle et revient nous chercher : « Je vous ai déjà dit que ce n'était pas la peine de regarder les meubles un par un. Dans cette maison, chaque pièce a son style, correspond à un siècle, un pays, un voyage. On ne sépare pas les lots. C'est une clause testamentaire, il n'y a pas à revenir là-dessus ! » Mon père commence à expliquer que c'est idiot, parce que lui va vendre séparément, qu'on ne peut pas obliger les gens à conserver dans le même état, la même disposition... Le notaire l'interrompt :

« Ça m'est égal ce que vous ferez chez vous. Moi je vous dis ce que je fais ici. Allez, dépêchez-vous. Si vous n'en voulez pas, au revoir, monsieur ! »

Nous rentrons. Il fait presque nuit. Mon père a allumé les phares. Nous ne disons pas un mot. Les nuages défilent devant la lune opalescente, au-dessus de nous les feuillages s'agitent, bruissent, se déchirent comme de la dentelle, s'entrouvrent et, par endroits, on voit le ciel. Il me semble plus haut que d'habitude, noir et blanc comme certains marbres. J'ai froid mais ne le dis pas. Mon père n'a pas envie de parler. En voiture, quand il ne parle pas, il allume la radio. Là, pas de radio, pas question de s'étourdir. Il va très vite. Je retiens mon souffle. Il double à une telle allure que le moindre écart serait le dernier. Je ne bouge pas, je ne pense à rien, j'attends, la gorge sèche, les pieds crispés dans mes chaussures, prêt à freiner. Plus il y a de monde sur la route, plus ça l'excite. A cause de la visite ratée, pas de dîner sur le bateau comme promis. Je compte les lampadaires. Devant le tableau de bord illuminé, je suis le voyageur d'un navire parti pour un autre monde. Dans cette capsule, avec ses lumières rouges, ses aiguilles, son voyant qui clignote, j'irais bien à la découverte de l'inconnu. A mesure que nous avançons, les façades s'écartent comme si nous les repoussions. Au bout de la route, des champs de ville.

Avenue Victor-Hugo, au moment d'arrêter le moteur, mon père, après une longue inspiration, soupire : « Aimerais-tu apprendre à conduire ? »

Nous nous mettons à table un peu tard. Les Klimpt

se taisent alors qu'ils ne se taisent jamais. Je vois dans le regard un peu bas de ma mère, dans ses gestes ralentis, une certaine amertume : mon père et moi nous sommes entendus sans elle. Capucine pour une fois ne cherche pas à mettre le feu aux poudres.

Ils se couchent de bonne heure. Je me promène dans l'appartement, enjambe la fenêtre de ma chambre et sans prendre la précaution de repousser les volets je sors. Je me glisse dans la nuit. Il fait clair. Quelques passants un peu élégants promènent de grands chiens. Alors que j'ai fait ce chemin cent mille fois, jamais je n'ai été si heureux dans cette avenue qui ne mène à rien. Je marche jusqu'à l'Etoile, hésite devant les lumières des Champs-Elysées avec leurs arbres grands ouverts mais préfère la nuit plus épaisse. Je descends la colline, je vais vers la Seine, peu importe la rue, je rejoindrai ces deux femmes en pierre qui se donnent la main dans le petit square près de l'Alma et je rentrerai à la maison quand j'en aurai envie.

Un mois que je n'ai pas vu Sylvie. Un mois que nous nous sommes quittés à l'hôtel de Granville. Un mois que j'ai laissé passer exprès.

Pourquoi suis-je venu la voir après si longtemps ? Aujourd'hui je n'ai pas pu résister. Je suis venu alors qu'elle ne m'attend pas. Au lieu de me mettre en face du portillon noir, à la sortie de son lycée, je me cache derrière un platane pour lui faire une surprise mais un garçon brun, un peu plus âgé que moi, lui prend la main dès qu'elle sort et rit avec elle. Son rire me fait mal : elle rit avec lui comme elle n'a jamais ri avec moi. Je marche derrière eux, les suis d'assez près. Je pourrais la prendre par l'épaule, lui dire qu'enfin je suis là. Il est beaucoup plus grand que moi — il a au moins dix-sept ans —, il porte une veste à chevrons, un pantalon gris, des mocassins américains. J'entends leurs plaisanteries. Pas fameuses. Ils s'arrêtent devant un kiosque à journaux. Pour qu'ils ne me voient pas, j'entre dans une boulangerie alsacienne, où ils entrent à leur tour. Je suis perdu. Mais au lieu d'aller vers les croissants et les pains aux raisins dans leur cage de verre, ils vont droit à la caisse pour demander s'ils peuvent téléphoner. Tandis que je sors, j'entends la boulangère dire « non », et la voix de Sylvie : « Alors tant pis pour mes parents, je vais chez toi. » C'est fini : je ne la verrai plus, plus jamais, d'ailleurs ça n'a pas d'importance.

J'attends qu'ils sortent à leur tour de cette boulangerie où j'ai bien envie d'entrer la gifler. Je suis caché derrière une Panhard bleu pâle dans laquelle dort un bébé. Je hais ce bébé. Et la mère du bébé qui dans mon imagination ressemble à Sylvie. Je suis ce bébé abandonné. J'ai tort de rester. Mais qui aller trouver ? Où pleurer ? D'ailleurs, je n'ai pas envie de pleurer. On ne pleure pas pour des choses comme ça parce que dans ce cas, une traîtrise pareille, une traîtrise consommée, évidente, il faut la pleurer seul, et pleurer seul, chez moi, ça entraîne des pensées si tristes... Tout à coup Sylvie se retourne : « Tu vas nous suivre longtemps ? » J'éclate de rire. Elle me dit alors des choses très méchantes, des choses que j'aurais dû entendre, pour m'en souvenir... La seule dont je me souvienne, c'est ce que je me dis, comme chaque fois qu'une catastrophe arrive : disparaître, il faut disparaître.

Maintenant, au lycée, je n'ai rien à raconter à Boulieu. Je voulais lui dire que j'étais aimé, comment Sylvie est venue vers moi, que c'est elle qui a fait les premiers pas. Inventer que nous avons fait l'amour devant la mer — pas dans sa chambre, c'est plus poétique devant la mer — avec des vagues qui passaient, qui glissaient, qui plaquaient le sable sous nos deux corps enlacés. Je voulais lui dire que l'un contre l'autre nous avons tourné dans l'eau, que l'un contre l'autre nous avons failli nous noyer tellement on s'aimait. Que le matin, très tôt, elle venait me chercher pour marcher dans la campagne, que l'après-midi on allait en ville, au cinéma, partout. On s'embrassait. Le soir, toute la nuit on la passait sur la plage. Et que, depuis que je suis rentré, je la vois tous les jours, que je l'aime et qu'elle m'aime plus encore. J'y croyais à mes mensonges. Je n'aurais jamais dû aller la voir. Maintenant je ne crois même plus à la petite réalité que j'avais. Pourtant elle est vraiment venue me chercher sur la plage, je l'ai vraiment prise dans mes bras, je lui ai vraiment dit « je t'aime », « je ne veux pas te quitter », et elle... On s'est si peu vus. Je ne sais plus.

Je m'étais toujours dit que lorsque je rencontrerais une fille, elle m'aimerait, je l'aimerais, et que je n'aurais jamais à souffrir, que je serais alors le plus fort, que je ne serais jamais humilié.

J'ai toujours voulu que quelqu'un m'aime, être plus qu'un enfant dont on caresse la tête en passant, plus qu'un fils de remplacement, plus qu'un filleul débrouillard. Etre irremplaçable. Je voulais appartenir. Appartenir c'est s'abandonner. Je n'ai pas su y croire, j'ai pris au sérieux ses recommandations, ses yeux, j'ai oublié mes désirs. J'ai oublié que je voulais la voir, que j'existais pour elle, que nous avions une complicité, un avenir, des souvenirs. Je n'appartiens pas à Sylvie, je ne me suis pas abandonné. Il me manquait avec elle cette part de rêve que je trouve avec ma marraine, avec Mme Gilmour-Wood, et même avec M. de Béague. Sylvie n'a trouvé en moi que moi-même. Je ne suis ni ce qu'elle a raté ni ce qu'elle poursuit, je suis ce qu'elle a trouvé. Elle m'a dit qu'elle m'aimait au mauvais moment : je ne pensais pas à elle quand elle est venue me chercher. Je ne pensais pas à l'amour. Ou bien à un amour abstrait. Comme lorsqu'on pense à Dieu. Une sorte de secours inutile. Mais je me suis trouvé nez à nez avec elle, ses deux grands yeux me fixant comme si je l'attendais, plantée devant moi, toute droite, comme un reproche, comme si déjà je devais m'expliquer. C'est malin de dire maintenant qu'il aurait fallu qu'elle soit plus douce, moins présente, qu'elle me prévienne. Elle est arrivée comme elle a pu avec son autorité, sa détermination, son manque de fantaisie, d'histoire.

Ma marraine avait préparé le terrain pour que je l'aime : elle m'avait donné envie de la connaître par sa légende et les courtes apparitions qu'elle faisait à la maison d'année en année. Une fois, elle m'avait emmené dans un restaurant chinois. J'étais si petit. Je ne me souviens que des dragons en bois doré qui flottaient sur des murs rouge foncé, de la toque noire posée comme un dé sur sa tête sans visage. De sa voix non plus je n'ai aucun souvenir, seulement un froissement de papier.

Mme Gilmour-Wood m'a longtemps vu passer devant sa vitrine sans jamais ciller. A force d'être là, à force d'attendre, à force de n'avoir personne d'autre dans la tête que son fils mort, elle a fini par me faire entrer. Au début elle ne m'a pas parlé de choses sérieuses, je ne sentais qu'une vague désapprobation à l'égard de ma mère, un sentiment distant vis-à-vis de mon père et plutôt hostile pour Capucine et Tony. Peu à peu elle a existé pour moi. Je me suis attaché à sa silhouette, puis le profil s'est inscrit, et cette grimace qu'elle fait souvent parce qu'on ne s'exprime pas d'une façon très juste. Elle est d'un autre temps, ce qu'elle a à dire elle le dit sans détours, sans manières. Le seul joli mot que Capucine prononcera jamais fut pour elle : « Mme Gilmour-Wood c'est ton prophète. » Il est vrai qu'avant de devenir l'arbitre de mon cœur, elle était le point de repère de ma détresse, bien que je ne lui aie jamais dit, à elle non plus, l'exacte vérité sur la méchanceté, le mépris et les coups de mon père. Sans qu'elle aille jusqu'à deviner son degré de cruauté, de folie, son aveuglement, elle sait qu'il n'est pas d'ici, que ses valeurs, ses critères, sa morale sont étrangers.

Ma marraine et Mme Gilmour-Wood ont un point en commun : la place du baiser qu'elles posent sur ma joue.

Bien que Sylvie m'ait vu trembler pour ne pas rater l'heure du dîner, bien qu'elle ait vu sur mon corps les traces de la ceinture de mon père, elle croit que pour moi la vie est facile. Par des moyens détournés, j'avais une ou deux fois essayé de lui parler de ma peur, de mon angoisse le soir, quand les volets de l'appartement se referment, quand l'heure du dîner approche et que ce n'est pas seulement l'appétit qui finit par manquer mais la force de croire que tout ça n'est rien, que tout ça passera.

Sylvie comptait pour moi, mais passé les premiers moments de joie plus que de tendresse, de plaisir plus que de bonheur, de fierté plus que d'accomplissement, je me suis souvenu de ce lieu commun qui m'avait tant déplu dans la bouche de Béague, parlant d'une femme qu'il avait abandonnée : « Elle ou une autre, ce sont toutes les mêmes. »

« Toi, dès que tu as de nouveaux amis, tu oublies les anciens ! » Boulieu me saute dessus, les deux mains posées sur les épaules, et me renverse à moitié. Il répète qu'il sait, qu'il ne me dira pas ce qu'il sait, mais il sait. Or il ne sait rien. Moi, un lâcheur ? Erreur sur la personne ! « Où étais-tu ? Je te cherche depuis un mois. Pourquoi fais-tu le mystérieux ? Attends-moi à la sortie du lycée, je finis à quatre heures et demie aujourd'hui. »

Pour ne pas revenir sur les vacances, pour ne pas lui parler de Sylvie, de sa trahison, et surtout de mon suicide — Capucine, alors que je ne veux plus y penser, m'a glissé, hier soir avant de passer à table : « Moi, ça ne m'a pas étonnée ce que tu as fait... Ce que je ne comprends pas, c'est que tu ne l'aies pas fait plus tôt. Manque de courage ? » —, j'ai emmené Boulieu chez ma marraine. Elle ne s'attendait pas à me voir arriver avec quelqu'un. Elle regarde Boulieu des pieds à la tête, comme un de ces objets qu'elle m'emmène choisir avec elle rue du Faubourg-Saint-Honoré. C'est tout juste si elle ne lui demande pas de tourner sur place comme un mannequin. Je dis à ma petite marraine que ça suffit comme ça ces airs de commandeur, cette petite bouche serrée. Si elle ne veut pas nous voir, on peut s'en aller. Elle tend aussitôt la main vers le téléphone et nous demande si on veut boire du thé, du whisky ou quelque chose d'autre. Je vais l'embrasser en disant à Boulieu que, peut-être, un jour, je me mettrai en ménage avec elle. Une seconde, elle se raidit dans sa petite robe noire et me dit d'être sérieux, mais elle rosit en même temps, ses yeux brillent, elle vérifie de la main sa coupe de cheveux et me demande ce que je pense de sa nouvelle coiffure. Boulieu ne s'est pas assis, il est resté près de la porte : « J'espère que vous n'êtes pas intimidé... Venez, approchez !... Balthazar, il est très beau ton ami ! »

Ma marraine, son autorité, son humour, ses relations, ses maris... Boulieu n'en revient pas. Il la regarde jouer avec ses bracelets, ouvrir des armoires remplies de robes. Toutes ces fleurs autour d'elle...

« C'est vraiment ta marraine ? Pourquoi ne m'en as-tu jamais parlé ? C'est une femme extraordinaire ! Tu la vois souvent ? Tu me ramèneras ? » Je suis content d'avoir épaté Boulieu. J'ai peut-être redoublé, on lui a peut-être raconté l'anniversaire, les Klimpt, mais j'ai pour moi une femme fantastique qui, en plus, est ma marraine et qui m'aime.

Boulieu en a parlé à toute sa classe — mon ancienne classe — et d'un coup c'est comme si j'avais gagné à la Loterie nationale. La vie au lycée est devenue délicieuse : dans ma classe, les professeurs me laissent tranquille à cause de « ma mort » et dans la classe de Boulieu, ils me prêtent tous une vie lancée, mondaine, que je n'ai pas.

Pendant mon absence, un premier prix professionnel a pris la place que j'ai laissée libre au premier rang. Sans regret je retourne au fond où je m'installe à côté d'un nouveau qui ne connaît rien de Janson : il est arrivé à Paris il y a huit jours. Je décide qu'il sera mon ami. Je lui pose mille questions. Il ne sait pas pour combien de temps il sera à Paris. Peut-être deux ans, peut-être plus, peut-être moins : son père, ambassadeur plénipotentiaire, ne reste jamais longtemps dans un pays. On l'envoie un jour là, un jour ailleurs, un jour à Paris, un jour à Londres, un jour à Moscou et lui, on le met dans les lycées qu'on trouve au passage. Il rit. Il ne rit pas comme moi, pour se défendre : il sourit plutôt parce qu'il comprend que j'ai fait de lui un personnage. Malevski possède un Waterman à quatre couleurs en argent — mon rêve. Je lui donne mon Parker 51. Ensemble, nous sortons du lycée. Lui va à gauche, moi à droite. Je ne me retourne pas, mais je suis heureux d'avoir un nouvel ami.

Je me sers des discours de Béague pour expliquer à Malevski le Trocadéro et ce qu'il y avait avant ; pourquoi ce fut construit ; je lui raconte le Palais Rose, le mariage d'Edith Piaf, lui montre l'appartement de la Callas, celui du roi Alphonse XIII... J'étale ma science. Grâce à ma marraine, je connais les meilleures spécialités des meilleures pâtisseries, les parfums de chaque glacier, et par ma propre expérience, les meilleurs libraires. Je l'emmène au marché aux timbres de l'avenue Gabriel. Je lui apprends Paris, il m'apprend le monde : les larges avenues de Moscou, les gratte-ciel de New York, la Petite Sirène de Copenhague, les rues sans nom de Tokyo.

Philippe Malevski ne m'a pas demandé de l'aider pour améliorer son français, il a juste dit : « Il faudrait que quelqu'un m'explique. » Il m'invite à goûter. On m'attend à la maison ? Ce n'est plus une raison pour que je rentre. L'idée ne m'effleure pas. A la sortie, Malevski se dirige vers une longue voiture noire stationnée de l'autre côté de l'allée cavalière. Un chauffeur ouvre la portière. Il s'appelle Jado et ne porte pas de casquette. Quand la voiture s'en va vers le Trocadéro, le nom de Jado, le tapis épais comme de l'herbe jamais coupée, la radio, l'acajou, l'odeur du cuir, les vitres fumées : on part pour Bagdad ; Malevski habite cours Albert-Ier.

Cette impression la première fois que je suis entré dans ce hall gigantesque tendu de marbre... Un marbre si clair, d'apparence si légère, si fuyante, une couleur si peu précise entre le blanc et le transparent, une vapeur plus qu'une couleur, qu'on ne peut dire que tendu de marbre. Je pénétrai dans une partie du ciel que les Malevski avaient le droit d'occuper. L'odeur des lys, quand elle se mélange à celle du jasmin, l'odeur de la cire sont trop fortes pour être comparées à ce bonheur doux, forcément fugitif. Sauf les jours de grande réception on ne fait que passer par ce hall. Parfois, les fins d'après-midi, au moment de quitter Philippe, je m'y attarde pour goûter un peu de temps encore cette fraîcheur et ce gris-blanc d'une saveur inoubliable. Les bons jours, tantôt je me dis que je suis au Panthéon, tantôt à l'intérieur d'une dragée. Les autres... les jours de l'habitude, les jours du quotidien, c'est un hall comme un autre, plus grand qu'un autre, c'est tout. Les bons jours, je compte les colonnes, je les caresse du plat de la main, avec la joue, tout en parlant à Philippe, je les prends à bras-le-corps pour les soulever. Je pourrais soulever le monde.

Quand j'entre chez les Malevski je suis M. de Béague lorsqu'il arrive dans le palais de Venise où il se cache tous les étés depuis vingt ans. « Devant la gare, le bateau de la comtesse Mateldi m'attend toutes armes dehors. C'est un mécanicien de feu le comte qui l'a dessiné spécialement pour elle. Si vous voyiez la ligne de ce bateau... son nez, son museau, ses flancs, sa grâce ! Et sur le pont, les écoutilles : des coquillages en argent ! »

Béague me parle si bien de sa vie à Venise que je me vois souvent là-bas avec lui, je le suis pas à pas : « La porte qui donne sur le Grand Canal ressemble à une entrée d'église : les petits vitraux bleutés cerclés de fer, bien que transparents, ne laissent apparaître que des formes floues, vacillantes. Le contraste entre l'obscurité du hall et la lumière trop forte, sur l'eau, vous aveugle. Le balancement des flots, le bourdonnement des vagues qui battent contre la façade, l'odeur de Venise, tout ce tohu-bohu vous soûle. Dans le vaste hall dallé de pierre noire, blanche et rose, deux rangées de colonnes soutiennent un plafond très haut. Et soudain on est saisi par le spectacle d'un monstre noir de onze mètres de long qui, seul, à moitié allongé, à moitié dressé, vous nargue dans le faux jour. Il n'y en a pas une autre comme elle, il n'y a pas à Venise une autre gondole qui possède encore son *felze*, cette cabine noire dont on la coiffe les jours de pluie ou de neige, ce qui lui donne tantôt un air de duègne fatiguée qui se rend à une cérémonie funèbre, tantôt une allure de vaisseau fantôme.

« Par le milieu du hall, on prend la hampe de fer

gris, luisant, aiguisé de la gondole en pleine figure. Sur les côtés, des hippocampes dorés tiennent de gros pompons noirs. Quelque part derrière, des amphores trouvées dans la lagune et plus loin, à travers un rideau de vigne vierge, la cour, avec son puits blanc, ses colombes, un canon, des statues. » Sur les pas de Béague je monte par l'escalier entre les bustes des empereurs en marbre de couleur, je vois presque les miroirs sombres qu'il me décrit comme de larges plaques de cristal taillé. Il me fait entendre la voix mélodieuse — « divine », dit-il — de la comtesse qui, autrefois, chantait à Paris dans des salons quelques airs de Massenet, d'Offenbach et même de Debussy. Mais avant d'entrer chez les Malevski, je ne réalisais pas ce que c'était que vivre dans un palais. Bien sûr, j'étais allé à Versailles, à Fontainebleau et sur la Loire avec les Klimpt et des milliers de gens. J'y suis même retourné seul, il n'y a pas longtemps encore, avec ma grand-mère et Francette. Mais, ces jours-là, même au calme, tranquille en l'absence des Klimpt, bien qu'il n'y eût presque personne, que le parc, les galeries fussent à nous, que j'aurais pu rêver, être enchanté — c'était le but de la promenade —, je ressentais un profond ennui et surtout l'inutilité de toute cette vie morte. En plus grand, en grandiose, la même que la mienne avenue Victor-Hugo. Les meubles des châteaux qu'on visite ne servent plus à personne, ils viennent d'autres châteaux, d'autres siècles. Les lits sont vides, les paires sont fausses, et moi je suis obligé de regarder, de m'extasier.

Quand, chez les Malevski, dans le grand salon qui donne sur la Seine, le soir, les phares des bateaux-mouches dessinent sur les murs des arabesques vagues, je vois les bateaux de Venise, le vaporetto bondé, et quand j'entends la cloche de l'église derrière l'ambassade, je suis dans la dernière chambre du palais de Béague, qui donne sur une rue aussi étroite que le couloir que je viens de parcourir. Derrière deux simples portes de placard qui ouvrent sur une pièce minuscule, étroite, sorte de balcon couvert, de loge, de confessionnal, on surplombe une église entière comme si on était au-dessus d'un gouffre.

Je vois Béague, assis dans la pénombre, qui suit la messe de là-haut, comme... comme Dieu. Si, d'après lui, il y a encore quelques personnes qui se font dire la messe à domicile, il n'en connaît aucune qui puisse y assister sans y être vue.

Les Malevski m'ont tout de suite aimé. Aimé est un bien grand mot : ils ne me posent aucune question. Je suis l'ami de leur fils.

Mme Malevski n'est pas aussi grande que ma mère, et elle est brune. Un long nez fin avec au bout deux fossettes quand elle rit. Ses yeux sont tellement bleus qu'on oublie que ce sont des yeux : on se trouve devant deux grands ciels. Elle a le geste rare. Quand elle prend une cigarette c'est à peine si on s'aperçoit qu'elle a bougé. Le timbre de sa voix est mat, comme sa peau. Elle paraît extrêmement jeune. La première fois que je l'ai vue elle arrangeait un bouquet dans le hall ; de très grandes fleurs comme des perroquets sur leur perchoir. Quand Philippe m'a présenté à elle, j'ai été étonné : elle ressemblait à une jeune fille un peu effacée, timide.

Mme Malevski me dit toujours un mot gentil mais elle parle surtout avec son mari et Philippe. Leur grand plaisir est d'évoquer les bons moments d'autrefois : des vacances, des Noëls, des fêtes, des manières de certains amis. M. Malevski a, comme Philippe, une tête de chat, de vieux chat aux tempes déjà grisonnantes avec de grosses lunettes rondes aux verres épais. C'est lui qui, de la famille, a l'accent le plus marqué. Un homme un peu triste, très gourmand. Chacun, aux repas, prend part à la conversation et chacun y va de son souvenir, de sa remarque ; on a envie de faire rire M. Malevski, pour le distraire de sa charge. Quand les Malevski n'ont pas d'autre invité que moi, la table ovale en acajou verni est trop grande pour nous quatre. Elle brille d'un éclat sombre, comme une eau profonde. La soupière posée au milieu s'y reflète comme un cygne. On se croirait au bord d'un lac.

Ils ont rencontré tant de gens extravagants au cours de leurs voyages : en Suède une femme qui parlait en se penchant progressivement vers vous comme si elle ne s'intéressait qu'aux semelles de vos chaussures ; le voisin en Finlande qui ne pouvait pas prononcer les mots « chocolat », « faisan », « jumelle » ; M. Malevski raconte avec humour comment il le conduisait toujours à ces mots pour le voir finir la langue entre les dents, la tête écarlate. Ils avaient aussi un ami, fils de famille, qui, à soixante-dix ans, ne pouvait prendre aucune décision sans en référer à sa nourrice qui en avait quatre-vingt-douze. Il n'allait jamais nulle part, n'achetait pas une action, ne voyait personne sans demander d'abord l'autorisation à « Nanie » avec qui il prenait tous ses repas. Et celui qui, en Ecosse, vit sous terre depuis trente ans laissant son château ouvert à tous les vents. Il l'a reconstitué dans les souterrains avec son parc, son lac qu'il fait geler en hiver pour pouvoir patiner seul. Il n'a qu'un drame : le manque de vent. (Il n'a pas creusé assez.) Moi, je n'ai que les Klimpt pour faire rire et je ne m'en prive pas.

Nous prenons le café dans le petit salon vert amande qui donne sur une cour calme. Ils ont tous leur fauteuil. J'ai pris le canapé. Je m'y suis d'abord assis normalement ; bientôt, je me suis emparé du second coussin ; très vite, j'étais allongé. Je m'allonge chaque fois que je sors de table. Je cours sur mon canapé, je retire mes chaussures, croise les bras et contemple la famille. Philippe, au début, était un peu gêné. Finalement il fait la même chose : il s'étend sur le canapé d'en face. Nous recevons ses parents. J'ai créé ce rite que je ne romps que pour marquer ma désapprobation ou une envie. Ce climat, cette paix, cette famille, cette gentillesse, cette tranquillité, cette insouciance, loin du lycée, de la vie et des Klimpt... Quel bonheur ! Je demande au père de Philippe comment il voit l'avenir du monde, comment la Finlande peut résister à l'influence du bloc de l'Est, quels sont ses rapports avec le général de Gaulle ? On parle mur de Berlin, O.N.U., droits de l'homme, guerre d'Algérie, attentats, torture. Je demande comment on a pu laisser faire Hitler ? Comment on a accepté les déportations ? M. Malevski me donne les raisons des difficultés entre de Gaulle et les Américains. Je les trouve inadmissibles. Debout, sur mon canapé, je dis que je les admire, qu'ils nous ont sauvés, qu'on leur doit notre liberté. L'ambassadeur m'explique les Japonais alliés des Allemands au bord du Pacifique, les Allemands au bord de l'Atlantique et de la Méditerranée, la tenaille, Pearl Harbor. J'ai dit à M. Malevski « peut-être, mais la prochaine fois ce sera comme à Pearl Harbor, le temps des politesses est fini, on ne se déclarera plus la guerre, la planète appartiendra au plus rapide et elle sautera en l'an 2006 comme me l'a prédit le Père Ernst-Frederik ». Je tiens à mes idées : je suis contre le vote, pour la révolution, contre l'héritage, pour la fortune, contre le lait, pour se coucher tard, contre l'école, pour apprendre par cœur, contre le mariage, pour la fidélité, pour le plaisir, contre la solitude. A peine M. Malevski quitte-t-il le salon que je sors derrière lui. Dans le hall blanc, souvent je m'aperçois que je n'ai adressé la parole ni à sa femme ni à Philippe que je n'ai pas attendu pour aller en classe. Ou du moins pour l'accompagner jusqu'au lycée, parce que souvent, à présent, je ne fais que le chemin avec lui, je m'arrête devant les grilles. « Tu ne viens pas ? » Je lui tape sur l'épaule, j'ai d'autres affaires plus urgentes. Les professeurs sautent mon nom à l'appel quand ils s'aperçoivent que je ne suis pas là.

Depuis que Klimpt a vendu — enfin — le lot de tapis qui se dressait comme un rocher au milieu de ma chambre, les paravents, les glaces, les deux coiffeuses entassés près de mon bureau me gênent. J'en ai assez de les voir là. Je finis par ne plus rien voir d'autre. Je les transporte dans l'autre partie de l'appartement. Mes armoires apparaissent dans toute leur splendeur. Pour les mettre face à face je glisse des bouts de carton sous chaque pied, comme j'ai vu faire Tony. Je déplace mes mondes. J'ai peur qu'ils ne basculent. Chacune a maintenant son mur. Mon lit m'empêche de les aligner. Il n'a sa place nulle part ; il est ridicule, maigre, en bois blanc avec sa petite couverture bleue. Facile de le démonter. Il va rejoindre les paravents et mon bureau de bois jaune. De toute manière, ici, ce ne sont pas les lits qui manquent. Lequel choisir ? Pas celui en cuivre avec des barreaux. Ni le Louis XVI qui n'irait pas avec mes armoires. Pas plus que celui en acajou qui dort près de la cuisine. Bien que je n'aime pas les reconstitutions, les ensembles, il y a ce lit noir incrusté de nacre, un lit de fumeur d'opium. Il a son matelas : une galette en crin gainée d'un satin blanc, ancien. Je prends un tapis, une table basse, une lampe, deux chaises, un tableau qui représente un chat. Je ferme la porte à clef. Je suis chez moi. Délicieusement chez moi, avec mes livres. Je suis heureux de rester dans ma chambre. Je me fais du thé, je m'assois par terre et j'écris tranquillement les lettres que ma marraine me commande. Des lettres de rupture, des lettres d'encouragement, des lettres de désespoir, des lettres d'excuses. Moi, écrire des lettres d'excuses ! La dernière était si bien tournée que le destinataire s'est fâché une seconde fois avec ma marraine pour qu'elle lui en adresse une autre. Je crois qu'elle aime cet homme. Il est égyptien, il a une compagnie de bateaux. Comme elle, il voyage beaucoup. Elle me dit tout ce qu'il faut pour que j'écrive ses lettres — ce qui est beaucoup, souvent. Ce n'est pas qu'elle ne sache pas s'exprimer : quand elle parle, elle est tout à fait juste, c'est-à-dire qu'elle exagère son sentiment de telle façon qu'on y croit. Mais dès qu'elle prend la plume, elle ne sait plus où elle en est : doit-elle retracer toute l'histoire, le mal qu'on lui a fait, le mal qu'elle s'est donné, ou commencer par sa douleur ? Elle ne retrouve pas sa fureur, sa flamme, sa naïveté, son enthousiasme, mais seulement des mots inadéquats, pâles ou guindés. Entre ses lèvres et sa main la vérité se perd. C'est ce que je rattrape.

Ce que je vais attraper c'est une bonne gifle. Klimpt est dans ma chambre le visage décomposé. Avant de venir vers moi, il serpente entre chaises et bureau, il n'y croit pas. Sa colère me prend de court : depuis le temps que je suis installé — trois semaines, un mois... —, j'ai oublié que j'ai changé de mobilier. Les deux chaises noires côte à côte ont trouvé leur place il y a combien de jours... ? Il marche sur mes livres, je recule, il dit que ma peur lui fait horreur, que je suis un lâche, une poule mouillée, un dissimulateur, un voleur. Je recule encore, tombe sur mon lit, me recroqueville, les genoux en bouclier. Il m'attrape par les pieds, me soulève de terre, me balance, la tête en bas, au bord du tapis. Je crie. Il me secoue, tape le plancher avec ma tête, comme s'il voulait l'enfoncer dedans. J'ai beau repousser le parquet avec mes mains, il me soulève et me renvoie heurter le sol encore plus fort. Ma grand-mère entre. Elle lui demande d'arrêter, hurle qu'elle va chercher quelqu'un, se jette sur lui, le prend par la veste. Il me laisse tomber et se tourne vers elle : « Je vous héberge ici par pitié, ce n'est pas pour que vous y fassiez la loi. » Je suis couvert de bosses. Je pleure, allongé le long de la bordure jaune du tapis, incapable de bouger. Le tapis est rêche, sous ma joue. Le plancher est plus froid. Klimpt est de nouveau là, les montants de mon lit en fagot dans la main. Il les jette au milieu de la pièce. « Tu remettras ta chambre en ordre avant ce soir. » Je me relève, démonte mon lit de nacre, rend les chaises, roule le tapis. Je n'ai pas la force de déplacer mes armoires. Je remets mon lit comme autrefois. Tant pis.

Une main en avant, Mme Klimpt fait son entrée. « Ton père est au bord d'une attaque. J'ai appelé le médecin. Comment peux-tu le mettre dans un état pareil ? Tu peux faire ce que tu veux ici, mais tu dois ménager ton père. Quelle idée aussi de vouloir changer cette chambre qui est très bien comme elle est ! Il te manquera toujours trois choses : du courage, le sens des valeurs — tu accordes trop d'importance à des détails —, et surtout, une réserve de joie. Si tu avais quelque richesse intérieure, tu n'aurais pas besoin de te faire valoir par des objets, du tape-à-l'œil ! Tu crois qu'elles sont belles, tes armoires ? On pourra vraiment dire que l'influence de Mme Gilmour-Wood aura été désastreuse. Je vais aller la voir. Il faut que je lui parle. Je t'interdis de passer autant de temps chez elle. On se faisait du souci pour toi, pour ce que tu allais devenir plus tard, ta carrière est faite : don Juan. »

Ma mère voulait dire « gigolo » mais elle n'a pas osé. Et puis, gigolo, c'est trop joli pour moi. Elle ne me voit pas faire le danseur mondain avec mon pantalon de velours poché et mon tricot gris. Elle ne peut pas savoir que je passe par la fenêtre et que je n'ai qu'à traverser la cour, franchir la grille qui nous sépare de l'immeuble d'en face pour me changer dans la réserve de Mme Gilmour-Wood.

Tony m'avait acheté à la salle des ventes — mon père avait le dos tourné — un extraordinaire objet en aluminium, sorte de gigantesque porte-couteaux avec des pattes d'échassier sur lequel je peux accrocher tous les cintres que je veux. Pour que mon père ne me le reprenne pas, je l'ai installé chez Mme Gilmour-Wood qui venait de me donner le manteau de pluie de son fils. En classe j'ai fait croire que ce manteau avait fait la guerre, qu'il avait appartenu à un héros de la Résistance. Il m'a rendu beaucoup de services. D'abord il m'a obligé à me tenir bien droit, les épaules en arrière. Je ne pouvais plus traîner mon gros cartable avec cet imperméable : j'ai pris nonchalamment mes livres sous le bras, serrés dans un gros élastique rouge en croix. Je suis entré très vite dans le rôle du jeune étudiant. A la maison je continue d'être l'affreux Balthazar. Avec ce manteau, les amies de ma mère qui me repéraient facilement dans mon éternel pardessus bleu marine, raide, mal coupé, sont perdues. Je leur passe sous le nez incognito. Même ma mère, sur l'autre trottoir, me croise sans me repérer. C'est grâce à cet imper que j'ai goûté les premières joies de la clandestinité.

Sans ce perroquet de Tony ma marraine ne m'aurait peut-être jamais gâté. Un jour, en riant, je lui ai dit que j'avais un portemanteau mais pas de manteau. Elle m'a aussitôt emmené dans ses boutiques. Elle savait ce qu'elle voulait : que j'abandonne le rayon garçonnet. Je voyais dans ses yeux faussement distraits que je commençais à lui plaire : je pourrais la sortir. Elle a besoin de quelqu'un qui règle l'addition, même si c'est elle qui donne l'argent sous la table, de quelqu'un qui lui ouvre la porte, de quelqu'un dont elle prenne le bras, qui lui porte ses valises, lui appelle un taxi, lui fasse un compliment, de quelqu'un qui lui donne l'impression qu'elle est une femme désirée et qui lui dise merci. Nous avons fêté mon premier costume de flanelle chez Prunier dont la façade de mosaïque verte me faisait penser aux fonds sous-marins de l'aquarium souterrain du Trocadéro. De longues plaques de verre très épais, dépoli comme des bancs de sable ; des murs en marbre obsidienne marqueté de minuscules triangles et de points blancs ; un bar qui, devant un décor de feuilles d'or, s'étale comme une loge de théâtre. Je me faisais croire que j'avais accès à un monde aussi secret, aussi subtil, aussi riche que la société des pharaons. Ce jour-là, les clients de Prunier s'étaient passé le mot : ils prenaient des poses, des attitudes, comme s'ils donnaient un spectacle pour moi seul.

Ma marraine m'a acheté un smoking. Sur quarante-deux élèves de ma classe, il n'y a que Malevski, Seydoux et moi qui en avons un. Je suis allé seul chez Brummell, un jour plus tôt, pour pouvoir comparer, pour ne pas me laisser influencer et pour faire une surprise à ma marraine. Mais, alors que je croyais l'étonner, quand elle m'a vu sortir de la cabine d'essayage, elle a poussé un cri : « C'est affreux cette chemise à jabot, ce gros nœud rouge en satin, ce gilet avec un col ! »

Bientôt, j'ai commencé à être présentable, mais après l'euphorie de ces courses, je me suis retrouvé dans l'état où je me retrouve parfois après que j'ai réussi à faire parler quelqu'un : lourd de secrets que je ne peux faire partager à personne, encombré de richesses inutiles. Souvent, après m'avoir parlé, les gens s'aperçoivent qu'ils n'ont pas vécu ce qu'ils auraient voulu vivre. Et c'est à cause de moi qu'ils s'en rendent compte, alors ils me détestent. Et moi je me déteste : il fallait laisser tout ça comme ça.

Alors que mon père ne pense aux autres qu'en fonction de leur mobilier, ma mère de leur moralité, Francette de leur bonté, M. de Béague de leur ascendance ou de leur singularité, Mme Gilmour-Wood de leur décadence, Boulieu de leur force et de leur pouvoir, Malevski de leur fragilité, Capucine de leur longévité, ma marraine de tout ce qui peut servir à faire d'elle une femme plus gâtée, plus riche, mieux reçue, comblée, moi, je pense aux autres pour eux-mêmes, je leur imagine la vie idéale à côté de laquelle ils sont si souvent passés.

La porte de la réserve de Mme Gilmour-Wood entrouverte pour laisser passer le jour nécessaire — la nuit nécessaire —, je n'allume pas, je me déshabille dans le noir, dans le froid, j'ai l'impression de changer de peau.

En smoking, j'explore les quartiers interdits. A Montmartre, derrière le Lapin Agile, dans une impasse, une affichette jaune vante les talents d'un certain M. Bruno, professeur de danse. « Professeur de danse » évoque pour moi Sylvie tourbillonnant dans les bras du garçon de Fontenay. Au lieu de l'imaginer dansant le rock'n roll ou le twist, je la vois avec un chignon, une robe au décolleté rond, comme dans un film d'Antonioni, ouvrant le bal dans le palais de Béague. Je ne suis jamais allé dans une boîte de nuit. Je veux apprendre à danser.

A l'heure de l'ouverture, alors que j'hésite dans une petite cour pavée devant un escalier, je tombe sur un petit homme aux cheveux noirs gominés, aux pommettes saillantes, le corps étroit serré à la taille, cambré, l'air espagnol. « Tu es bien jeune, me dit-il. Enfin on va voir, peut-être que ça ira quand même. »

Il recule de trois pas, me regarde des pieds à la tête et, croisant les mains derrière son dos, tourne autour de moi. L'inspection terminée il s'arrête, fait un curieux bruit de bouche et dit : « Ça ira sûrement. » Je le suis dans l'escalier. Il pousse une porte derrière laquelle une vieille femme range des sous dans des pots en étain sur un buffet Henri II. « Ma mère ! » me dit-il ; il se tait un instant, elle lève les paupières vers moi, sans un mot. Il ouvre alors une armoire à glace dans laquelle sont rangés plusieurs costumes sombres, un habit de torero et des robes longues en dentelle. Il me tend un costume. « Si celui-là te va, tu pourras commencer ce soir à six heures. C'est entre cinq et sept que ça marche le mieux. Tu sais danser le tango ? — Non. — Je te montrerai. Y a pas mieux pour leur donner le vertige. Quand on les renverse et qu'on se penche sur elles, elles croient que c'est arrivé. Tu sais la valse ? — Non. — Mais qu'est-ce que tu danses ? — Le twist. — C'est ridicule mais c'est parfait. Maman ! Maman... on va rajeunir la clientèle. » M. Bruno me demande de passer un costume, me prend par les épaules et m'emmène devant une glace ovale fixée au mur à côté de la télévision. « Comment tu te trouves ? Cambre-toi, joins les talons, les coudes en l'air ! comme si tu allais planter des banderilles ! » La mère de M. Bruno a allumé une cigarette et, sans nous regarder, tape dans ses mains pour accompagner le disque qu'elle a mis sur un gros Pathé-Marconi. « Ce soir tu regardes. Demain tu commences. Je te donnerai dix nouveaux francs par jour. Tu t'appelles ? — Jean-Marc Tuedieu. A aucun moment il n'a pensé que je venais pour apprendre. Il croit que je réponds à son annonce demandant un professeur de danse. Profitons du quiproquo. Après tout, les amis milliardaires de ma marraine ont bien fait tous les métiers.

Tous les après-midi, debout, à côté de lui, à l'entrée de la salle de danse — un ancien atelier d'artiste, sous une verrière —, j'accueille les clients de M. Bruno. Une barre court tout autour de la pièce, sauf sur un mur couvert de miroirs. Le parquet brille autant que nos chaussures. Même là il y a un rituel, des règles auxquelles tout le monde se plie. M. Bruno m'a dit : « Tu feras comme moi. » Comme lui, c'est incliner la tête sans un mot et serrer les mains comme à un enterrement. Il ne m'a présenté qu'une fois, le premier jour. A la première cliente. Une parfumeuse à cheveux blancs, en robe d'angora rose, qui a répété mon nom à celui qui arrivait derrière, lequel à son tour a fait la même chose, comme on se passe le goupillon. J'adore la parfumeuse : elle serre contre sa poitrine opulente un petit sac rond en satin noir comme s'il regorgeait de diamants. Je m'amuse beaucoup au cours de danse. J'observe. Toutes ces vieilles filles habillées au goût d'un jour arrêté il y a des années, au fond de teint épais, un rouge éclatant sur les lèvres, qui rient, chuchotent, complotent et rougissent comme des collégiennes. Albert, le mécano, qui roule des épaules et ne me dit jamais bonjour. Dès qu'il arrive, silence. S'il me regarde, c'est avec dédain.

Quand je rentre le soir pour dîner, le magasin de Mme Gilmour-Wood est fermé. Pour mes parents, j'ai pris de bonnes résolutions : je travaille dans la salle de permanence avec les pensionnaires pour rattraper mon retard. Dussard, Hébert, Jarry, les inséparables, m'ont demandé ce que je fabrique : on ne me voit plus. Dussard me dit que je suis un traître : on avait projeté de partir ensemble, on avait un plan : on devait s'installer dans une maison abandonnée que Jarry connaissait. On s'était même promis que si la police venait, on résisterait avec des armes. Je n'ai pas envie de leur parler de M. Bruno. Ses regards jaloux et prudents, ses approches, sa mère qui me bombarde de questions quand je monte pour m'habiller. Il y a une telle distance entre la cour de récréation et le cours de danse. L'année dernière on aurait tous ri ensemble à l'idée de M. Bruno dansant le tango avec moi. Chaque jour ils reviennent, ils essaient de ranimer des histoires qui ne sont plus les miennes : Ponsard, le professeur d'anglais qui se souffle sur les doigts, sur le revers de sa veste, sur sa montre quand il regarde l'heure, sur la craie, à chaque fois qu'il commence une phrase, et au milieu. Beaudois — qu'on avait surnommé Beaucon —, auteur du célèbre *Latin courant* qui explique chaque trimestre qu'il n'est pas chauve, mais qu'il se rase la tête parce que ses cheveux pourrissent à la racine. « Je les laisserais pousser, ils seraient tout verts. » Peu à peu les pilastres de la cour du lycée se resserrent autour de moi. Je finis par ne plus voir Hébert.

M. Bruno ne m'oblige plus à monter chez lui pour endosser son habit. Il me parle très peu. De temps en temps, il m'indique, de son profil de lanceur de couteaux deux ou trois femmes dont il faut s'occuper. Il ne me manifeste ni mauvaise humeur ni impatience, comme au début, quand je parlais avec une fille ou quand, pour faire rire, je dansais au milieu de la salle comme un sauvage. Parfois, pour rester dans ses bonnes grâces, je vais lui demander conseil, ou, pour éloigner son regard froid, je lui dis que tout le monde l'adore. Ce n'est pas vrai mais ce silence récent entre lui et moi me gêne. Il me rappelle celui de Klimpt. « Ils veulent tous vous voir danser, monsieur Bruno ! » Il regarde autour de lui, bombe le torse, puis s'élance, souvent avec la parfumeuse. Tout à son rôle, Bruno, les yeux fixés sur la ligne de ses épaules et de ses hanches, avance la jambe, déterminé à accomplir avec précision les figures les plus compliquées. La grosse Mme Elisabeth suit, les joues en feu.

Dans mon coin, je travaille avec Coryse et Marysa, les sœurs jumelles qui viennent d'entrer chez Bruno. Coryse m'aime. Marysa ne m'aime pas. L'ennui, c'est qu'on ne peut pas les reconnaître. Brunes, les cheveux courts, elles sont décidées à monter un numéro de cabaret avec moi. Je ne sais pas avec laquelle j'essaie d'oublier Sylvie. Quand elles arrivent séparément au cours de danse, je ne sais pas à laquelle je parle : je crois que c'est Coryse, et c'est peut-être Marysa. Laquelle m'a demandé : « Où étais-tu cette nuit ? » J'ai pensé qu'elle voulait savoir si sa sœur était avec moi. Pour m'en tirer, j'ai répondu : « J'ai oublié. » Vexée, elle m'a tourné le dos.

Je les prends toutes deux à tour de rôle par la taille et nous dansons : c'est obligatoire, Bruno nous surveille. Marysa, assise près du tourne-disque, nous regarde avec dépit. Je dis à Coryse : « Marysa est jalouse, dorénavant, il faudra nous cacher », et je lui parle de la fameuse nuit que nous avons passée ensemble. A son sourire un peu ironique, je devrais comprendre que je me trompe — cette maladie de commenter ! —, que j'ai fait l'amour avec sa sœur, mais elle est si tendre, elle se serre si doucement contre moi ! A nouveau M. Bruno me fait signe d'aller faire danser les autres clientes. Au moment de partir, il me confie, affolé : « Ma mère devient de plus en plus insupportable, elle veut que je ferme le cours. » Tout en regrettant sa confidence, il ajoute : « Je ne sais pas comment me séparer de ma mère : elle ne peut pas vivre sans moi, et moi difficilement sans elle. » Un couple quoi ! J'allais le quitter quand Coryse me demande où on se retrouve cette nuit. « Même endroit qu'hier. » Elle me retient par le bras : « Non ! moi, c'est Marysa ! à l'Hôtel Mexico, rue Bleue. »

Elles n'en finissent plus ces soirées chez les Klimpt à attendre qu'ils se couchent... Elle m'attend devant l'hôtel dans une MG décapotable. Il fait froid. Toute la nuit, je caresse ses épaules, ses seins ; je l'aime. Il n'y a pas de différence entre Coryse et Marysa, ou si peu. Si peu de différence entre toutes les femmes. Entre tous les corps. Mais si je les confonds dans une même étreinte, je ne peux pas retrouver la même joie. Je m'accroche à elle pour retenir quoi ? Quitter cette chambre, être seul. Je ne peux pas aimer Coryse. Je refais l'amour avec elle. Mais est-ce Coryse ou Marysa ?

Elles ont décidé de s'occuper de moi. Avec Coryse, je prends des leçons de chant. Je ne suis pas doué, mais pour rien au monde je n'arrêterais. Mon professeur, veste noire, cravate noire, m'accompagne en regardant droit devant lui, le corps penché en avant. Pendant ce temps, sa femme, dans la pièce à côté, tape inlassablement à la machine. Tandis qu'il bat la mesure, imperturbable, la main posée sur le piano, je chante à tue-tête. D'après lui, dans quelque temps, ce sera magnifique : je passerai entre des tables, un micro à la main, enveloppé de lumière. En attendant, je cherche la note juste. Quand par hasard je l'attrape, je ne la lâche plus. Pour moi, la musique va trop vite. Durant « la leçon », les enfants de mon professeur, un petit garçon et une petite fille de cinq et six ans, restent derrière la porte, pétrifiés. Quand je sors, ils s'écartent comme s'ils voyaient passer le diable. Leur père, dès qu'il quitte son piano, va s'asseoir devant la télévision qu'il regarde à longueur de journée, mais avec mépris.

Coryse a glissé une lettre sous la porte. Par chance, personne ne l'a prise. Comment connaît-elle mon adresse ? Une lettre de quatre pages. Elles se sont disputées avec M. Bruno. Avec le numéro qu'elles répètent constamment, tout le monde se plaint de ne plus pouvoir danser. Mais elles sont prêtes. Elles partent demain pour Nice. « Tu viens ! Là-bas, tu trouveras bien quelque chose à faire ! Illusionniste, par exemple. Paris est trop gris, c'est le moment de partir. Tu feras sortir de ta manche une foule de petits oiseaux. Je t'apprendrai. » Je dois me décider. « Au cours de danse, personne ne te comprend, tu es un poète, toi ! Mais il ne faut pas croire non plus que nous sommes amoureuses de toi. » Elles m'attendront demain jusqu'à trois heures devant l'Hôtel Mexico. Se sont-elles avoué qu'elles ont couché avec moi ? S'agit-il d'un jeu entre elles ? Elles ont un camion. J'ai toujours rêvé de partir en camion. Et puis, sans Coryse et Marysa, je ne vais pas rester chez M. Bruno.

Toute la nuit je me retourne dans mon lit et me répète : je n'ai besoin de personne. Que faire ? Pour la première fois, je me dis qu'il faut choisir. Mais quoi ? Je ne vais pas vivre avec des jumelles. Et je n'ai pas envie d'abandonner le cours de danse.

A trois heures, je suis devant leur hôtel. Elles portent toutes les deux un pantalon blanc, un chemisier bleu et une casquette à carreaux. « Alors, tu viens ? A quelle heure va-t-on arriver à Nice avec tout ça ? Vite ! — Je reste à Paris. — Tu te dégonfles ? — Moi j'étais sûre qu'il ne viendrait pas, dit l'autre d'un ton acide en tournant le dos. Viens Coryse ! » Je regrette déjà ma décision. Je leur écrirai, je leur expliquerai.

J'arrive seul mais très en avance chez Bruno. La salle de danse est fermée. En face, au café, je retrouve les clients du cours. Presque tous sont là, mais aucun ne se parle. Le mécanicien, au bout du comptoir, me dit : « Dis donc, t'as perdu tes jumelles ? » Une femme glousse. Je vais embrasser Mme Elisabeth, qui me repousse en se caressant la poitrine d'un geste voluptueux. « Vous ne m'aimez plus, madame Elisabeth ? — Je dois vous parler, mais pas ici », me dit-elle à voix basse. Elle me prend par le bras et nous sortons du café comme on sort de la mairie après s'être marié. Sur le trottoir, elle s'écarte un peu de moi : « Ça devait arriver... », dit-elle d'un ton fatal. Je croyais qu'elle parlait du départ de Coryse et Marysa. « M. Bruno m'a chargée de vous guetter, vous n'êtes pas déclaré, vous ne pouvez plus venir au cours. » Elle

232

parle vite, me disant que j'ai voulu profiter de M. Bruno. C'est clair : j'ai essayé d'habiter chez lui, comme j'ai essayé de m'installer chez Coryse et Marysa. On a cru, au début, que j'étais timide parce que je me tenais un peu à l'écart ; en fait, je cherchais ceux qui pouvaient m'être le plus utiles. Evidemment, je n'ai pas essayé d'être ami avec Matteo, le petit marchand de chaussures. Entre Coryse et Marysa, j'ai essayé de semer la zizanie. Coryse a même conseillé à sa sœur de se méfier ! Mme Elisabeth l'a entendu de ses propres oreilles. Et ces questions que je pose à tout le monde, c'est pour quoi faire ? Je l'écoute, éberlué. Ce n'est plus la grosse Mme Elisabeth, la parfumeuse, mais tous les clients du cours de danse qui me détestent par sa bouche. Pourquoi cette haine ? J'avais de la sympathie pour eux, des élans. Très vite ils m'ont fait confiance, m'ont raconté des bouts de leur vie et moi je n'ai rien dit !

Je ne retournerai pas chez M. Bruno, et ce qui me peine le plus ce n'est pas leur méchanceté, leur bêtise, c'est de n'avoir pas choisi moi-même de les quitter.

Le seul jour où je ne peux pas aller chez ma marraine, c'est le samedi. Aussi, souvent, elle appelle mon père au téléphone, insiste pour lui parler : elle sait que je ne travaille pas l'après-midi, mais que mon père me punit souvent ce jour-là. Elle lui dit toujours la même chose : elle ne se sent pas très bien, elle a peur de rester seule et n'a personne pour aller lui chercher des remèdes. Accepte-t-il que je fasse quelques courses pour elle ? Elle a besoin de me voir de toute urgence. Quand Klimpt vient me donner l'ordre de la rejoindre, je fais la moue — comme si c'était une corvée. « Je préfère rester ici. — Tu feras ce que je te dirai de faire. » Quelle joie quand je passe changer de peau dans la réserve de Mme Gilmour-Wood, quand je file vers le métro et déboule chez ma marraine qui m'attend, gantée, bijoutée, chapeautée, devant son hôtel, pour aller au cinéma sur les Champs-Elysées — pour elle, il n'y a pas d'autre endroit où l'on peut voir un film.

Pendant la séance, elle ne cesse de parler, de tout ponctuer par : « C'est idiot... », « attention il est derrière la porte... », « mais elle va le manger... », « tu as vu sa robe... », « qu'est-ce qu'il dit ? », « ce qu'on est mal assis, changeons de place, je ne vois rien... », « elle n'est pas bien faite cette femme... », « c'est trop long... ». Elle mange des bonbons dont elle fait crisser le papier aussi longtemps qu'elle n'en a pas pris un autre. Je lui pardonne car, avec sa complicité, ce samedi va pouvoir se prolonger jusqu'au dimanche sans avoir à rentrer, comme chaque soir, chez les Klimpt, pour repartir par la fenêtre jusqu'au petit jour.

Je lui demande de parler encore une fois à mon père, de lui dire qu'elle n'est toujours pas guérie, qu'elle aimerait me garder cette nuit près d'elle, malgré mes enfantillages. Mais comme elle n'a plus besoin de moi, elle refuse. Elle veut bien m'aider, pas que j'abuse. J'appelle mon père moi-même, de sa chambre, devant elle. J'explique à mon père qu'elle voudrait que je reste près d'elle mais que s'il l'exige, « je rentrerai évidemment tout de suite à la maison ». Aussitôt il m'ordonne de veiller sur elle. Je raccroche, attends quelques secondes, puis saute de joie dans la chambre trop chauffée. Je serre ma petite marraine contre moi, lui déclare que je l'aime, qu'elle est formidable, qu'elle mérite sa statue en sucre filé ! « Fais attention de ne rien casser : ici tout est à moi », dit-elle méchamment comme pour me rappeler que, chez moi, tout est à d'autres. A commencer par moi. « Je m'en vais. — Tu as l'air bien content de t'en aller ! » dit-elle en me repoussant de ses petites pattes baguées.

J'arrive cours Albert-Ier dans mon nouveau costume prince-de-galles que je viens montrer, pour qu'on m'admire. Le maître d'hôtel m'appelle « monsieur ». J'en suis très fier. Je reste debout devant la cheminée, mais je ne sais pas quoi dire : au lycée, je n'ai pas pu parler de M. Bruno, ici je ne peux pas non plus, pas plus que de ma marraine : des mondes incompatibles.

Mme Malevski ne remarque pas mon élégance. Je ne veux pas m'asseoir : je ne sais pas si ça se fait de tirer sur le pantalon pour ne pas l'abîmer, ou s'il vaut mieux ne rien faire. J'aurais dû regarder Philippe pour voir comment il s'y prend. Je n'ose pas mettre mes mains dans mes poches. Faut-il laisser sa veste fermée ? Je n'aurais jamais dû venir leur montrer mon costume : ils me connaissaient en pantalon de velours, ils m'aimaient vautré dans leur canapé et tout d'un coup je deviens aussi ennuyeux que mon père. Philippe me demande de venir faire un tour. Je voudrais rester, retrouver ma place et le sourire de Mme Malevski, redevenir l'interlocuteur de son mari, qu'on m'explique de nouveau la marche du monde. Hélas depuis un mois j'ai négligé la lecture des journaux, je ne suis plus au courant de rien et, ce qui augmente ma gêne, c'est que si je ne pose pas de questions à M. Malevski, il ne m'adresse pas la parole. J'essaie de parler du film que j'ai vu sans pouvoir accrocher le regard de personne.

Finalement je suis seul. J'ai devant moi toute la soirée. Nulle part où aller : à la maison, les Klimpt ; ma marraine m'a assez vu ; Mme Gilmour-Wood ferme à sept heures ; Béague est en voyage ; Bouliu à la campagne ; retourner chez les Malevski ? Je rentre chez moi. Je passe par la fenêtre pour dormir incognito dans cet appartement dont on me croit absent.

Pour l'entretien de la maison, mon père laisse chaque jour un ou deux billets sur le marbre de la cheminée, mais ma mère ne tient pas de comptes, ce qui me permet, parfois, de ramasser la monnaie sans qu'elle s'en aperçoive. Le cinéma, les glaces, les cafés, les taxis : il ne me reste plus un sou du pauvre salaire gagné chez Bruno. Pour pouvoir inviter, sortir, faire des cadeaux, je passe de la pièce d'un franc au billet jaune de cinq francs. Mais je n'aime pas ça. Je sais bien qu'il n'y a pas de vol entre enfants et parents, mais j'ai peur d'être découvert et qu'elle le dise à mon père. J'ai commis une erreur : j'ai apporté un bouquet de myosotis à ma mère. Mon père entre dans ma chambre le bouquet à la main. Je lui dis que ces fleurs ne sont pas pour lui. « Avec quoi les as-tu achetées ? — Le fleuriste me fait crédit, c'est bien son droit ! » Une paire de claques, suivie d'une autre : « Ne me prends pas pour un imbécile. Je donne de plus en plus d'argent à ta mère qui le dit elle-même : elle ne sait pas où il passe ! Moi je le sais : dans ta poche ! Non seulement tu es la honte de la famille mais tu en es sa perte : voleur ! Affreux voleur ! »

Quand j'étais tout petit, c'était une fin d'après-midi à La Baule, sur la plage, il n'y avait plus personne autour de nous et, peut-être à cause du vent tiède, de la mer calme, dans un moment de... je ne peux pas dire de tendresse... il voulut être à l'unisson et m'appela : « l'affreux Balthazar ». C'était charmant. Le lendemain, il le regrettait déjà, enlevait Balthazar et ne gardait qu' « affreux ». Maintenant il est content de retrouver son adjectif qui, prononcé les lèvres serrées, de cette voix rauque, rêche, retrouve sa vérité grinçante. D'« affreux » il passe à « pourriture ». Je suis une pourriture. Tony, dont j'aperçois l'œil dans la porte entrouverte, disparaît. De paire de claques en paire de claques, je finis par inventer que je vends mes dessins. « Comment ? Toi, bon à rien, tu vends tes dessins ? » A qui ? Où ? Comment ?... Je réponds que quelques filles de mon âge ont des parents intelligents qui leur donnent les moyens de pouvoir s'acheter ce dont elles ont envie. Pendant qu'il s'en va, après m'avoir giflé, je continue ma phrase : « ... et ce dont elles ont envie c'est de moi ! »

Donc, je peux vendre ce que je fais... Je rassemble tous mes dessins. En premier, les portraits. Le plus réussi est sans aucun doute celui du libraire : un grand rond vert, avec des sourcils abondants, une tache pour un œil, une autre pour la bouche. Le libraire, pour l'avoir, m'offrait, connaissant l'existence du Père

Ernst-Frederik, le livre de l'abbé Mermet sur la radiesthésie; un autre sur la Grande Loge; un troisième sur les « Hérésies ». Il ne le dit pas dans le quartier, mais il est anarchiste. Moi ça me plaît : j'ai fait le portrait d'un anarchiste. J'ai dix fois essayé de refaire mon dessin pour lui. Impossible de retrouver le trait, les proportions, l'expression, plus donnés par le hasard que par mon habileté. J'ai croqué tous mes professeurs, mes camarades de classe, ma marraine, Béague. De Mme Gilmour-Wood, je n'ai gardé que le nez et la mèche reproduits cinquante fois sur la même feuille : belle page de calligraphie ces grands « L » majuscules, mon premier pas vers l'abstrait. Sans le vouloir j'ai attrapé Capucine, sur un papier quadrillé un peu jauni. Ce n'était pas elle que je cherchais, je voulais dessiner mon genou et elle est venue sous mon crayon bien malgré moi avec son grand front bombé, méchant, son petit cou ramassé, ses cheveux raides. J'avais montré ce portrait à ma mère, qui avait jugé que je n'avais pas le sens du portrait, que je ne pouvais pas l'avoir. Elle avait alors dressé dans le salon, près de la fenêtre, un chevalet pour peindre cet amour de Capucine. Et, mon Dieu, sur la toile, elle avait l'air d'une enfant charmante, bien que ce parti pris de n'utiliser que le noir et blanc lui donnât le côté « fait divers » de ces petites filles qu'on retrouve au fond d'un étang. Puis ce fut mon tour de poser. Ma mère qui avait trouvé une manière, exploité une sorte de sensibilité pour Capucine, emprunta pour moi un style géométrique — aigu, sinistre : elle a fait de moi un clown hirsute et pathétique. Fière d'elle, longtemps elle exposa ses tableaux dans la salle à manger. Qui passait riait de moi. J'ai abandonné les portraits.

Des reliquats de mes cours de dessin, j'ai éliminé les natures mortes : invendables. Les seuls dessins qui plaisent en ce moment sont faits de quelques taches que j'enjolive d'un trait plus ou moins éloquent qui ne veut rien dire. Je glisse subrepticement du rose, du mauve, des petits points noirs entourés d'un cercle dentelé — ce peut être des amibes, des protozoaires, un têtard, le Mont Saint-Michel —, je brouille le tout et le tour est joué.

Un carton vert sous le bras où j'ai fourré tout ce qui me paraît montrable, un peu chic, je rôde dans le bas de l'avenue, vers le square Lamartine. On y est plus tranquille. Je parle aux gens de leur maison, de leurs goûts, de la chance qu'on a de se rencontrer : moi, jeune peintre, et eux, amateurs d'art. Mais ils ne sont pas faciles à aborder, ils sont comme dans une ville de province le soir : craintifs, dans leurs pensées, déjà chez eux. Ils détournent vite la tête, affairés, se dépêchent.

Il ne faut pas forcément s'adresser à ceux qui paraissent n'avoir rien à faire. S'ils ont des paquets à la main, en général, je les laisse passer. Jamais aux gens pressés, sauf si ceux qui courent ont l'air fabuleusement riches : alors là, je les suis. Il est même nécessaire de leur barrer la route, de leur faire comprendre qu'ils ne se débarrasseront pas facilement de moi, qu'ils vont perdre du temps, rater leur rendez-vous, et qu'est-ce que trois mille francs — trente francs — quand on va signer un contrat, rejoindre une maîtresse ? Il faut dire que ma technique n'est pas venue d'un coup. Ayant souvent quêté pour les aveugles, les paralytiques, les blessés de guerre, les tuberculeux, les orphelins, je sais comment m'y prendre. Je vends rarement aux vieilles dames : elles vous parlent toujours d'autre chose. Je choisis mes clients : je ne vends qu'à ceux qui ont envie de faire des affaires ; je ne vends qu'à des bourgeois. Il faut les rassurer : je ne suis pas un mendiant. Je n'ouvre pas tout de suite le carton, ils auraient peur. Ce qu'il faut, c'est les arrêter net en face de moi, comme le taureau avant la mise à mort. Ceux qui portent un chapeau et un gilet, je vais vers eux posément. Ceux qui rasent les murs, c'est enfantin, je les coince de biais. Les fiers qui avancent au milieu de l'avenue en levant haut la semelle et en tapant du talon, c'est assez facile aussi : pris par surprise, ils ne peuvent pas pivoter. Les discrets qui glissent sur la pointe de leurs chaussures, le buste penché en avant, je les arrête par ma simple présence. Mais ceux qui marchent normalement, s'appuyant sur toute la longueur du pied, c'est une autre affaire, ils peuvent s'esquiver ; il ne faut pas les prendre avec le corps mais avec les yeux et un gentil sourire, humble, la tête un peu basse. A tous, je dis à peu près la même chose d'un ton mesuré, comme si j'allais les avertir que, malheureusement aujourd'hui, le bout de la rue vers lequel ils vont n'existe plus : il y a eu le feu, un tremblement de terre, ça tombe dans rien, dans le vide. Ils me regardent. J'attaque : « Vos parents ont raté Modigliani. Il est venu vers eux avec un carton à dessins sous le bras et ils n'ont rien compris. Ils n'ont même pas voulu voir. Qui vous dit que je ne suis pas le Modigliani de demain ? Pour l'instant je ne suis pas cher . trois mille francs.

Regardez, mais vous n'avez pas le droit d'en prendre plus d'un. »

Beaucoup m'en achètent. Il m'arrive d'en vendre quatre ou cinq à la même personne, car je reviens sur la dernière clause, sans jamais pousser à la dépense. Quelquefois je fais des prix : cinq mille les deux. D'autres fois on ne me demande pas la monnaie — ou je dis que je n'en ai pas. Je n'influence jamais le choix, peu m'importe ce qu'ils achètent, je montre vite : j'ai peur qu'une amie de ma mère, un camarade de classe ou mon père ne me voient. Contrairement à Mme Gilmour-Wood qui fait sentir à ses clients qu'elle a beaucoup plus de goût qu'eux, moi, je leur laisse croire que leur regard sur mon « œuvre » m'apporte quelque chose de nouveau qui va peut-être m'aider. Je prends l'air farouche et un peu sauvage d'un artiste habité : qu'ils aient, en rentrant chez eux, la certitude d'avoir frôlé le génie. Et moi je ne suis pas bon en génie muet. Cette avenue Victor-Hugo que je déteste me porte bonheur. Chaque fois que je m'en écarte, on m'ignore. Ce sont les seuls moments où je me dis que le commerce est difficile. J'y reviens donc très vite par les petites rues qui descendent vers le Bois. Comme je remonte vers l'avenue, je parais encore plus petit que je ne le suis, plus touchant, plus inoffensif. Je vends mieux.

« Vos parents ont raté Modigliani... — Peut-être, mais ils n'ont raté ni Picasso, ni Degas, ni Lautrec, viens chez moi si tu veux, tu verras. » Elle mesure au moins un mètre quatre-vingts. Elle a les cheveux blancs en broussaille. Une Mme Colette en fin de vie, mais en très grand. Elle porte un manteau de fourrure qui tombe jusqu'au sol, des gants gris, un sac large comme un cartable. Une allure de gendarme. Elle ne s'attendait sûrement pas que je la suive.

Elle habite en face du square, au-dessus du magasin Arts d'Asie, la boutique de l'avenue que je préfère mais où, par fidélité à Mme Gilmour-Wood, je ne vais jamais malgré les Coromandels et les statues en bois du Siam. Mon père m'a dit, deux ou trois fois, que c'est là que finiront mes armoires. Pour ouvrir la porte de son immeuble, la dame aux cheveux blancs s'appuie de tout son dos sur la grille et la pousse en reculant. Je baisse les yeux : pas question de me tendre la main et de me dire au revoir ! Je la suis de près. Dans le hall, pour la rassurer, je lui dis mon nom : Jean-Marc Tuedieu.

Redon, Gauguin, Van Gogh, Seurat, Monet, Cézanne, Renoir, et Renoir et Renoir. Les murs de son appartement sont couverts de tableaux. Elle n'a pas menti, il y a Picasso, Degas, Lautrec. Je vais, hypnotisé, vers le jaune des tournesols. Je me retourne, une danseuse en tutu bleu pâle, le pied cambré, guette derrière un rideau de scène. Ailleurs deux lions s'embrassent, des femmes portent des cruches sur la tête, d'autres attendent, l'œil cerné de bleu, devant un guéridon, dans des cafés déserts. Plus loin des hommes jouent aux cartes. Des champs de blé, des soleils éclatants, une pipe toute seule sur le coin d'un cendrier, des plages orange, des rochers gris, des bords de Seine à l'heure où l'eau se fond avec le ciel qui enveloppe les champs, les maisons, l'œil... Elle m'a laissé seul. Où regarder ? Reprendre au début, comme on fait dans les musées ? Mais je ne peux pas quitter les tournesols. A travers les fenêtres fermées, je vois mon square de haut pour la première fois. Avant que la dame ne revienne, je sors sans faire de bruit, comme un voleur.

Je ne suis pas peintre. Bien que je n'aie jamais vraiment cru que je l'étais, je me sens perdu, dépossédé. D'autres se contenteraient peut-être de ces taches, de ces illusions. Parce que j'ai réussi à vendre, à me vendre, je suis allé trop loin : j'ai cru que j'avais du talent. Je ne suis pas plus peintre que mon père n'est antiquaire, que ma mère n'est mère, que Capucine n'est gentille.

Les Klimpt me croient en classe ; en classe on s'est habitué à mon absence ; chez Mme Gilmour-Wood je ne parle plus d'amour ; plusieurs fois ma marraine m'a fait comprendre qu'elle ne pouvait pas me recevoir. Je crois que, quand on grandit, arrive un moment de flottement. J'en ai parlé à Béague qui m'a dit : « C'est le moment du promeneur. Il faut marcher beaucoup dans les rues, oublier qu'on est attaché, ne pas y penser, ne pas chercher non plus à faire de rencontres. » J'ai essayé. J'ai cru que c'était facile d'abandonner les autres, qu'il suffisait de le décider. Mais finalement, je suis allé attendre Boulieu rue de Longchamp à la sortie du grand lycée. Et pour retrouver un peu de mon prestige, j'ai mis mon plus beau costume, bourré un vieux portefeuille de tout l'argent que j'ai gagné avec mes dessins, et je l'ai invité à manger des glaces chez Francis, place de l'Alma.

Le moment du promeneur, avec lui, est pénible : il parle fort, fait de grands gestes, ne me regarde pas en face.

Il reprend la conversation où nous l'avions laissée il y a deux mois, le jour où je l'ai amené chez ma marraine, quand je ne pouvais plus lui parler de Sylvie. On parlait filles, aujourd'hui il me parle femmes : « Balthazar, elles m'ennuient les filles de quinze ans, crois-moi, les filles de notre âge c'est pour plus tard, maintenant c'est trop facile. — Tu les trouves faciles ? — Mon vieux, si tu veux une vie un peu autre, exaltante, riche, comme la mienne... — Comme la tienne ? — Monte d'un cran. Que dis-je d'un cran ? De dix ! De vingt ! La femme de quarante ans ! Les filles de vingt ans, je pourrais t'en parler, je connais bien. A oublier ! Pas pour nous ! Elles n'ont besoin de nous que pour faire les coquettes. La femme de quarante ans, jamais ce genre de calculs — enfin, celles que je connais. Et elles te préparent de ces petites ambiances... Canapés rouges, lumières tamisées, feux de bois... Moi, je n'aime que les femmes mariées, belles, riches, élégantes, des femmes qui n'ont rien d'autre à faire que nous aimer, nous faire plaisir, et surtout faire l'amour, ce que nous, on aime par-dessus tout. La femme de quarante ans c'est beaucoup moins compliqué. D'accord, tu n'es pas leur première histoire, mais la plus extraordinaire ! Elles s'enivrent de l'odeur de ta jeunesse, leur jeunesse qu'elles retrouvent, qu'elles revivent d'un coup. Elle est maintenant assez éloignée pour qu'elles soient émues quand elles y songent et assez proche pour la retrouver, la remuer, la revivre, la retoucher... avec toi. On les attendrit, on les fait rire et on a du temps.

On ne leur demande rien, que de nous aimer mais ça, il ne faut pas le leur dire : elles vous aiment toujours trop, tu verras... Ne jamais les voir chez elles, sur leur terrain ! Ne jamais être prisonnier de leurs habitudes, de leur complicité avec leurs amis, ou leurs domestiques. Chez elles, elles se figurent que tu es à elles. Crois-moi mon vieux, l'amour est une invention de l'esprit. »

Je ne sais pas pourquoi, mais tandis que Boulieu parle de ses prouesses, je pense à cette femme en veste de toréador bleu et or qui, tous les après-midi, qu'il pleuve ou qu'il vente, défie le ciel au troisième étage d'un immeuble de l'avenue Henri-Martin, à côté de la petite gare : elle ouvre grand ses fenêtres et, les bras croisés, toujours dans la même position, garde pendant trois ou quatre heures le même air insolent pour soudain disparaître. Quand elle s'en va, on dirait qu'elle tombe à la renverse comme un personnage de carton découpé, abattu d'une flèche, à la foire, par un enfant. J'ai souvent rêvé que l'enfant c'était moi. Cette veste qui scintille sur fond de vitre noire, cette veste de toréador...

Il m'ennuie, Boulieu. Il déclame, parade. Autrefois, pourtant on parlait bien ensemble. Nous ne sommes pas loin de chez les Malevski. Cela fait au moins dix jours que je n'ai pas vu Philippe. Les rares fois où je suis retourné en classe, il n'y était pas. Serait-il malade ? Boulieu me secoue par la veste. « Mon vieux, tu m'écoutes ? — Non. » Je me lève, lance un billet sur le guéridon vert et, avant de m'éloigner, me retourne : « Mon vieux, bonne chance ! »

Au milieu du hall des Malevski, une table en gros bois sur laquelle un pot d'étain est posé. Des rideaux, sur les portes vitrées, empêchent de voir la Seine. Alors que la lumière venait de nulle part, des appliques en cuivre, avec des abat-jour en velours plissé bleu, sont accrochées au mur. La magie a disparu, la pièce s'est rétrécie. Les canapés clairs du grand salon ont été remplacés par des fauteuils « modernes » en teck ; dans le petit salon, mon canapé est devenu fauteuil à bascule. Ils ont tout changé en mon absence, ne reste que la photo du général de Gaulle sur le piano. Un maître d'hôtel en tablier me demande ce que je cherche et par où je suis entré. « La porte n'était pas fermée. » Ce n'est pas le même maître d'hôtel. Je demande Philippe Malevski. « Ces gens-là sont partis depuis huit jours. Oui, monsieur. Les derniers paquets ont suivi hier. Il y a eu un changement de gouvernement et M. Malevski a été nommé ministre. Il est rentré tout de suite. Sa famille l'a rejoint quelques jours plus tard. » Une secrétaire m'assure que j'ai été invité à la soirée d'adieu. Elle vérifie sur les listes : « Klimpt ? Avenue Victor-Hugo ? Vous êtes venu : il y a une croix en face de votre nom. Enfin, souvenez-vous monsieur, le nouvel ambassadeur, M. et Mme Malevski étaient là pour recevoir. Justement là où nous sommes. C'était vendredi dernier... »

Je demande à la secrétaire si sur l'invitation il y avait écrit M. Balthazar Klimpt ou M. et Mme Klimpt. « Sur la liste, il y a Balthazar Klimpt et il ne peut pas y avoir d'erreur : vous êtes même venu avec quelqu'un. Je vois un « 2 ». Nos listes sont très bien faites. »

Mais alors, qui s'est présenté à ma place ? Les

Klimpt ? Vendredi dernier, ils sont sortis : il était en smoking, elle portait une longue robe de taffetas gris. Vendredi dernier, oui j'en ai profité pour aller au cinéma. Il n'y a qu'eux qui ont pu venir... S'ils sont venus c'est qu'ils ouvrent les lettres que je reçois. S'ils ont ouvert celle-ci, ils en ont ouvert d'autres : Béague affirme m'avoir écrit de Venise ; Mme Gilmour-Wood, une carte du Touquet ; et Sylvie... Depuis combien de temps cela dure-t-il ? Depuis combien de temps m'écrit-on sans que je puisse répondre ? Avec combien d'amis me suis-je brouillé, sans savoir pourquoi ? A cause d'eux. Combien de lettres de Sylvie ma mère a-t-elle lues ? Combien de rendez-vous, de coups de téléphone ai-je manqués ? Mes amis me reprochent de ne pas répondre aux questions, d'être toujours évasif, de manquer de ponctualité, de fidélité. Ils disent que je suis léger... Je demandais à Sylvie si elle m'aimait, j'attendais sa réponse... Et moi qui, pour jouer au plus fin, l'ai fait attendre... Elle a cru à mon indifférence, elle s'est éloignée de moi. Dans quelle lettre me l'a-t-elle dit ? Je sais à présent pourquoi ma mère est entrée, victorieuse, dans ma chambre, le jour où j'étais resté tout l'après-midi, immobile, à attendre un appel de Sylvie, à me dire que c'était raté. Je pleurais. Ma mère s'est moquée de moi. Je me suis mis à hurler qu'on me laisse tranquille et elle m'a dit d'une voix blanche : « C'est curieux, tu as une colère d'impuissant ! » Et quand elle m'a traité de « don Juan »... j'ai pensé à M. Bruno, au cours de danse, à une fille de la classe avec laquelle Mme Lempereur aurait pu me voir dans la rue. Maintenant je comprends les phrases de ma mère, ses insinuations, ses mises en garde. Elle se targue d'avoir de l'instinct, de me deviner « comme seule une mère devine son enfant ». Non seulement elle sait tout, mais elle en sait plus, puisque dans les lettres qu'elle me vole elle peut lire ce que je ne saurai jamais. Pourquoi m'a-t-elle demandé, alors que ça m'était interdit, d'inviter mes amis à la maison, sinon pour voir mes correspondants ?

A cause des Klimpt, je n'ai pas pu dire au revoir aux Malevski. Ils m'ont fait entrer dans leur famille, ils m'ont accueilli, choyé, aimé peut-être, et je les ai laissés tomber ; je ne suis même pas venu leur dire adieu. Pour ne pas les perdre tout à fait, je leur aurais demandé une photographie. Maintenant comment leur écrire ? Que leur dire ? C'est de ma faute : à Janson, deux ou trois fois, Philippe m'a fait signe pour que je l'attende, mais j'étais pressé : je voulais vendre encore plus de dessins, ne pas rater le monsieur au pardessus en poil de chameau qui rentre chez lui à midi moins le quart. Philippe m'a peut-être appelé à la maison, mais je n'étais jamais là. Sans m'en rendre compte, j'ai laissé passer trop de temps. Entre le lycée, les heures de repas, les dessins à faire et mon petit commerce, je n'avais plus une minute, mais ça n'excuse pas tout. J'aurais dû l'appeler. Même si je connaissais Philippe depuis beaucoup moins longtemps que Boulieu, il comptait autant — même plus. Sans que j'aie jamais avoué les Klimpt à Boulieu, il a deviné mon désarroi, ce que j'affronte tous les jours. Il a entrevu, il y a déjà longtemps, derrière mes rires, mes farces, tout ce que j'essaie de cacher et, sans délicatesse, radieux, il me ramène souvent par des allusions et en riant parfois grossièrement à cet enfer. Avec Philippe, j'ai tout de suite été moi-même, désinvolte — trop désinvolte. La paix relative dans laquelle je vis depuis quelques mois m'a permis d'être moins inquiet, de traîner un peu avec lui sans demander l'heure toutes les cinq minutes, j'ai pu rire vraiment. Il ne m'a jamais vu exclu de la classe, sermonné par les professeurs. Je ne lui ai montré que les grands côtés de Balthazar Klimpt. Comment ai-je pu ne pas l'appeler? Mes dessins, qui ne sont rien, m'ont fait tout oublier et trahir mon meilleur ami. Il avait confiance en moi.

J'aurais bien aimé être comme lui : quand je sais quelque chose je le dis tout de suite, de façon brutale, péremptoire, je veux qu'on me laisse finir mes phrases. Lui, je ne l'ai jamais vu se vanter de ses expériences, de son savoir, de ses relations, de sa vie. Il parlait d'une voix claire, posée. Ses phrases, sans recherche, étaient bien agencées. Je ne corrigeais pas ses fautes de français, ainsi, les mots avaient l'air de lui appartenir. J'enviais son style. J'aurais voulu qu'il m'apprenne à être moins barbare.

Que les Klimpt ouvrent mon courrier, et le gardent, c'est peut-être méchant mais c'est dans leur logique. Mais que j'aie manqué à ma parole, à l'amitié, que je n'aie pas été là, que j'aie disparu sans raison me révolte. J'ai tant de mal à me passer des autres. C'est pourquoi je mène toujours plus ou moins deux ou trois aventures à la fois, ne sachant jamais quitter, ne sachant jamais si j'aime plus l'un ou l'autre qu'au moment où je risque de les perdre. Qui me manquera le plus ? A qui manquerai-je davantage ? Qui tient le plus à moi ? A qui je tiens le plus ? Pendant que dans la boutique de Mme Gilmour-Wood je regarde les femmes passer devant sa vitrine, que j'admire sous son béret bleu flanqué d'une flèche en jais son beau profil ébréché par le malheur, qu'elle me parle du style de Modigliani, de son caractère, de son italianisme, de son suicide, je me demande si je ne serais pas mieux auprès de M. de Béague dont l'horizon est plus ouvert. Il sait où va le monde, connaît ses erreurs, ses grandeurs. Mais très vite, aussi, en marchant avec lui, je ne suis plus heureux : je m'en fiche de ses idées, de ses plaques, de ses palais, de ses exemples, de tous ses grands hommes dont je n'arrive pas à suivre la vie. Il y en a trop. Trop de ramifications, trop de parenthèses — un peu comme quand je parle —, trop de nuances, de conséquences, trop de tout. J'ai envie d'aller jouer. Ça fait combien de temps que je n'ai pas mis les garages souterrains en bordure du square Lamartine à feu et à sang ? Mais là aussi, autrefois, à moitié asphyxié par le rire, un quart par l'odeur du pétrole, le dernier quart par la peur d'être surpris, bien qu'ayant voulu faire partie de cette équipée, et alors que j'étais ravi quelques minutes plus tôt quand nous poussions les voitures en travers des allées, je me disais tristement, malgré cette exaltation : je m'amuse, peut-être, mais ce n'est pas ma vie. Je m'étais promis de rester chez moi et de relire *Les Thibault* malgré la présence de Capucine, malgré ces meubles qui entrent et sortent à longueur de journée, malgré les allées et venues de ma grand-mère qui demandera jusqu'au bout si elle doit sortir ou si elle vient de rentrer.

Je n'arrive pas à me faire à l'idée que je ne reverrai plus jamais Philippe Malevski, ni son père, ni sa mère, que je ne retournerai plus cours Albert-Ier. Je peux aller voir Sylvie, remettre le pull-over dans lequel elle m'a aimé, lui dire que ma mère m'a pris ses lettres, que son « il faut me faire souffrir » je l'avais pris au sérieux, je peux lui dire mille choses. Je peux aller l'attendre devant chez elle, pendant des jours et des nuits, la reconquérir par ma présence, mon insistance, mes sourires, je peux la perdre : elle aussi est coupable, mais pas les Malevski, loin aujourd'hui, et dans une tout autre vie. Pour eux, je suis à jamais un traître, un sans-gêne, une girouette, quelqu'un de déloyal, un mauvais fils. Leur écrire pour désavouer mes parents ? Impossible. Il n'y a pas un mot qui puisse excuser des semaines d'absence.

Que vais-je pouvoir dire à Mme Gilmour-Wood ? A Béague ? A ma marraine ? Eux non plus, je ne les ai pas vus depuis longtemps.

Mme Gilmour-Wood est devant la porte de sa boutique. Les mains encombrées de paquets, elle cherche ses clefs dans son sac. « Voulez-vous que je vous aide ? — Non. Trop tard. Il fallait venir quand nous avions besoin de toi, parce que monsieur disparaît tout d'un coup quand on lui demande quelque chose ! Je n'ai pas de temps à perdre, va-t'en, je travaille ! » Elle avait besoin que je vienne aider son mari à faire de l'ordre dans la réserve. Le seul service qu'elle m'ait jamais demandé. J'ai oublié. C'est à elle que j'aurais dû envoyer des fleurs — pas à ma marraine.

Elle n'arrive pas à ouvrir sa porte, s'impatiente, me

tourne le dos. « Mais que fais-tu là à cette heure ? Tu n'es pas en classe ? » me dit-elle, brandissant ses clefs vers moi comme si j'étais un voyou dont elle devait se défendre. Mon cœur bat, mais je ne bouge pas. « Tu ne vas plus jamais en classe, et ça me navre. » « Navrer », un mot des Klimpt, un mot de naufrage. Que veut-elle ? Que je lui montre mon carnet de correspondance ? On est sur ce pied ? Elle fait tomber sa voix dans un abîme de dégoût où, normalement, je devrais être entraîné. La gravité du ton, la lenteur de l'énoncé, la respiration retenue, elle les gardait en réserve pour m'achever, me précipiter dans le néant : « Tu ne m'intéresses plus ! » Cette honte dans laquelle elle essaie de me noyer, cette honte de moi, non seulement je ne l'éprouve pas, mais, à sa place, grandissent doucement, adorablement, bien d'autres sentiments dont la colère qui, d'un instant à l'autre, peut prendre son élan, jaillir et m'occuper tout entier. Et alors, plus de Mme Gilmour-Wood, écrasée la mouche contre la vitre de la porte de son magasin qui finit par s'ouvrir. Elle m'écarte du coude avant d'entrer et disparaît dans son arrière-boutique. Je la suis. Alors qu'elle ne le fait jamais, elle époussette, un à un, tous les objets qu'elle trouve. J'attends. Elle passe, me tourne le dos, ramasse des bottins, cherche, la main tremblante, n'importe quoi qui la détourne de moi : remettre une photo dans un cadre, planter un clou. Nous tournons tous les deux en silence dans la petite pièce. Elle enlève son béret, son manteau et va s'asseoir — comme d'habitude — dans le magasin. Pour attirer son attention, pour retrouver son sourire, je lui dis tout : le départ des Malevski, les dessins que je vendais, les lettres que ma mère intercepte, la soirée d'adieu, l'horrible mobilier du nouvel ambassadeur, la nullité de mes dessins, mes capacités de vendeur, les fourrures vertes et bleues que ma marraine s'est offertes, les bains brûlants qu'elle prend au milieu de l'après-midi pour ensuite suffoquer sur son lit, criant que sa dernière heure est arrivée... Plus je parle, plus le visage de Mme Gilmour-Wood se ferme. Rien ne la touche, rien ne l'émeut plus. Je m'efforce d'être drôle, impertinent, féroce, triste, charmant, gamin, moral, perdu, déconcerté, loyal, attentif, serein, enthousiaste, malheureux — tout ! Je lui prends la main, elle la retire aussitôt pour la poser de nouveau sur sa table d'acajou, à la même place, pour me montrer que mon geste n'a pas eu plus d'importance qu'un courant d'air. Un instant, elle a le même regard, la même façon de pincer ses lèvres, comme pour les avaler, que ma grand-mère quand elle découvre qu'elle n'est pas sortie et qu'il est trop tard, qu'elle ne sortira plus. Mille petites rides se rejoignent autour de sa bouche aux lèvres disparues, comme des fils qui ferment sa blessure. Mme Gilmour-Wood m'a rayé de sa vie quand elle n'a plus reconnu en moi son fils peint par Boldini. Plus je lui raconte mes expériences, plus je m'échappe, plus je la ramène à son deuil. Pour être son fils, il faudrait que je sois encore prisonnier parce qu'elle-même a perdu sa vie.

Pourquoi accepter ses reproches ? Je la voyais pour sa gentillesse, pour le répit qu'elle me donnait, je pouvais venir la trouver à n'importe quelle heure — enfin aux heures ouvrables. Qu'elle ne m'ait jamais suggéré de l'appeler chez elle m'a souvent peiné et beaucoup manqué. Je la vois parce que je la sens seule et que je la sais méprisée par mon père. Cela lui donnait du lustre mais... il n'y a pas de mais, ce n'est pas parce que je suis furieux ce soir que je ne dois pas reconnaître que je l'aime. Meurtrie de ne plus être la si jolie femme qu'elle a été, je sens en elle tant de regrets. Je ne lui ai jamais demandé pourquoi elle avait épousé M. Gilmour-Wood, ce héros de la R.A.F. dont la victoire et les souvenirs lui rappellent sans cesse sa plus cruelle défaite. Elle a mal manœuvré, comme son fils. Elle a tué son avenir, son bel avenir, en acceptant quoi de qui ? Je n'ai jamais pu savoir. Un jour elle a laissé échapper qu'elle avait posé nue pour Modigliani. J'avais accordé à cette confidence une importance capitale, mais dès que j'avais essayé de la faire parler davantage, elle avait eu ce pincement de lèvres comme si elle s'apercevait qu'elle avait trop parlé.

Je voulais aller chez M. de Béague, et je suis là. Bêtement. Je suis bêtement venu me faire aimer d'une femme qui se méfie de moi, une femme qui ne voit pas pourquoi je suis dans sa boutique. Elle regrette de m'avoir dit : « C'est fou ce que tu ressembles à mon fils. » Voilà pourquoi je lui ai répondu : « Mais moi, je n'ai jamais été à vous. » Je n'aurais pas dû dire cette phrase. J'aurais dû rentrer avant. Je devais rentrer. Je rentre toujours trop tard.

C'est la première fois que je sors de chez Mme Gilmour-Wood en claquant la porte aussi fort. Je n'y retournerai plus.

Devant chez moi, Béague, sa couverture sur le dos, sa canne à la main, la figure penchée vers mon père, enveloppe un objet dans du papier kraft. Ils sont l'un en face de l'autre. Je ne suis pas encore allé me changer dans la réserve, mais je porte un blazer bleu qui ne se remarque pas trop. J'essaie de me glisser sur le côté. Je ne peux plus reculer, ils m'ont vu. Je me dirige vers eux, j'embrasse mon père qui s'écarte un peu : il n'aime pas ce genre d'effusions. Béague, tout à son anecdote, me tend une main absente. Passionnés par leur conversation, ni l'un ni l'autre ne s'interrompent. Je disparais dans l'appartement et file dans ma chambre. Je dois quitter ces vêtements au plus vite, mon père ne les a peut-être pas remarqués. Je guette derrière un rideau ; j'attends qu'ils se séparent, pour aller me changer. De l'autre côté de la cour, Mme Gilmour-Wood, munie de sa clef, va vers la réserve. Je vais lui reprendre tous mes vêtements, sauf le manteau de son fils. Je les mettrai dans mes armoires.

Pourquoi Béague est-il venu ? Comment a-t-il osé ? Il m'a toujours dit que chacun a ses territoires, sa vie, qu'on doit respecter. Personne n'a son adresse. Pas même son frère. Seuls son médecin, sa bonne et moi, avons le droit de franchir sa porte — et je l'ai rarement fait. Les jours où il était urgent que je lui parle, je n'allais même pas l'attendre devant chez lui, de peur de lui déplaire, et quand je vais au Bois, j'évite sa rue pour que, s'il me rencontre, il ne croie pas que je l'espionne. Et lui trouve tout naturel de venir chez moi ! de parler à mon père ! de le faire rire ! Pourvu qu'il ne lui dise pas que je viens si souvent le matin lui tenir compagnie pendant qu'il prend son café, au Lamartine.

Mme Gilmour-Wood a éteint la lumière de la cour. Dans l'ombre, elle retourne dans sa boutique. Le reflet de la vitre sur le noir de la cour me renvoie mon image et je me vois comme elle m'a vu. Les cheveux en arrière, mon front paraît grave, mes traits se dessinent, mes yeux sont moins durs. Je n'ai plus ma grosse bouche d'autrefois. J'ai moins l'air effaré. J'ai changé de tête. Je vois maintenant pourquoi M. Bruno a pu se tromper et m'a engagé. Je ressemble à mon père. Peut-être qu'à force d'être obligé de cacher mes sentiments, de ne pas dire ce que je pense, de dissimuler ce que je fais, je suis devenu ce qu'ils veulent : personne. Quand ai-je changé ? Mme Gilmour-Wood est la seule à s'en être aperçue, comme elle est la seule à avoir deviné que j'ai voulu mourir. Tout le monde l'a oublié, même moi. Ce n'est pas grandir qui m'a le plus transformé. Est-ce Sylvie ? Sa main sur mon visage, ses caresses, son corps, son amour ont-ils laissé leurs traces ? Le regret de l'avoir perdue a sans doute creusé mon regard. Mais suis-je si désinvolte, si libre que je le crois puisque la présence de Béague chez moi me glace ? Il est parti depuis longtemps et je suis là, à la même place, cloué.

Je m'oblige à aller me changer avant de rejoindre les Klimpt pour dîner. Dans la réserve de Mme Gilmour-Wood, je trouve une valise que je remplis de tous les cadeaux de ma marraine. J'attendrai que les Klimpt soient sortis pour la porter dans ma chambre.

A table, la conversation est animée, le nouveau gala de la Belle et la Bête, les fêtes de Noël qui approchent, le 18 en physique de Capucine, le nouveau médicament américain pour ma grand-mère, l'appartement au-dessus qui va se libérer... On va peut-être monter. En bas, il y aura l'entrepôt — les salles d'exposition, dit ma mère — et nous habiterons au premier. Ils se disputent déjà à propos des meubles qu'elle veut y mettre. La bonne petite Capucine déclare qu'elle n'a besoin de rien, elle ajoute simplement qu'on est bien obligé de me laisser là où je suis : « Ses armoires pleines de papier sont trop lourdes pour qu'on les bouge. » Pas un mot de Klimpt sur la visite de Béague. Néanmoins, à sa façon de déguster son vin, de plisser ses yeux, de passer sa main dans sa crinière, de caresser la table, je vois sa joie secrète, inaccoutumée, profonde.

La soirée se termine par un appel mystérieux : on demande ma mère de Suisse. Avant d'aller répondre, elle qui ne fume presque jamais, allume une cigarette. Elle se donne un répit, comme ces acteurs qui, avant d'entrer en scène, ne peuvent s'empêcher, parce qu'ils savent que toute la salle les attend, de marquer, par une fausse hésitation, qu'ils comptent plus que les autres. Il faut que l'on comprenne, mon père et moi, que si on dérange ma mère à cette heure, c'est qu'une grande partie se joue et qu'elle en est la clef : ne voit-elle pas, en ce moment, presque tous les jours, la principale secrétaire du ministre de la Défense, plus proche du ministre qu'aucun de ses conseillers ? Et pourquoi la voit-elle, sinon pour ses fameuses maisons gonflables, ses maisons pliantes, en plastique, que l'on transporte avec soi et que l'on dresse là où on veut ? Ma mère a si bien réussi à convaincre cette femme, que le ministre pense à son projet pour les transformer en casernes tous terrains. Des maquettes sont à l'étude. Et puis elle a déposé d'autres brevets : le savon sans mousse, le Coca-Cola au citron, la photo parlante, les dents en verre, les lunettes pour chien, le croissant-tour-Eiffel. Elle est partie du principe que toutes les formes s'épuisent. « La preuve : le triomphe de la baguette, au détriment du bâtard qui a eu son heure de gloire, ce qu'on ignore parce que nous ne connaissons rien au pain ! Ici, on a beau lever les yeux au ciel, ailleurs, on est plus admiratif ! Enfin, nul n'est prophète en son pays. » J'ai dit qu'avec un peu d'air chaud, les casernes gonflables pourraient s'envoler... Du coup, elle créerait en plus un nouveau moyen de transport. Dame Klimpt préfère ne pas répondre, et garder toute son énergie pour son cerveau. Les grands visionnaires ne sont jamais compris.

La communication est brève. Le récepteur retombe de lui-même dans ses fourches. Hébétée, ma mère nous dit : « Je n'ai pas eu le temps de lui parler, elle était à la gare de Berne. Elle a dit : " J'arrive ! " Madeleine arrive ! Elle sera ici demain ! »

Ma mère appelle aussitôt la supérieure du couvent pour lui demander si elle mesure bien le risque qu'elle prend en laissant partir une femme après soixante ans de... je crois bien qu'elle a prononcé le mot « enfermement ». Qu'elle aille la rattraper à la gare, qu'elle la reprenne dans son couvent ! La supérieure répond que Berne est loin, que Madeleine est libre, qu'elles ont parlé toutes les deux, que c'est une sainte femme et que si tels sont les vœux du Seigneur...

Mon père ne s'intéresse pas au sort de Madeleine. Il ne lui est pas hostile, pas plus qu'il ne l'est aux Chinois, aux Esquimaux, aux gens d'en face. Chacun sa vie. Pourtant, c'est grâce à elle que nous avons connu le Père Ernst-Frederik.

Madeleine — Mère Marie-Catherine — portait, quand nous allions la voir dans son couvent, un grand voile rouge sur une aube de grosse laine blanche, une croix de bois sur la poitrine, une cordelière nouée pour les vœux. Elle sentait le savon de Marseille et le cachet d'aspirine. Nous étions reçus au réfectoire parmi les religieuses que j'embrassais les unes après les autres. Une fois j'avais dit que je voulais rester avec elles. Ça les avait fait rire. J'avais même essayé de convaincre Capucine que, pour elle, la vie au couvent serait une vie en or. Qu'elle finirait sûrement mère supérieure avec son esprit. Elle pourrait fonder un ordre, entrer dans l'histoire de l'Eglise, avoir sa statue, être canonisée. Hélas, ça ne lui disait rien de finir en image pieuse. Elle attendait d'autres miracles. Pour mon treizième anniversaire, alors que nous nous trouvions en visite, les religieuses avaient confectionné ce qu'elles appelaient la « bombe glacée ». A la fin du repas, elles avaient apporté un petit monument blanc qui ressemblait à un bloc de saindoux, dont s'échappait une mèche à laquelle la sœur tourière, une femme d'une grande beauté, aux immenses yeux, avait mis le feu. Une explosion. La carapace blanchâtre du gâteau avait éclaté et des centaines de petits drapeaux sur lesquels figuraient les couleurs de tous les pays du monde avaient volé autour de nous. C'était toujours une fête d'aller voir Madeleine. Elle était professeur de cymbales — on n'imagine pas le nombre de gens qui veulent apprendre à jouer des cymbales en Suisse — et collectionnait les portraits de Mozart.

Ma mère répète que c'est idiot que Madeleine

vienne à Paris. Toujours est-il que ce matin elle s'est levée tôt pour aller la chercher à la gare. Je voulais l'accompagner, mais j'étais censé aller au lycée.

« Elle est descendue du train chargée de deux grands sacs bourrés d'instruments de musique, elle savait où elle allait ! Elle n'a pas voulu venir à la maison, elle a une adresse : chez une aveugle, rue Bonaparte. » Ma mère est ulcérée qu'elle ait refusé d'habiter chez nous. « Elle m'a déclaré qu'elle se devait de rendre service, de payer son gîte ; elle fera le ménage, la lecture... J'ai insisté, bien entendu... Chez nous aussi, elle pourrait être une. Mais que peut-on faire contre une aveugle ? » Madeleine a tracé avec son doigt une croix sur le front de ma mère et lui a dit « adieu ».

J'arpente la rue Bonaparte depuis une heure, me renseigne dans une librairie, chez un marchand de couleurs, chez un encadreur. Je vais voir les concierges : ce n'est pas difficile à trouver une aveugle et une religieuse ensemble. Enfin, c'est là : au deuxième étage d'une maison basse. Une voix derrière la porte refuse de m'ouvrir. Après de longues palabres durant lesquelles j'explique que je suis le neveu de Mère Marie-Catherine, une grande femme maigre apparaît. Ses cheveux blancs mousseux semblent flotter au-dessus de sa tête, comme un nuage qui l'aurait coiffée. Je me présente à nouveau pendant qu'elle me fait entrer dans un appartement si sombre que j'ai du mal à la suivre. Pour l'amadouer je lui parle de moi. Ça ne l'intéresse pas : elle est à la fin de sa vie, elle a un potage sur le feu, elle attendait ma cousine il y a huit jours et elle n'est arrivée qu'hier, une amie doit venir la voir, un robinet fuit dans la salle d'eau, elle n'a toujours pas classé les papiers de son défunt mari, une femme dans la copropriété refuse de payer ce qu'elle doit, l'épicier n'a toujours pas livré, elle me demande de ne surtout pas m'appuyer aux piles de livres derrière moi. Penchée en arrière, la nuque raide, le menton tremblant, la tête tournée vers l'épaule comme celle de ces chevaux rétifs qui cherchent à se défaire du mors qu'ils ont en bouche, elle grogne : « Votre cousine n'a pas à recevoir de visite ici ! Il y a déjà une femme bien bavarde qui a appelé pour elle ce matin et qui voulait que je prenne un message ! Ça suffit ! Partez maintenant ! Elle est à la messe à Saint-Sulpice. »

La méchante femme m'a dit ce que je voulais savoir. Je remonte la rue Bonaparte en courant et arrive, essoufflé, à l'église. Madeleine prie, seule, dans une chapelle à gauche de la nef, les yeux grands ouverts. Je ne sais pas si elle me voit, je n'ose pas approcher. Je reste plusieurs minutes à regarder son visage blanc, son nez fort. Elle n'est pas belle, sa bouche est trop grande, mais une telle paix, une sérénité si profonde, une quiétude si parfaite se dégagent d'elle qu'elle ressemble à ces portraits angéliques que j'ai vus au Louvre avec Béague. Le visage lisse, elle n'a pas d'âge. Elle semble heureuse de me voir, se penche pour me parler, comme si j'étais toujours le petit garçon qu'elle a connu. Elle ne me demande aucune nouvelle de Capucine, ni de mes parents. Seule ma grand-mère l'intéresse. Elle viendra la voir. Pour la première fois je remarque qu'elle a un accent. Elle ramasse ses deux sacs noirs qu'elle refuse énergiquement que je porte, je l'emmène dans les jardins du Luxembourg, lui parle du Père Ernst-Frederik, lui dis combien j'ai aimé cet homme que je regrette d'avoir connu trop jeune. Nous sommes assis sur un banc près du kiosque à musique et, doucement, insidieusement, elle m'amène à parler de ce qui compte le plus pour moi : le libre arbitre, ma vie à la maison, mes amitiés, mes goûts, mes désirs. Je lui dis que j'ai aimé, que j'aime encore, mais que chaque fois que j'aime, c'est dans le vide. Que souvent j'ai l'impression de fabriquer des fantômes pour cet amour, qui soudain se réveillent et se vengent. Je lui dis que j'ai été comme un plongeur qui, dans les eaux bleues, fascinantes, attiré par le fond, a soudain peur et ne songe qu'à remonter mais en même temps résiste, captivé. Elle me dit qu'elle connaît le doute. Elle le vit tous les jours depuis qu'elle a donné sa vie à Dieu. Pour s'abandonner, il ne faut pas se juger. Il faut seulement croire que l'autre, pareil à vous-même, vous attend. Qu'ensemble on peut aller vers autre chose. Que l'amour n'est pas un miroir ni un gouffre sans fond, mais une lumière qu'on a en soi, qu'on voit dans l'autre et qui vous porte ailleurs. Rien sur terre n'est plus grand.

Elle a quitté son couvent pour aller vers les autres, pour trouver en eux la part divine qui est diversité, opposition. Elle a connu les tentations, les péchés ; elle a connu aussi l'exaltation. Elle a traversé la vie sur un fil tendu entre le bien et le mal mais le fil était trop court là-bas. Il doit s'étendre à l'infini, comme les fils de la Vierge qui flottent dans l'air en été. Elle vient monter un petit orchestre dans chaque quartier de Paris, dans chaque petite ville parce que la musique ressemble à l'amour, que c'est un don de Dieu qui réconcilie les hommes. Il faut que la musique emplisse le monde. Toutes ses économies, toutes les leçons qu'elle a données, c'est pour monter des tréteaux sur toutes les routes des pèlerinages. Elle a refusé de vivre avec nous avenue Victor-Hugo car elle ne veut pas d'attaches, plus d'horaires. Il faut que je la laisse maintenant : elle n'a entendu que deux messes ce matin, il y en a une à la Sainte-Chapelle dans une demi-heure, puis une autre, après, à Notre-Dame, ensuite elle ne veut pas manquer celle de Saint-Philippe-du-Roule et dans l'après-midi si elle peut assister encore à quelques offices... Elle a passé des années à étudier le plan du métro pour savoir comment on peut aller du Sacré-Cœur à Saint-Etienne-du-Mont, de Notre-Dame-des-Champs à Saint-Séverin. Je la laisse partir devant moi avec ses paquets et sa foi. Alors que les gens diminuent quand ils s'éloignent, je vois son aube blanche grandir entre les arbres.

Les scènes de Klimpt recommencent bien que j'aie rapporté des notes convenables, avec *encourageant* comme appréciation — encourageant pour qui, on ne sait pas. Malgré mon profond désintérêt des cours, mes absences, plus personne sur qui copier, plus de carnet de rechange, le trimestre s'est assez bien passé. Klimpt m'interroge pour savoir d'où je viens, où je « traîne ». Il avance vers moi, m'oblige à reculer contre le mur, mais maintenant, tous les deux, nous avons presque les yeux à la même hauteur. Je ne vais pas lui dire que je passe mon temps à la recherche de Madeleine qui vole de messe en messe. De la Trinité à Saint-Augustin, de Saint-Germain à Sainte-Clotilde, elle sillonne Paris avec ses grands sacs noirs à la main. A l'entrée de chaque église, elle demande si l'un ou l'autre qui se trouve là ne veut pas jouer d'un instrument dans son orchestre. J'interroge les sacristains, les abbés, les chaisières. Je l'ai ratée de peu à Saint-Pierre-du-Gros-Caillou : elle venait d'haranguer des scouts pour les enrôler. L'aveugle de la rue Bonaparte m'a crié à travers la porte que Madeleine n'habitait plus chez elle, qu'elles s'étaient disputées, que ma cousine avait tort, qu'elle avait été terrible, qu'elle aille au diable !

Pourquoi ne faut-il pas se juger ? Pourquoi faut-il s'aimer soi-même pour aimer les autres ? Que va-t-elle chercher chez les autres ? A-t-elle le sentiment d'avoir gâché sa vie, si longtemps en marge du monde ? S'est-elle trompée ? Je reste avec mes questions sans réponse. J'aurais bien aimé lui parler du suicide.

Je ne vais pas non plus dire à Klimpt que ma marraine s'est installée avec Boulieu. Que j'ai pleuré dans la rue quand on m'a fermé la porte au nez, désespéré d'être trahi à la fois par elle et par lui. Que je ne pouvais plus respirer, que, de nouveau, j'ai pensé à la mort. Que j'ai frappé cent fois à la porte de fer, peinte en noir, dans laquelle j'ai donné des coups de pied. Que j'ai crié, que j'ai hurlé, et qu'imperturbable, chaque fois, le maître d'hôtel m'a répondu : « Madame ne veut plus vous voir. Je ne peux pas vous laisser entrer. » Il portait des gants blancs parfaits, bien ajustés — pas facile à trouver quand on a une main si grosse. « Lui avez-vous dit que c'était son filleul ? Balthazar ! Le lui avez-vous dit ? — Quand bien même, monsieur... — Comment, quand bien même ? — Je ne peux rien vous dire d'autre : quand bien même... » Derrière lui, Toki aboyait à tout rompre. « Au moins laissez-moi voir le chien. Le chien me reconnaît, vous voyez bien que je suis de la maison, laissez-moi entrer ! — Non. Le chien c'est le chien. » Il ne refermait pas la porte. Fier de son pouvoir, il en jouissait : « Il ne passera pas. »

Je me trouve, je me trouverai maintenant pour elle et pour toujours de l'autre côté, du côté de la rue, du côté des gens que l'on chasse. Voilà ! Tandis qu'elle, ma petite marraine, et Boulieu qui me reprochait autrefois de ne pas avoir de « conscience de classe », seront du côté de ceux qui reçoivent. Elle ne badine plus, il fallait s'installer sérieusement, elle l'a fait. Il est là le secret de la prétendue jeunesse de ma marraine : elle change d'amant, aussitôt elle change d'adresse, de personnel, d'amis. Pour une fois elle n'a pas changé de pays. Grâce à Boulieu — chaque fois que je dis « grâce » je me demande si je ne me suis pas trompé, si ce n'est pas plutôt « à cause » qu'il faut dire —, grâce à Boulieu elle est restée à Paris.

Mme Gilmour-Wood me l'avait dit : « Il n'y a que les femmes pour s'en tenir à ce qu'elles ont décidé. Elles te tromperont toujours. Ecoute-les, fais-leur croire qu'elles ont raison et flatte-les pour t'en servir. » Me suis-je servi de ma petite marraine ? Oui, pour rire. Et je me suis attaché à elle. La preuve, c'est que, triste de ne plus la voir, de ne plus avoir de ses nouvelles, j'ai voulu forcer sa porte. Ni à l'Hôtel Meurice, ni au Lotti, ni chez Fouquet, son confiseur, on ne savait où elle était passée. J'ai mis des jours à la retrouver. Finalement je l'ai rencontrée par hasard rue de Rivoli, alors qu'elle sortait de chez Hilditch entre Boulieu et son chauffeur chargé de paquets. Je les ai aperçus, j'ai reculé, me suis caché derrière un pilier entre deux arcades, ils sont montés dans la voiture et ont filé. Un garçon, qui venait de livrer, enfourchait sa moto : « Suivez cette voiture, je vous en supplie, c'est très important ! Vite, vite. » Je sautai derrière lui sur la moto, lui tapai sur le bras. Il portait une veste d'aviateur. On les a rejoints aux Chevaux de Marly : le chauffeur de ma marraine conduisait vite mais mon aviateur plus vite encore. « Ne les doublez pas, ils vont nous voir. » On a failli les perdre à l'Etoile. Ils auraient pu me découvrir au bas de la Grande-Armée. Dans Neuilly, nous avons été prudents. C'est moi qui dirigeais les opérations. Devant une maison blanche, j'ai remercié le motocycliste.

La façade claire de l'immeuble semblait avoir été repeinte la veille. Des fleurs, des tulipes blanches plantées en rang d'oignons, avaient l'air stupide, emprunté. Finie la belle désinvolture avec laquelle j'abandonnais cartable et manteau sur le fauteuil en peluche rouge de la chambre du Lotti. D'ailleurs il n'y a pas de fauteuil rouge dans l'entrée, j'ai bien vu derrière le maître d'hôtel : des carreaux en marbre bien ajustés noirs et blancs, cirés, glissants et rien d'autre. Et si j'avais demandé à parler à Boulieu ?

Le chien aboyait et j'étais dehors. Elle ne voulait pas me voir, elle que j'aimais vraiment, mais son chien que je n'aimais pas, auquel je donnais des petits coups de pied, en douce, de temps en temps, me réclamait. Et ce gros bonhomme, jaloux de son poste... Pendant des mois j'ai été comme lui, aux côtés de ma marraine : fier, solennel, arrogant. J'ai été ce privilégié ridicule qui régnait.

Je ne vais pas dire à Klimpt que j'ai perdu à la fois ma marraine et mon meilleur ami, pour lui ni l'un ni l'autre n'existent. La seule chose qui l'intéresse, c'est que je me taise. Il tire mon pull-over vers lui, me secoue : « Et tu vas t'habiller convenablement. On a invité quelqu'un pour le déjeuner. Qu'as-tu fait du blazer que tu portais l'autre jour ? Je ne veux plus te voir dans ce pantalon informe. »

Lui qui est toujours à me demander comment j'ai pu me procurer un livre, un crayon, une gomme, pour qui la moindre bricole est prétexte à enquête, trouve tout naturel que je porte une veste et un pantalon qu'il ne m'a pas donnés. Croit-il que c'est ma mère ? Il n'a aucune idée de mes besoins, des prix, du temps qui passe. Elle, ne dépense que pour le superflu : une machine à découper le jambon — qu'on n'achète qu'en tranches — et pour ses parfums ; elle aime tous les parfums de la terre. Et lui, malgré ses dettes, change de voiture une fois par an. Comme parler d'argent est vulgaire, ils ne disent jamais le prix de ce qu'ils achètent.

Je vais attendre qu'on m'appelle pour venir à table : devant les invités, ma mère n'osera pas me demander d'où vient ma veste. Après, elle oubliera. Et si elle m'en parle, je ferai comme pour mon pull-over bleu : je dirai que c'est un cadeau de ma grand-mère puisqu'elle oublie. Il y aura encore une fois un drame : mon père dira que c'est une honte de profiter de l'infirmité de cette femme, que dans la vie je n'irai pas loin, qu'on ne devrait pas laisser un sou à ma grand-mère ; Capucine approuvera ; ma mère défendra sa mère, pleurera ; ma grand-mère ne comprendra pas ce qui arrive ; je trouverai ça comique et je recevrai une gifle qui apaisera tout le monde.

Depuis longtemps, je me suis dispensé de venir saluer les invités. Je n'apparais plus qu'au moment de passer à table. Il est bien assez tôt, à ce moment-là, de faire semblant de m'intéresser à la réussite de M. Lempereur, de plaindre sa femme pour ces terribles migraines qui l'obligent parfois à rester deux jours dans le noir, d'admirer leur fils, le petit Jean que ma mère dit aimer beaucoup...

Ils sont debout autour de la soupière comme s'ils veillaient un mort. Manque ma mère. Elle arrive en criant que ce sera comme ce sera, qu'il ne faut pas s'attendre à des miracles avec Francette en ce moment mais qu'enfin ce sera très bon tout de même. Béague tient la chaise de ma mère, qui repart vers la cuisine, se ravise à mi-chemin pour enfin prendre place. A la vue de Béague je recule. Je pense à retourner dans ma chambre, m'échapper par la fenêtre. Je préfère affronter. Je tends la main à Béague, et d'un ton enjoué, lui dis : « C'est très curieux, je pensais justement à vous ! J'ai découvert que le général Moreau, le seul général des armées napoléoniennes passé à l'ennemi, a habité la maison. » Je parle fort, avec assurance. Klimpt et Béague tournent la tête vers moi comme si j'étais un intrus, et poursuivent leur conversation sur le partage de la Transylvanie. Klimpt énumère les provinces, les villages qui appartenaient à la Hongrie. Béague, la serviette sur la bouche, suit les paroles de Klimpt sans en perdre une miette. Il lui fera connaître un prince Esterházy, aujourd'hui concierge dans un hôtel à Sydney, un vieillard qui a beaucoup à dire : sa mère possédait une chasse avec pas moins de cinq mille rabatteurs... Mon père se souvient du lac Fertö, auquel on arrivait par un petit chemin de montagne. A gauche, il y a le village, et quand on regarde dans le ciel, on y voit le village qui se dédouble. Mirage célèbre que Béague note dans un de ses petits calepins. Mon père aimerait bien retourner en Hongrie pour des vacances. Ma mère dit qu'elle lui en avait parlé mais qu'il avait levé les yeux au ciel. Capucine dit que Granville c'était bien mais qu'elle serait très contente de nager dans le lac Fertö. Béague et Klimpt ont pour la championne un même regard attendri qui la fait rougir — jusqu'à quel âge va-t-elle rougir ? Pendant qu'ils parlent, ma mère remplit les assiettes à ras bord, et Béague qui mange habituellement très peu ne refuse pas.

Ce n'est pas la première fois qu'ils se voient : ils s'appellent par leur prénom. Béague a glissé ses pouces dans les poches de son gilet. Je crois comprendre qu'ils sont allés ensemble à une vente, que mon père lui a cédé un camée pour une de ses amies. J'essaie d'entrer dans leur dialogue, de poser des questions à mon père sur sa famille. Ils me font un petit geste de la main, comme pour chasser un insecte. Je n'abandonne pas. Après tout, Béague est mon ami. Ils se perdent dans les détails : la couleur des uniformes des soldats pendant chaque guerre... Je préférerais savoir pourquoi la Hongrie était fasciste, plutôt que de les entendre rire à propos de Horthy, régent sans royaume, amiral sans flotte, général sans armée ; j'aimerais qu'ils me disent où mon père s'est battu — c'était avec la France — et quel sentiment il avait pour la Hongrie, son pays déchiré avant d'être englouti. Que j'ose aborder ce sujet fait pousser des cris à ma mère, à Capucine. Mes questions les révoltent. Klimpt parle de plus en plus vite de l'Empire austro-hongrois, de la vie il y a cent cinquante ans à Budapest... Chaque fois qu'il évoque son pays, il touche à une Histoire si lointaine que pour moi c'est comme s'il parlait des Incas ou des Aztèques. Je veux savoir quels étaient les difficultés de ma grand-mère, le métier de mon grand-père, des oncles, leur réaction quand il est parti et pourquoi il est parti. Klimpt, hors de lui, me donne une gifle, en me disant de me taire. Béague, qui me tutoyait jusque-là, me vouvoie pour me demander de laisser parler mon père. « Vos questions sont idiotes, chacun a le droit d'avoir ses secrets. »

« Et moi, je n'ai pas le droit d'avoir les miens ? Pourquoi êtes-vous ici ? Vous qui ne supportez personne chez vous ! que la moindre intrusion dérange et révolte ! pendant des semaines vous avez vitupéré un malheureux livreur qui s'était permis de sonner à votre porte, m'avez-vous demandé la permission de venir chez moi ? Et ne me dites pas, monsieur de Béague, que c'est par hasard que vous êtes là ! Vous savez qui je suis, et vous saviez qui sont les Klimpt ! Non seulement vous avez fait vos enquêtes, mais je vous ai renseigné, j'ai répondu à toutes vos questions, et elles étaient nombreuses ! Votre curiosité n'était pas satisfaite ? Vous êtes là pour leurs visages, leurs manières, leurs attitudes, leurs silences, vous êtes là pour remplir les blancs dans vos fameux petits carnets et vérifier que je n'ai pas menti. La gifle que je viens de recevoir, vous ne l'aviez pas prévue, parce que ça, je ne vous l'avais pas dit... Non je ne vous ai pas menti, mais il y a des choses que je ne vous ai jamais dites. Vous osez prétendre que chacun a le droit d'avoir ses secrets ? Alors, que faites-vous là ? Vous qui demandez tant aux autres, qui attendez tant d'égards, en avez-vous pour moi ? Je comprends pourquoi vous n'avez pas d'ami. Non, je ne me tairai pas ! Depuis toujours on me dit de me taire, on me demande le respect, et moi, on me respecte ? Savez-vous, monsieur de Béague, qu'ici, non seulement on lit les lettres qu'on m'envoie, mais on ne me les donne pas ? Et qu'on se rend à ma place aux invitations qu'on m'adresse ? Moi, aujourd'hui, je ne vous avais pas invité. Mais vous pouvez rester, aucun de mes vrais amis ne vient jamais chez moi ! »

Je jette ma serviette sur la table devant les Klimpt médusés. Mon père essaie de crier et Capucine éclate d'un rire aigu, dans mon dos.

« Vite, vite ! des objets comme des gens, une nausée ! » J'ai eu si peur quand, tout à l'heure à mon retour du lycée vers cinq heures, le Muet s'est mis à parler. « Tu parles, Tony ? — C'est comme ça ! » a-t-il dit en m'entraînant vers le fond du couloir, dans le trou qu'il s'est installé devant son établi. Tony, une voix, des mots ! De cette bouche inutile, vide, des sons sortent. Il parle fort, ne maîtrise pas la puissance de sa voix et jette ses mots comme le vitrier qui hurle dans la rue. Il y avait eu des cris parfois, souvent étouffés, mais des mots, de vrais mots, des mots différents, des mots de tout le monde... Sa langue claque contre son palais, il ponctue ses paroles en tapant du talon, écarte sa mèche noire qui lui tombe sur le front et plaque sa main sur mon bras. « Vite ! vite ! » Il me lâche, me repousse. « Pourquoi ne m'as-tu jamais dit que tu parlais ? — J'avais plus urgent. Et moi c'est comme ça : je ne dis rien pendant longtemps, et un jour je m'envole. » Il rit, se gratte la joue : « Capucine a donné tes lettres. Ils ont tout trouvé. Ils ont embarqué tous tes paquets, toutes tes lettres. Klimpt en a emporté quelques-unes en disant : " Je prends des

273

échantillons, je les lirai à Drouot " ; ta mère a protesté, elle voulait tout lire, tout savoir, elle la première : " Tu vas les perdre ", lui a-t-elle dit. Il a ri. " Il y en a tellement, quelle importance ! " »

Tony tire son rideau de toile bleue, s'assied sur l'établi. « Ta mère est dans sa chambre. Pars ! Il faut que tu partes. Ils vont te boucler, comme on a fait pour moi, autrefois. Quand ton père sera rentré ce sera trop tard ! — Mais où veux-tu que j'aille ? — Viens chez moi ! J'ai une maison, à Saint-Cloud. Elle s'appelle Les Veines. La maison d'Antoine Monteux, mon vrai nom c'est Antoine. Ma maison, je ne l'aime pas, c'est un souvenir de famille, mais elle existe. Tu viens ou tu ne viens pas ? Il faut te défendre. — Il faut que je reprenne mes lettres. — Tu ne peux pas, tu ne vas pas te battre avec elle ? Moi, ça m'a coûté de taper sur ma mère, j'ai tapé sur tout le monde aux Veines. De toute façon, tu ne mènes pas la vie qu'ils veulent. Viens ! Ils ne t'aiment pas, ne reste pas, viens ! Dix ans que je travaille ici, dix ans que je les vois, dix ans que je les exècre. Je suis resté parce que j'avais peur pour toi. Un jour il va te tuer. Viens, je te dis ! Il est bête, il n'a jamais vu que je me moquais de lui. Chaque fois qu'il m'envoie quelque part chercher des meubles, je fais un détour par mon entrepôt où j'en laisse quelques-uns. Ils sont à toi... ! Enfin à toi... moitié pour toi, moitié pour moi. Tu verras, je n'ai pas pris le pire. J'ai entassé intelligemment. Je vends bien, moi ! Normal : il me paie une misère. S'il savait l'héritage que j'ai fait... Elle était riche, la mère Monteux. Elle était riche, ma mère, mais méchante. Avant de mourir, elle a fait bloquer sa fortune chez un notaire qui investit les revenus : il achète et achète des appartements, des immeubles mais à moi ne me donne rien. Ma mère, elle n'aimait que les maisons. C'est avec elle que j'ai appris à faire le muet. J'ai failli te dire il y a bien longtemps de ne pas écrire, pas parler, pas te dévoiler : le mystère... Mais tu étais trop petit. Je ne parle qu'à Saint-Cloud ! Ici, motus ! Viens. Je te rendrai tes dessins. Je t'en ai pris quelques-uns. Tu dessines bien, tu pourras dessiner. Ils ne te laisseront jamais en paix. Moi, par exemple, j'étais fait pour danser, alors quand je suis content, quand je gagne aux cartes ou quand je traite une affaire, je dis : " Antoine est content ", et je danse. Parfois je ne fais que le tour de ma chaise mais c'est déjà ça. Toi tu as un défaut, c'est ta tête : tu rumines, tu réfléchis, tu réponds, tu t'insurges. La révolte, c'est fait pour les imbéciles. Viens ! Reste pas les bras ballants. C'est après ton départ que c'est arrivé. Capucine leur a parlé de tes lettres... de celles que tu écris... Capucine leur a dit : " Je sais où elles sont " et, victorieuse, elle a apporté les clefs de tes armoires. Moi, je n'ai rien pu empêcher, c'était trop tard : ils étaient tous les trois à dévaliser ta roulotte. »

J'entre dans la chambre de ma mère. Une seule lampe est allumée, comme si on devait économiser la lumière. Assise sur son lit, mes lettres étalées autour d'elle, sans lever les yeux, elle me demande ce que je fais là : on n'entre pas chez elle comme ça, elle me verra plus tard. Pour l'instant elle lit, réfléchit, demain elle s'occupera de moi. Ses yeux vert d'eau courent sur le papier, s'arrêtent. Elle lit une très longue lettre. Je m'assieds en face d'elle sur ce canapé à motifs rouges et blancs qui était autrefois au fond de l'appartement. De la chambre de ma grand-mère il est passé chez Capucine qui, bientôt, n'en a plus voulu. Je l'ai récupéré dans la salle de bains et aujourd'hui, le voilà ici. Il s'est beaucoup promené, ce fauteuil. Elle se reprend, recommence deux, trois fois. Entre les lignes, elle me voit, elle n'est pas gênée. Elle sait que je sais qu'elle lit mes lettres. Je m'approche d'elle. « Tu écris beaucoup trop. Tu n'envoies pas tes lettres ? Pourquoi ? Tu n'oses pas ? Tu aimes les autres mais pas nous. Pourquoi ? — Rends-les-moi ! — Non, il faut que je les garde pour ton père. » A part *Guerre et Paix* qu'il ne lit que pour le côté guerre, il ne lit rien. « Nous sommes bien obligés de savoir ce que tu as dans la tête, sinon, qui nous le dirait ? Pour l'instant je trie et je suis ahurie. Tu finiras mal, mon vieux. — Je n'aime pas ce mon vieux. — Tu trouves ça familier ? Ta mère est familière ? C'est trop drôle ! »

C'est après la mort qu'ils viennent trier vos papiers, lire vos lettres, compter l'argent qui reste — pour mettre de l'ordre, paraît-il. En fait, ils viennent voir comment c'était votre cœur. Que vont-ils trouver avec moi ? Qui j'ai aimé ? J'en ai pourtant écrit des lettres d'amour — sans compter celles que me commandait ma marraine. Ma mère les empile les unes sur les autres. « En voilà une qui commence bêtement. Comment peut-on écrire : " Je me suis trompé avec vous " ? " J'ai été séduit par ce qu'il y a de plus extérieur à un être : ses manières... " »

Je ne pourrai pas rester en silence devant ma mère qui me lit, me commente. Tout ce que je dirai, elle le transformera en réponses qui amèneront d'autres questions, elle fera la compréhensive avec son ton détestable et ne comprendra rien. Elle me parlera en souriant comme à quelqu'un de stupide et m'expliquera que j'ai tort de croire que les autres peuvent s'intéresser à moi, que je suis trop jeune, trop égoïste, trop décevant, trop instable. Qu'est-ce que je crois ? Que je peux plaire ? Que j'ai quelque chose à dire ? Que je peux trouver le bonheur ailleurs que chez les Klimpt ? « Finalement, tu reproches à ces gens ce que tu nous reproches à nous, c'est-à-dire rien. Je ne dis pas qu'ils sont parfaits, mais si tu y es retourné tant de fois, à notre insu, ce qui t'a demandé un effort et, paresseux comme tu es, tu ne te donnes pas de mal pour rien, c'est que tu trouvais chez eux quelque chose qui te plaisait. Tu le dis au début : tu as été séduit. Alors, tu es séduit ? Tu fais le charmant ? On t'accueille ? On t'aime ? Et très vite, tu trouves qu'on ne t'a pas parlé avec assez d'égards, assez de gentillesse ? »

Elle tient une feuille de papier devant elle. Ce morceau de vie, ce morceau de moi-même. Elle marche de long en large et dit que ce n'est pas croyable d'être aussi ingrat, d'avoir fait cet enfant.

Quand elle le veut, qui blesse mieux qu'une mère ? Ça sait s'y prendre. Pas besoin de leçon, de tactique, de stratégie, c'est instinctif, elle la connaît sa chair. Les hommes sont plus rudes, plus violents, ils frappent, tuent, ensanglantent, mais ne laissent pas d'autres traces, pas de souterrains, c'est net. Ils n'ont pas la souplesse de la femme qui va, vient, se retourne, disparaît, réapparaît au gré de ses désirs et vous panse après vous avoir fait mal, obstinée, irréductible, patiente. Pour avoir raison, elles collent à ce qui s'élève, à ce qui fuit. Pareilles à la mer, pareilles à l'oiseau, de n'importe où elles reviennent et reviendront, sensuelles, farouches. Eternelles surprises.

Ça m'est égal que ma mère lise que j'aimais Sylvie, Coryse, Marysa, d'autres. Mes amours ne compromettent que moi : j'ai été si peu aimé en retour. Ce que je ne peux pas accepter, c'est que mes lettres livrent d'autres que moi, que, par ma faute, leurs secrets soient révélés. J'ai tout dit. Ecrire est un crime. Je n'aurais jamais dû. Je ne me méfiais pas, puisque ces lettres n'étaient destinées qu'à moi. Destinées... ce n'était pas écrit que je ne les enverrais pas.

Pourquoi ai-je tant écrit ? pour être ailleurs plus longtemps ? Maintenant que je réfléchis, il y a tout de même des lettres que, dès le départ, je savais que je n'enverrais pas. Je les ai gardées, parce que je pensais que plus tard, dans vingt ans, je les enverrais tout de même, avec juste un mot en plus : « Voyez comme je vous ai aimé. » Je ne pourrai plus jamais revoir ma marraine, M. de Béague, Boulieu... Même Malicorneau, le marchand de couleurs, je ne pourrai plus le regarder en face. Ils avaient confiance en moi. C'est pour ça qu'ils me racontaient tout. J'ai fait plus que les violer en laissant ma mère entrer dans leur vie, j'y ai fait entrer le monde entier.

« Tu te rends compte de la chance que tu as d'avoir des parents à qui tu peux te confier ? Des parents qui t'écoutent ! Nous ne serons pas toujours là, tu sais. Je m'en voudrai éternellement si tu gâches ta vie. Dans le fond, si ton père est ce qu'il est, s'il n'a pas vraiment réussi, c'est parce qu'il a préféré rester près de nous, s'occuper de toi. Chez ses parents, c'était déjà comme ça : ne comptait que la famille. Jusqu'à l'âge de dix-huit ans, il n'a jamais pris un repas dehors. Ses chemises, c'est sa mère qui les confectionnait. Je crois même qu'elle fabriquait aussi ses chaussures. Evidemment, à côté de moi qui ne peux rien faire de mes dix doigts... J'ai souffert de la comparaison, tu sais. Enfin, j'ai fait des choses, tout de même... Regarde cette Œuvre, la princesse Saxe-Montalivet m'a dit que cette année à Noël on avait envoyé trente-huit enfants de plus que l'année dernière à la montagne. Tu ne m'écoutes pas !

« Je te connais bien : tu n'as pas la sagesse de ton père ni la mienne. Regarde ta chambre : toutes tes collections ! Tu ne t'intéresses qu'à toi-même. Et puis tu n'as pas d'amis, je ne compte pas ces gens que tu trouves dans la rue ! Effrayant de se dire que son fils fraye avec n'importe qui. A presque seize ans, passer son temps avec une vieille antiquaire ! J'ai appris aussi que tu allais au café Lamartine. Je ne me souviens plus de tout ce qu'on m'a rapporté... Quand verras-tu des gens comme tout le monde ? Tu tourneras mal. Enfin, quand tu auras mal tourné, tu ne pourras pas nous reprocher de ne pas t'avoir prévenu !

— Rends-moi mes lettres ! » Elle les classe. Il y a le paquet de ma marraine, celles à mon père, à Boulieu, à Malevski, à certains professeurs, à ma grand-mère, à Béague, à Sylvie, le tas de Capucine... Elle écarte les lettres qui lui sont adressées, contente d'en avoir plus que les autres, alors que lorsque je les lui donnais, elle ne les lisait pas.

« Ce n'est pas à toi ! Rends-les moi ! » Je hurle. Elle

continue à classer, imperturbable, comme si elle faisait une réussite. Klimpt, qui vient de rentrer, me demande de le suivre. Sur la table de la salle à manger, il a posé les quelques lettres qu'il m'a prises. Il me demande de m'asseoir en face de lui, il en ouvre une avec un petit couteau en écaille qu'il met du temps à déplier. C'est une lettre au hasard, une lettre à Sylvie. Il me regarde une seconde et ses yeux tombent sur le papier. Il lit la première ligne et replie doucement la feuille. Il semble gêné. Il détourne le regard. La tête penchée, il fixe ses chaussures, ses chaussettes, fait tourner son pied. Il se lève, ramasse le paquet de lettres sur la table et le jette dans la cheminée, gratte une allumette et y met le feu : « Comme ça, dit-il, personne ne les lira. »

Encore une fois je ne bouge pas, j'assiste à la destruction de mon univers, sans rien dire, les bras croisés. Je vois dans les sulfures, sur la cheminée, de très jolies fleurs prisonnières du cristal : des pensées, un œillet blanc. Les couleurs sont fausses, la fraîcheur artificielle, il le faut bien pour masquer la mort des fleurs. Cette fois j'en ai assez, je ne me laisserai pas enfermer, déposséder, pour être peint aux couleurs des Klimpt. J'empoigne un carton laissé par Tony et cours dans la chambre de ma mère pour y jeter toutes mes lettres. Elle cherche encore à lire celle qu'elle tient dans la main. Je la lui arrache, la déchire. Klimpt n'ose pas intervenir. Pour une fois son intégrité, son sens de l'honneur, du respect, sa discrétion me servent. Il n'a pas l'air très fier de leur forfait. Je reprends toutes mes lettres. Je les regarde l'un en face de l'autre, les bras ballants, démunis, étonnés, insuffisants. Je n'ai plus aucun sentiment à leur égard, pas même de haine. Au moment de passer devant Klimpt, il se tourne vers le mur, comme pour mieux regarder la peinture légèrement écaillée qu'il caresse de sa main blanche. Dans ma chambre, avec ce qui reste de mes dessins, je fabrique de grandes enveloppes et je ne brûle que les lettres à Sylvie. Celles aux Klimpt sont déjà en morceaux.

Alors que j'ai passé ma vie à amasser des traces, des souvenirs, des preuves, ça m'est égal de brûler tous mes carnets, mes collections, mes photos... Au fur et à mesure que je déverse dans le feu ce pour quoi j'ai lutté, montent en moi une légèreté, une force, comme si c'était ces millions de vie qui m'encombraient qui s'en vont en fumées. Maintenant c'est fini. Plus d'amour, plus d'amis, plus de faux espoirs. Le feu presque éteint dans ma chambre de nain éclaire mes mains vides. Je suis à genoux, pour la première et la dernière fois. Plus jamais je ne me laisserai piétiner, bafouer, berner, trahir. On a toujours tort de croire que les autres s'attachent à vous parce qu'on cède. Pour qu'on vous aime, on abandonne tout son être pour correspondre à l'image qu'ils attendent de vous, c'est une erreur. Les Klimpt me voulaient coupable. J'ai cru que j'étais le mal. J'ai accepté leurs accusations, leurs lois, je me suis plié à leur jeu. J'ai cru qu'ils agissaient pour mon bien. Ils ont réussi à me faire jouer le rôle de l'enfant difficile, comme Mme Gilmour-Wood a réussi à faire de moi un fils attentionné, M. de Béague un spectateur attentif, ma marraine un faire-valoir. Je n'ai été moi-même qu'avec Sylvie et j'ai été rejeté. Mais étais-je moi-même ?

Partir. Pour échapper à leurs grimaces, à leur simulacre de vie, à leurs faux-semblants, aux miroirs qu'ils me tendent. Partir pour mettre mes pas dans mes pas, mes idées dans mes rêves, du bonheur dans la réalité. Partir pour trouver mes propres racines. Puisque j'ai tout perdu, je peux disparaître, changer de ville, de pays peut-être, de nom sûrement.

Je passe par la fenêtre, me glisse dans la nuit, j'entre dans la réserve et me change pour la dernière fois. Dans la valise, je range mon argent, mon passeport, la chaîne que m'a donnée ma grand-mère, mes stylos, ma montre. Je vais livrer les lettres qui restent.

Quand je reviens avenue Victor-Hugo la seule fenêtre éclairée est celle de ma grand-mère. Capucine dort, je l'entends ronfler. Les Klimpt ont fermé leur porte. Le couloir est barré par de grandes armoires abandonnées par Tony qui, avant de partir, a paralysé l'appartement. Je vais voir ma grand-mère.

Je ne reconnais pas sa chambre : elle a dressé autour d'elle tous les paravents qu'elle a trouvés, les a déployés en cercles qui se rejoignent, se continuent, se perpétuent, se poussent les uns les autres, comme les pétales d'une fleur de mille couleurs. Pour arriver jusqu'à son lit, je passe par son labyrinthe. Pourquoi ces paravents, cette mise en scène ? Que veut-elle dire ? Qu'elle n'est pas assez entourée ? Qu'elle va mourir ? Souvent, pour cacher la mort aux vivants, on entoure le lit de ceux qui s'en vont d'un paravent ou deux, que l'on dresse comme par pudeur, par peur, plutôt.

Je l'embrasse. Je lui dis que je quitte la maison. Je ne reviendrai jamais, elle seule va me manquer. Elle me tend les bras, me garde un moment contre elle, appuie ses lèvres sur mes joues, pour y imprimer le dernier baiser. Je me relève d'un coup, c'est elle qui me chasse : « Pars vite, tu vas rater ton train. »

DU MÊME AUTEUR

Aux Éditions Bernard Grasset

LES RÉSIDENCES SECONDAIRES, *roman*.
LE PASSÉ COMPOSÉ, *roman*.
LA TÊTE LA PREMIÈRE, *roman*.
NOUS NE CONNAISSONS PAS LA MÊME PER-SONNE, *théâtre*.

Aux Éditions Gallimard

HÔTEL DU LAC, *théâtre*

*Impression Bussière à Saint-Amand (Cher),
le 18 janvier 1988.
Dépôt légal : janvier 1988.
1er dépôt légal dans la collection : avril 1987.
Numéro d'imprimeur : 3393.*

ISBN 2-07-037828-4./Imprimé en France.